SALVAR
UNA VIDA

OUTREΛCH®

Salvar una vida

Copyright © 2010 a Jim y Rachel Britts

Publicado por Outreach, Inc. en asociación con New Song Pictures.

Publicado originalmente en inglés bajo el título: *To Save A Life* © 2009

Outreach, Inc., Vista, CA 92081
OutreachPublishing.com

Esta novela es una obra de ficción. Los nombres, personajes, lugares e incidentes son producto de la imaginación de los autores y utilizados de manera ficticia. Toda semejanza con sucesos, lugares, organizaciones o personas vivas o fallecidas en la realidad es puramente coincidencia, sin intención por parte de los autores o la editorial.

ISBN: 978-1-9355-4118-9

Diseño gráfico e interior: Alexia Wuerdeman

Traducción y edición: Interpret The Spirit

Adaptación: Adrián Romano

Impreso en Estados Unidos de América

DEDICATORIA

A todos los adolescentes con los que tuvimos el privilegio de trabajar a lo largo de estos diez años. Oramos para que esta historia pueda inspirarte a cambiar el mundo.

1

QUÉ ADECUADO, pensó Jake con el ánimo por el suelo al bajar de su camioneta en medio de la sombría llovizna. Las gotitas de agua se sentían como alfileres sobre la piel y se estremeció. *¿Por qué estoy aquí?*, se preguntó. *¿De qué servirá ahora?*

Se obligó a caminar hacia el grupito de personas que había un poco más allá. Hablaban en susurros y se abrazaban. Tenían las manos en los bolsillos como si intentaran calentarse también el corazón, al menos un poco. Estaba la madre de Roger, que trataba de verse bien aunque no lo lograba. La hermanita de Roger estaba junto a ella, con la mirada en blanco. Allí estaba la vecina de Jake, la Sra. Jones, siempre tan dulce y amable. Pero hoy tenía los ojos enrojecidos, hinchados, y no tenía la sonrisa de siempre. Y Clyde Will, con los tatuajes asomando por debajo de su camiseta.

Cuando Jake se acercó, un tipo de unos treinta y cinco años se apartó del grupo y comenzó a hablar. Se veía casi tan incómodo e inseguro como Jake en su interior.

—Bien. Hoy nos hemos reunido para recordar la vida de Roger Andrew Dawson. —Hizo una pausa. Tomó aliento y luego siguió hablando:

—Aunque sabemos que todavía tenía mucho por vivir, agradecemos a Dios por los dieciocho años que tuvimos junto a Roger.

La madre de Roger comenzó a temblar incontrolablemente, tratando de contener el llanto. De repente, Jake, sintió que la corbata lo asfixiaba. *¿Por qué estoy aquí?*

Verano antes del quinto grado. Una calurosa tarde de julio. Jake y Roger andan en bicicleta por su barrio, despacio, sin rumbo fijo y solo hablando lo necesario.

De repente, Roger mira a Jake con una de sus sonrisas traviesas.

—Tengo una idea —dice en tono alegre—. ¡Ah! ¡Sí que es una mina de oro! ¡Seremos ricos!

Jake siente otra vez esas mariposas en el estómago. Es que las ideas más locas se le ocurren a Roger, de la nada.

—¿Significa que mis padres me dejarán sin salir otra vez? —protesta.

—Jake, hay que correr el riesgo. Yo lo haré. De todos modos, ¿quién se resistiría a esta sonrisa? —dijo Roger mostrando sus dientes blancos como perlitas.

Jake reprime una ola de aprehensión que lo invade. Pero las aventuras le gustan y siente curiosidad.

Minutos más tarde Jake y Roger corren por la calle, disfrazados con lo mejor que han podido encontrar: capas y máscaras que encontraron en el fondo del armario de Jake, hechas un bollo. Y dos fundas de almohadas de la madre de Jake. Las risas de ambos resuenan en las calles. Ya sin inhibición alguna, Jake sube y baja los brazos, agachando la cabeza y saltando como una gaviota atorada. Roger ríe con ganas y en broma empuja a Jake. Se le enreda la capa en las piernas y Jake cae al suelo. Roger se le tira encima, pero Jake es

experto: su hábil maniobra deja a Roger atrapado en una llave digna de un luchador de la Federación Mundial de Lucha.

—¡Sooooy el campeóoooooooooon! —grita Jake con los brazos en alto.

Ayuda a Roger a levantarse del suelo. Se ajustan las capas y
máscaras y corren por el jardín del vecino. Golpean a la puerta, demandantes.

La Sra. Jones se asoma. Es una mujer con una belleza natural y su sonrisa la hace verse mucho más joven que los cincuenta años que tiene. Pero antes de que pueda decir una
sola palabra...

—¡Dulce o truco! —anuncian Roger y Jake.

La Sra. Jones ríe con ganas al ver a los superhéroes hara-
pientos que han llamado a su puerta.

—¡Chicos, estamos en julio!

Roger dice entonces:

—Tiene el cabello distinto y, ¡me encanta!

La Sra. Jones se toca el cabello recién teñido de color rojo
fuego y sucumbe al encanto del niño.

—Veamos qué tengo por allí.

Apenas les da la espalda, los niños chocan los cinco. ¡Es
más fácil de lo que esperaban!

Un minuto más tarde la Sra. Jones regresa con una barra de
granola y un cartón de jugo para cada uno. Y antes de guar-
dar su botín en las fundas de almohada, Roger le ofrece una
margarita que llevaba escondida.

—¡Y esto es para usted! —exclama con un guiño simpático y
su dulce sonrisa. Ella acepta la flor, encantada, y los niños
corren a la calle gritando por encima del hombro— ¡Gracias!

En la esquina, Jake mira a Roger y pregunta:

—Oye, ¿de dónde sacaste la flor?

Roger sonríe y señala el cantero de flores del jardín de la Sra.
Jones.

—¡Estás loco, loco! —dice Jake con admiración y cruza la
calle corriendo, hacia la siguiente casa.

—¡Jake!

El grito de Roger detiene a Jake justo a tiempo. Una camioneta avanza veloz y la mirada del chico se cruza con la del conductor, que pisa el freno un segundo demasiado tarde. Jake queda congelado, viendo cómo el auto se le viene encima.

—¡Nooooooooo! —se oye el grito de Roger.

Lo único que recuerda Jake es que sintió un golpe de costado y cayó sobre el pavimento, a centímetros del auto. Oye ruido de huesos que se rompen. Mareado, con un raspón en la rodilla y un hilito de sangre que baja por su pierna, Jake mira la calle. Su mejor amigo está debajo del parachoques, inmóvil, con la pierna doblada en un ángulo imposible y la capa roja cubriéndole la cara como una mortaja.

Jake se estremece al recordar ese día, hace ya ocho años. Mira a la Sra. Jones, de pie frente a él bajo la lluvia. El tipo, que debía ser el ministro, seguía hablando.

—Ninguno de nosotros conoce el dolor que sufría Roger, o los demonios que rugían furiosos en su cabeza. No entendemos por qué Dios permite que pasen estas cosas. Pero sí conocemos lo que hay en Su corazón y confiamos en Él en nuestros momentos de dolor.

¿Por qué estoy aquí?, pensó Jake otra vez.

Principios del séptimo grado, una fresca mañana de otoño. Jake terminará la escuela primaria este año, y lleva el balón de fútbol por la cancha. Tiene un dominio increíble y logra evadir a los defensores, que son más lentos que él. Los padres y madres gritan como locos desde las gradas cuando avanza sobre la defensa. Para Jake el deporte siempre ha sido algo natural y todos lo eligen para formar equipo cuando hay un partido.

Desde el lado de la cancha Roger intenta igualar la velocidad de su mejor amigo mientras lo alienta gritando a más no poder. Corre arrastrando la pierna derecha, rengueando, y por supuesto no llega a alcanzar a Jake en su veloz carrera hacia el arco.

Jake arremete contra otros dos defensores y patea el balón justo allí donde el arquero no podría atajarla. Con los brazos en alto Jake celebra su triunfo y todo el equipo corre hacia él para rodearlo. Menos Roger, que con su suéter blanco como la nieve salta a solas, vitoreando desde lejos.

Suena el silbato del árbitro poniendo fin al partido. Uno de los del equipo de Jake, Doug Moore, lleva a Jake y a un par de jugadores más hacia donde está su padre.

—¡Buen partido, chicos! —El Sr. Moore reparte un cono de helado a cada uno.

Jake extiende la mano para tomar el suyo, pero ve a Roger a pocos metros de allí. Sonríe y avanza hacia él, dejando detrás de sí un aroma a goma de mascar. Pero sus compañeros de equipo lo rodean antes de que llegue adonde está Roger, y distraído con la charla, Jake repasa sus movimientos alentado por los demás. *Un partido genial*, piensa. *No hay problema con Roger. Está su madre por allí para acompañarlo.*

Jake mira a la madre de Roger y nota que sus lágrimas se mezclan con las gotas de lluvia que resbalan por sus mejillas. *¿Dónde ha estado?*, se pregunta Jake. *¿Cómo pudo permitir que pasara algo así?*

El joven ministro ha terminado, y el ataúd que contiene el cuerpo de Roger desciende lentamente, pesado, como si dentro estuvieran todos los presentes. Los familiares y amigos se acercan para dejar caer un puñado de tierra sobre el ataúd y Jake se queda mirando el terrón que sostiene en la mano. Cada músculo de su cuerpo quiere impulsarlo en una loca carrera por alejarse de allí. Finalmente, Jake abre los dedos y su puñado de tierra se une a la de los demás. Se oye el ruido sordo de la tierra caer sobre el ataúd. Ha sido este el insulto final: hacerse pasar como fiel amigo de Roger.

Sí, claro, el amigo.

Han llegado los de las cámaras y están a menos de treinta metros. Por primera vez en su vida Jake siente asco y repulsión ante la prensa. Se vuelve para regresar a su camioneta.

—Jake.

El sonido de esa voz, tan conocida, hace que se detenga. Jake mira hacia atrás y ve a la madre de Roger. La mujer lo abraza antes de que él pueda reaccionar. No logra levantar los brazos para devolverle el gesto de afecto.

—Lo lamento tanto. Que hayas venido es muy importante para mí. Ustedes dos... —la Sra. Dawson irrumpe en llanto y Jake le palmea la espalda. Siente alivio cuando se acerca un pariente y toma a la madre de Roger por el hombro para indicarle que tienen que irse ya.

La Sra. Dawson deja de abrazar a Jake y se seca las lágrimas con un pañuelo de papel que ya está empapado.

—¿Qué es lo que hicimos mal? —pregunta en son de ruego—. ¿Hablaste con él últimamente? ¿Hubo alguna señal? ¿Notaste algo?

Jake niega con la cabeza y baja la mirada. La Sra. Dawson finalmente mira a Jake con enorme tristeza y se aleja hacia su auto, con paso apesadumbrado.

¿Qué estoy haciendo aquí?

Mitad del primer año de la secundaria. Es una fabulosa noche de viernes. El gimnasio de la Secundaria Pacific parece un zoológico, lleno de risas y voces de estudiantes y padres que crean un entorno de emoción y rivalidad que huele a hormonas y sudor. El altavoz anuncia quiénes integran los equipos, y con cada nombre, se oyen gritos de aliento de todos lados.

—Y en la defensa, con un promedio de quince puntos y once asistencias, el fenómeno del primer año... ¡JAKE TAAAYLOR!

Jake exhibe su mejor sonrisa y se levanta con los puños en alto. Él y su equipo entonan su cantito.

Desde el comienzo Jake comanda a su equipo, conformado por chicos mayores y menores que él. Se le ve eufórico y decidido. Siempre logra tomar el balón y con un par de rebotes en el área de triples avanza incluso ante los jugadores más corpulentos. Lleva sólo diez partidos jugando con los colores de la escuela, pero sus valientes esfuerzos ya han hecho que la multitud grite su nombre con loco fervor.

Faltan solo cuatro minutos para que termine el juego. Jake ha guiado bien a su equipo y llevan cinco puntos de ventaja. Sus cuatro triples, diez asistencias y sus muchos rebotes han causado que tanto sus fanáticos como sus adversarios se pongan de pie. La adrenalina corre por sus venas y el cosquilleo de la concentración pone sus nervios a punto, para que cada movimiento responda precisamente a lo que su cerebro planea segundo a segundo.

Jake hace rebotar el balón y avanza, barriendo con la mirada cada opción posible en fracciones de segundos. Finge que irá a la derecha y luego pasa el balón a ciegas a un compañero que está debajo del cesto. Éste hace una violenta volcada y en un momento más, Jake intercepta un pase del adversario, toma el balón y lo arroja para encestar un doble.

Oh, sí, la vida es buena. Los ágiles pies de Jake retroceden para prepararse en la defensa. Su mirada recorre la fila de porristas que está junto al muro del fondo. Mira a los ojos a una linda rubiecita, también del primer año, que se mueve instintivamente siguiendo la rutina del grupo. El gimnasio resuena con el eco de las voces de todos, casi como un trueno que no cesa. Pero para Jake el mundo se ha detenido y su corazón se acelera, por Amy Briggs. Con solo pensar en ella Jake siente que el sudor le recorre la espalda. Es solo un segundo. Porque ahora vuelve a concentrarse en el juego y avanza a lo largo de la cancha.

El base adversario hace que el balón cruce la cancha hacia su compañero, que se apresta a pasar a Jake por la derecha para alcanzar el cesto. Con un pase perfecto a un compañero, el adversario cierra la contienda con un doble sin que nadie se le oponga. Jake murmura un insulto, culpándose por haber perdido la concentración. Su entrenador le grita desde la línea. El ataque le hace un pase de media cancha a Jake, que rebota el balón tres pasos y luego lo arroja desde atrás de la línea, a casi un metro y medio. ¡Y encesta! Un triple más para su equipo.

Jake no se detiene a celebrar, sino que se prepara para la presión de toda la cancha. Ya no podrán encestar fácilmente.

Terminado el partido Jake sale del vestuario y se dirige adonde los padres, madres y amigos esperan a los jugadores. Son muchos los que lo felicitan y chocan los cinco con él. Pero sus padres no están allí. Nunca están allí. Claro que al ver a Amy Briggs, lo olvida todo. Está apoyada contra un poste, rodeada de chicos del equipo del primer año que compiten por hacerla reír. Pero toda su atención está en Jake.

—Veintidós puntos, once asistencias. Haces que los de primero quedemos bien —y sonríe cuando Jake pasa a su lado.

—Eh… gracias —Jake siente que el corazón se le sale por la boca.

Amy deja al grupo de chicos y camina con Jake, y su hombro desnudo le roza el brazo. Hace un gesto señalando su bolso:

—¿Qué es ese pajarito que veo en tu bolso?

—Es la mascota de la Universidad de Louisville. Algún día jugaré en su equipo.

Por alguna razón, dicho en voz alta eso no suena tan bien como en sus sueños. Pero Amy no parece notarlo.

—Oh… —responde con una risita—. ¿Vas a la fiesta esta noche?

—Bueno —Jake hace una pausa— ¿Qué fiesta es?

Amy ríe de nuevo.

—Eres divertido. Digo… ¿podríamos ir juntos o algo así?

Amy se detiene y mira a Jake. Lo toma del brazo, jugando. Pero Jake siente que la electricidad le recorre todo el cuerpo.

—Dame tu teléfono —susurra Amy, acercándose más todavía.

Jake siente que su confianza y control se evaporan y manotea en su bolsillo torpemente, hasta que encuentra el teléfono. Se lo entrega a Amy y espera que ella no note cómo le sudan las manos. Mientras Amy anota su número en el celular, Jake mira por sobre su hombro y ve que Roger se acerca rengueando.

Jake se siente incómodo. Roger pasa junto a los diferentes grupitos de chicos. Las miradas de todos lo siguen y las voces se acallan. Jake incluso oye risitas burlonas por aquí y por allá. ¿Qué es lo que pasa con Roger? ¿Por qué no parece encajar en ninguna parte? Su renguera no es tan notoria ahora, pero inconfundible como siempre, sirve de permanente y molesto recordatorio de ese día hace ya tres años.

Desde los últimos años de la primaria la capacidad natural de Jake para cualquier deporte lo convirtió muy pronto en uno de los más populares. Desafortunadamente "el accidente" había borrado toda oportunidad deportiva o atlética para Roger, y sencillamente no podía seguirle el paso al nuevo grupo de amigos de Jake, al que se sumaban cada vez más personas. Jake y Roger seguían pasando tiempo juntos cada tanto, pero siempre era Roger quien llamaba. Y sinceramente, a Jake le gustaba mucho su nueva reputación de *cool*. En ocasiones, hasta le parecía que podría dejar de ser popular si lo veían con Roger. Sin embargo, siempre seguía allí esa sensación de culpa, que no podía ignorar.

—Mi amigo, Roger, que había acordado reunirme con él, ¿está bien si viene a la fiesta? —pregunta Jake con tono de duda cuando Amy le devuelve el teléfono.

Amy mira a Roger.

—Bueno, solo hay lugar para uno más en el auto —y se encoge de hombros—. ¿Entiendes?

Aprieta levemente los dedos de Jake antes de alejarse dando saltitos hacia sus amigas, que esperan junto a un Mustang rojo con la capota baja.

Jake sigue con la mirada el vaivén de la pollerita de Amy. De repente la voz de Roger lo devuelve a la realidad.

—¿Estoy alucinando? ¿O de veras estabas hablando con Amy Briggs? —pregunta con sonrisa de satisfacción.

Jake sonríe, como por compromiso. Se siente en otro mundo.

—Bueno. Vamos. Mamá ya ha ordenado la pizza. —Roger le da un suave puñetazo en el brazo a Jake, bromeando, cerca de donde Amy lo había rozado.

Jake baja la mirada.

—No puedo ir, Rog.

—¿Qué? Pero si quedamos en eso antes del partido.

Jake lo mira. ¿Cómo podría dejar pasar una oportunidad como esta?

—Es que le dije a Amy que iría a la fiesta.

Roger se siente decepcionado y se le nota.

—Bueno. La pizza fría me gusta de todos modos. ¿Dónde queda la fiesta?

Jake respira hondo y dice:

—Tú no podrás venir.

Silencio. Roger calla, como si esas palabras fueran un golpe sorpresa. Después de un momento, dice por lo bajo:

—Entiendo. Las cosas han cambiado.

Y con eso, se da vuelta y se aleja rengueando.

—¡Rog! —grita Jake en tono de disculpa, un tanto irritado porque su amigo no entiende. Con un suspiro, Jake se dirige hacia donde estaba Amy, pero no sin oír que Roger da un puñetazo contra uno de los armarios, antes de desaparecer por un pasillo.

Jake sigue de pie, como anclado en el prolijo césped del cementerio, y ve que la madre de Roger se aleja. Sigue lloviendo sin interrupción.

—En el primer año, Sra. Dawson —murmura en voz baja—. Esa fue la última vez que hablé con él. En primer año.

LA SRA. DAWSON y sus parientes ya se habían ido hacía una hora y los pocos amigos que habían asistido al funeral, también. La gente del noticiero recogió sus cosas poco después de tomar un par de fotografías a los parientes y de filmar a un reportero que dijo unas pocas palabras. Pero Jake seguía allí.

Se sentó con la espalda apoyada contra la lápida de una tal Harriet Wesson que había sucumbido a la muerte en 1932. Ya había dejado de llover y el frío del granito gris oscuro le enfriaba el cuerpo dolorido, aunque no afectaba la vorágine de sus pensamientos. Jake fijó la mirada, vacía, en el cruel hoyo que marcaba el fin de la vida de Roger, y su mente repasó los sucesos de la semana anterior.

¿Cómo es que llegué hasta aquí?

Mitad del último año de la secundaria. Un fresco día de principios de primavera, hacía poco más de una semana. Jake camina hacia su lugar habitual de la hora del almuerzo en el centro del cuadrilátero donde se reúne el equipo de baloncesto. Pasa junto a tres preciosas chicas de primer año que muestran más piel que ropa, y ellas lo saludan con la mano. Ni siquiera sabe cómo se llaman. Pero ellas sí lo conocen. Jake presenta su famosa sonrisa de rigor y saluda con un gesto con la cabeza, pero sigue caminando. Oye risitas en respuesta a su saludo.

Matt McQueen, el centro de 1,99 metros de altura, y Tony Henderson, único novato entre los cinco titulares, juegan un mano a mano con un bollo de papel y un cesto de residuos. A su alrededor están los veinte chicos y chicas que siempre tratan de verse junto a los más *cool*. Matt, a quien llaman La Boca, relata el partido para su público.

—McQueen le da la espalda a su adversario. Amaga ir a la derecha, luego a su izquierda, ¡y usa el famoso gancho de Kareem!

Jake entra en el juego y le pega a la bola de papel.

—¡No en mi casa! —grita con los brazos flexionados como fisicoculturista. Matt y Tony se echan a reír, pero no es la reacción que esperaba Jake.

—¿De qué se ríen, compañeros?

Matt busca apoyo en el grupito de espectadores.

—¡El hombre acaba de admitir que vive en un cesto de basura!

Todos gimen. Jake pone los ojos en blanco y bromea, con una llave de lucha libre que inmoviliza a Matt.

—Solamente recuerden quién es el que les consigue el balón.

Matt logra zafarse y consuela a Jake.

—Estamos bromeando, superestrella.

Se arregla la camisa y se levanta el cuello, con actitud elegante.

—Que te acuerdes de que el recolector de basura pasa los miércoles.

Se agacha para evitar un golpe juguetón de Jake, y el movimiento de ambos se convierte en un abrazo con topetes de pecho entre ambos.

Doug Moore, titular del equipo y compinche de juegos de Jake, deja a un grupo de chicas y avanza hacia la acción. De paso, toma inesperadamente una manzana que tenía en la mano un pobre muchacho del primer año y la pasa de mano en mano, como una pelota.

—Vamos de nuevo —ordena Doug con una arrogancia que inspira a Tony y Matt a quitarse sus chaquetas universitarias y empezar a darse codazos. Doug le arroja la manzana a Jake.

—Faltan cinco, cuatro, tres… —Jake prepara la jugada, agazapado como para tirar un triple. Tony salta preparándose para tapar el tiro. Doug gira alrededor de Matt y Jake arroja un pase perfecto hacia el brazo extendido de Doug. Tira la manzana en el cesto de basura y el desafortunado muchacho de primer año mira boquiabierto. Doug ve la manzana aplastada y se encoge de hombros.

Jake levanta la mano y chocan los cinco.

—Juego en equipo.

Doug pone su brazo sobre el hombro de su amigo.

—Deja eso para los reporteros. Louisville ya te está recompensando.

Cuando Doug se vuelve hacia los otros chicos Jake le hace un guiño en secreto al muchacho de primero y le tira una manzana que llevaba en la mochila para el almuerzo. Enseguida se vuelve al grupo.

—Es un deporte en equipo y te digo que… ¡somos geniales!

—Tú eres genial —el húmedo aliento de Amy contra su oreja estremece a Jake. Ella se ha acercado desde atrás y lo besa. Trae un humeante vaso de poliestireno. Su dulce atractivo de púber se ha convertido en belleza en flor, con un cuerpo bien moldeado. Abraza a Jake y él no se resiste. Jake toma el vaso y huele el aroma del café en gesto de agradecimiento. Luego gira y rodea a Amy con el brazo, acercándola a él.

—¿Y no hay para mí? —gime Doug con voz chillona.

—Pídele a tu chica que te lo traiga —sonríe Amy con picardía mientras bebe un sorbo de café.

—Sabes que no tengo una chica —protesta Doug.

—Y por eso tampoco tienes café —responde ella, pasando su vaso humeante por debajo de la nariz de Doug. Los otros chicos exclaman a coro: "Uhhh".

Matt se acerca a su amigo y le palmea la espalda.

—Te tiene en sus redes, amigo.

—¡Qué va! También tu madre me tiene en sus redes, como anoche —y de nuevo el coro: "Uhhh".

Matt hace una mueca con los labios y canturrea con voz de bebé, mirando a Doug:

—¡Ah, el grandote feo dijo algo gracioso!

Doug ya no sonríe. Se vuelve a Matt y lo mira a los ojos.

—Y te patearé el trasero si sigues llamándome así. —De repente, todas las miradas se centran en él, por lo que Doug vuelve a sonreír lentamente y le da un suave golpecito en la mejilla a Matt.

Jake se vuelve hacia Amy y dice en voz baja:

— ¿Quieres irte de aquí?

Ella, entrelazando sus dedos con los de él, responde:

—Sabes que no necesitas convencerme para que falte a la clase de matemática.

Mientras se alejan, los demás siguen con sus bromas agresivas, pero Jake y Amy no hacen caso. Tienes cosas mejores que hacer.

Jake ha estado planeando esta escapadita desde hace tiempo. Su destino no es desconocido: van a su rinconcito privado junto a la playa, donde se dieron el primer beso. Fue en el verano después del noveno grado, mucho antes de que él tuviera su licencia para conducir y su camioneta. Les había contado a sus amigos sobre ese momento, sobre su estrategia, y sobre cómo ella se le había derretido prácticamente cuando la abrazó. En verdad, la iniciativa había sido de Amy y él se había puesto tan nervioso que se le había caído el aparato de los dientes. Sintió mucha vergüenza entonces, pero Amy jamás se lo había contado a nadie.

Jake se estremece al recordar todo eso. Pero hoy todo es distinto. Le abre la portezuela, la ayuda a pasarse a la parte de atrás y levanta la lona que cubre la caja de carga de la camioneta. Es una sorpresa: ha preparado un picnic completo con una capa de césped, flores salpicadas por encima y una canasta apoyada sobre una manta de cuadros de color rojo.

—¡Oh, Jake! —exclama Amy, llevándose las manos a la cara—. ¡Eres tan romántico!

—Tienes razón —sonríe él encogiéndose de hombros mientras la ayuda a ubicarse—. ¡Vamos! ¡Comamos!

Se sientan a comer. Jake engulle su sándwich y Amy apenas mordisquea el suyo. Después de comer permanecen abrazados mientras ven a los surfistas sobre las olas.

—Ochenta días de escuela y te irás a Louisville —dice Amy con su cabeza apoyada sobre el hombro de Jake.

—Serán como ochocientos días con mi familia —se queja Jake.

—Tu mamá no es tan pesada.

—Sí, pero mi padre no deja de perseguirme.

Amy se acurruca más cerca de él y susurra en su oído:

—No te preocupes. Te protegeré.

—Tú sabes, el sigue tratando de concretar sus fracasados sueños…

—Jake.

Jake estaba a punto de decir algo, pero la mira y ella pone cara de boxeadora y levanta los brazos, flexionados, como lista para la pelea. Jake ríe y prueba la fuerza de sus músculos con la mano.

—Ah, sí. Eres fuerte y dura. Seguro que podrías con él.

El gesto rudo de Amy se torna en sonrisa. Ríen juntos. Jake besa la frente de Amy con suavidad.

—Nosotros seremos *cool* con nuestros hijos —murmura ella mientras se acerca todavía más al cuerpo de Jake.

—¿Y quién dijo que yo quiero tener hijos?

—Yo lo digo.

Jake frunce el ceño fingiendo desaprobación. Luego bosteza y levanta los brazos por sobre su cabeza. Le rodea los hombros, pasa sus manos por debajo de los brazos de Amy y finalmente, la abraza por la cintura. Sus dedos avanzan lentamente por el borde de puntillas del diminuto top de Amy.

—Tienes razón —admite Jake y comienza a hacerle cosquillas.

—¡Basta ya! ¡Basta! —grita Amy, riendo. Contiene el aliento y saca un sobre de su bolsillo trasero. Lo mueve en el aire delante de Jake—. Tengo una carta de amor.

Jake toma el sobre y se acerca para darle un beso en los labios, antes de leer la carta. Está escrita a máquina y Jake la lee rápidamente.

—¡Qué! ¿Te aceptaron en Louisville? ¡Y antes de tiempo! —es una verdadera sorpresa para Jake. En todas sus conversaciones sobre el futuro, jamás le había pedido que ella lo siguiera a Kentucky. Amy era tan inteligente como bella y su sueño siempre había sido ir a Stanford.

Amy sonríe.

—Ahora podremos estar juntos —responde con sencillez.

Jake se levanta de un salto y permanece de pie sobre la plataforma de la camioneta, de frente a los surfistas. Levanta los brazos y grita con todas sus fuerzas contra la brisa marina:

—¡Mi chica es MARAVILLOSA!

Después de ver el atardecer sobre el mar regresan lentamente en la camioneta, de vuelta a la realidad. Jake sabe que en casa le espera la tarea y sus padres, que siempre tienen algo que decir, y la tensión permanente del incómodo silencio. Pero al menos por unos minutos saborea la dicha de la charla tranquila y los chismes superficiales. Jake escucha con atención lo que Amy cuenta sobre su profesora, la Sra. Denison. Entonces, bajo la luz de la calle, nota que un chico camina solo. Lleva muchos libros que se ven pesados. Al acercarse, Jake reconoce a Roger por su característica renguera. Por su mente pasan imágenes que lo incomodan, por los recuerdos que evocan, y trata de volver a prestar atención al cuento de Amy sobre el tatarabuelo de la Sra. Denison, que era asesino serial y también candidato a presidente. En ese momento Jake ve que junto a Roger pasan unos chicos en patineta. Uno de ellos empuja a Roger y éste tropieza. Se le caen varios libros. Los chicos no se detienen, ni siquiera para disculparse o ver si está bien. Casi instintivamente, Jake piensa en detener la camioneta pero luego siente la tibia mano de Amy sobre su pierna y mira a su chica, olvidándose de Roger. Ella acaricia su muslo y espera. Lo sucedido con Roger ya no parece tan importante. Jake rodea a Amy con su brazo y la acerca. No puede pensar en nada más que en Amy.

Después de dejar a Amy, Jake llega a casa y estaciona su camioneta en la entrada. Luego entra, a paso ligero. Es una elegante casa de dos plantas en un barrio exclusivo. Pero al abrir la puerta, Jake ya lo oye: ese murmullo agresivo, la perpetua discusión de sus padres, desde el dormitorio en la planta alta. Por supuesto, era de esperar, gruñe Jake para sus adentros. Ni siquiera se molesta en encender las luces y su buen humor se esfuma mientras sube las escaleras para hacer su tarea.

Jake empuja la puerta de su habitación y un balón sale rodando hacia el rincón. Enciende la luz y se echa sobre la cama. Toma su mochila y saca un cuaderno, un lápiz y un gastado cuadernillo de matemática. Muerde el lápiz mientras busca la página en el libro. La encuentra y se queda mirando. Se saca el lápiz de la boca y garabatea un par de ecuaciones cuadráticas, pero la mirada se le nubla y queda mirando al vacío. Se acuesta con los ojos fijos en el cielorraso y la cabeza apoyada sobre el libro abierto, a modo de almohada. La casa está a oscuras y se respira un ambiente de frustración, con el eco de los gritos que se cuelan por debajo de la puerta.

Olvídalo. Jake deja la cama, estira el brazo hacia la esquina y toma el balón. Baja las escaleras rápidamente y deja el libro de matemática sobre la cama, con el lápiz marcando la página. Salta los dos últimos escalones y sus pies hacen ruido al chocar con el piso de madera, como en cínico contraste con el aire de hostilidad que se respira allí.

Aunque a muchos de los chicos les gustaba más la popularidad que el deporte, Jake realmente vivía y respiraba para jugar. Había sido así desde que tenía memoria. El cuero suave y desgastado del balón es casi tan suave como la piel de Amy. Puedes predecir siempre cada rebote y el balón es franco, nunca miente. Jake saborea el poder de la respuesta mientras el balón pica y rebota entre sus piernas, por detrás, alrededor de su cuerpo mientras avanza por la calle hasta la cancha de su barrio.

No hay nadie allí, y en el silencio, la voz de Jake relata sus propias jugadas bajo la luz de los focos. "Louisville pierde por dos y faltan diez segundos… El balón es para Taylor que lo lleva botando por la cancha… como siempre lo marcan dos jugadores…"

A solo quince metros se ve iluminada una ventana de la planta superior de la casa del frente. Roger Dawson está sentado ante el escritorio en su cuarto, escribiendo algo en su página de MySpace.

En el pasado, esa ventana iluminada era como un faro para Jake, un refugio que lo atraía siempre. Muchísimas prácticas terminaban con Jake allí, acostado en el piso del cuarto de Roger, arrojando el balón al aire mientras se quejaba de las dificultades de su vida adolescente. Pero desde fines de la primaria, el cuarto de Roger ya no era tanto un refugio como un incómodo recordatorio del accidente de su amigo.

En estos días, el único refugio para Jake es la cancha de baloncesto, y esta noche ni siquiera nota que la luz de Roger está encendida.

Jake sigue con lo suyo: "Nadie duda en este momento. Taylor está por lanzar… cinco, cuatro, tres… Taylor fuera de la zona pintada se eleva… dos, uno… Tira y… ¡concreta un triple desde lejos!"

El balón pasa por la red y Jake alza las manos, celebrando mientras en su mente oye los gritos de sus seguidores.

Más allá, lejos de los pensamientos de Jake y con ánimo muy diferente, Roger también responde a las voces que solo él puede oír. Entra sigiloso al cuarto de su madre y busca en el cajón de la mesa de noche. Cuando encuentra lo que está buscando, el metal frío contra su piel hace que su corazón se estremezca.

Jake inhala la fresca brisa de la noche y su cuerpo transpirado tirita. Roger exhala al terminar lo que estaba escribiendo y apaga su computadora.

Jake pasa ante la puerta de Roger haciendo rebotar el balón. Ni siquiera nota que la luz del cuarto se ha apagado.

Nueve horas después, Jake y 2.500 estudiantes más se reúnen en la Secundaria Pacific. Comienza un nuevo día de rutina escolar. Jake avanza por el Corredor de los Mayores, y se detiene a bromear con algunos de los del equipo de fútbol, de camino hacia su armario.

En realidad el "Corredor de los Mayores" no era un nombre oficial, pero todo el mundo llamaba así al lugar donde se reunían los más populares del último año. Los que no eran populares ni siquiera podían pasar por allí. Todos sabían que detenerse a "pasar el rato" en el Corredor de los Mayores era algo que sólo se podía hacer si te invitaban. Y si alguna vez lo hacían, tu posición dentro de la escuela alcanzaba un nuevo nivel. A Jake lo habían invitado en el segundo año, y también a Amy, por su parte.

Jake y Amy son hoy el fundamento mismo de esta parte tan apreciada de la escuela. De hecho, la mesa donde Jake se detiene a revivir los mejores momentos de Sports Center de la noche anterior, hoy es el centro de recuento de votos para la fiesta de egresados. Pero él no se preocupa. Porque él y Amy son candidatos seguros para la elección del rey y la reina de este año. Y aunque siempre lo negó, es algo que en secreto le encanta.

Así, Jake repasa el brillante salto de festejo de Kobe mientras sus amigos hacen comentarios, sin notar que Roger entra rengueando desde la derecha. Jake de todos modos no habría hecho nada. Roger arrastra la pierna y su frente se ve perlada de transpiración. Está a centímetros de cruzarse con Jake, pero en cambio, pasa sin siquiera un gesto de reconocimiento o saludo.

¡CRACK! ¡CRACK! ¡CRACK!

Hay gritos, todos corren como hormigas asustadas y muchos se echan al suelo buscando cubrirse. Los vidrios de las lámparas se hacen añicos y se dispersan por todas partes. Una chica grita desde atrás de los armarios:

—¡Está armado!

Jake está boca abajo en la alfombra del corredor, con una mesa tumbada que le sirve de barricada parcial. Espía por el costado y su mirada recorre los rostros, buscando al causante del caos. Se tumba hacia un lado para ver el resto del corredor y encontrar al que dispara. ¿O habrá más de uno? A su alrededor resuenan gritos de terror pero dentro de su cabeza Jake sólo oye el ensordecedor bullir de la sangre. Es surrealista, piensa. Como algo de la TV, cosas que muestran en los noticieros de la tarde, cosas de otras ciudades, de otras escuelas, pero no de aquí, no ahora.

Pero está sucediendo en realidad y Jake no logra encontrar al atacante. ¿Dónde está Clyde? ¿Y los demás guardias de seguridad?

Y entonces, lo ve: en medio del corredor, apuntando el arma al aire y con una capucha negra cubriéndose la cabeza. Incluso de espaldas, Jake reconoce a Roger de inmediato. Siente que se le acelera el pulso, que le late en los oídos.

¿En qué está pensando Roger?

Jake siente que el estómago se le hace un nudo. Se obliga a levantarse y avanza lentamente hacia la figura vestida de negro. Crecieron juntos y antes era su amigo. A unos tres metros de él, se le doblan las piernas. No reconoce la voz que sale de su boca, casi como un cacareo.

—¡Roger! Oye, ¿qué estás haciendo?

Roger se da vuelta. Tiene los ojos tristes, con mirada de amargura.

—Tú.

—¿Qué haces? —Jake intenta ocultar su miedo.

El rostro de Roger es una mueca, con una sonrisa sardónica.

—¿Qué importa?

—Somos amigos.

—Sí, claro —repite Roger con sonrisa falsa—. Amigos.

—Baja el arma —ruega Jake mientras intenta acercarse unos centímetros más—. Rog, no tienes que hacer esto.

Roger mira a Jake a los ojos y dice cuatro palabras que perseguirán a Jake durante meses.

El latido en la cabeza de Jake es demasiado fuerte. Busca a los guardias con la mirada. Clyde está al frente e irrumpe por las puertas, justo detrás de Roger. Con el brazo tembloroso, Roger levanta el arma y apoya el caño bajo su mentón.

—¡NOOO! —grita Jake y el disparo final lo deja sordo.

De su garganta sale un gemido lloroso y su cabeza golpea contra la piedra dura de la lápida. *¿Y ahora qué?*

EL BRILLANTE SOL DE LA MAÑANA enceguece a Jake, y entrecierra los ojos al entrar en el estacionamiento de la Secundaria Pacific. Deja su camioneta en el lugar habitual, apaga el motor y toma aire. Sin embargo, no logra reunir fuerzas para salir del vehículo. Permanece echado en el asiento del conductor, mirando todo como desde lejos, como si lo viera en televisión.

La Escuela Secundaria Pacific está sobre una colina, a un kilómetro y medio del océano. Se ve como cualquier otra escuela, excepto por esta vista panorámica. La única explicación de por qué la escuela logró una ubicación tan privilegiada es su historia centenaria. Hace cien años no había gran cosa en la ciudad. Pero a pesar de la vista de las olas rompiendo y las arenas resplandecientes, las hordas de gaviotas que ensuciaban todo le recordaba a la gente que vivir cerca de la playa no siempre es tan bueno como pareciera ser en los episodios de *Baywatch*. Hasta ahora Jake había tenido suerte, pero conocía a algunos alumnos con "experiencia" que llevaban siempre una camisa de más en sus mochilas. Hoy, sin embargo, las gaviotas eran un problema menor para los estudiantes.

Todo el mundo volvía por primera vez a clases después del ataque de Roger Dawson, hacía dos semanas. Jake estaba aterrado. Miraba a los alumnos, reunidos en grupitos por allí, saludándose con abrazos y exclamaciones. La mayoría parecía haber disfrutado de las inesperadas vacaciones, y se veían bronceados, relajados. Pero para Jake no habían sido vacaciones. Se sentía casi asfixiado por la tensión de su hogar, con las peleas de sus padres y las imágenes de Roger en sus recuerdos. En lugar de dormir y recuperar el sueño, había pasado las noches dando vueltas en la cama, recordando una y otra vez escenas de su infancia, del día de los disparos, del funeral. Y siempre la misma pregunta: *¿Habría podido hacer algo?*

Pero de nada le serviría quedarse sentado en la camioneta todo el día. Finalmente, salió del vehículo y miró a su alrededor. Incluso si lograba hacer caso omiso de sus preocupaciones, la cinta policial que rodeaba el Corredor de los Mayores, los detectores de metales en las puertas de entrada y los camarógrafos y reporteros que buscaban entrevistar a los alumnos, eran recordatorios horrendos, pero inevitables.

Rodeado por el ruido de las voces, Jake se preguntó cómo responderían todos. ¿Estaría bien reír si alguien contaba un chiste? ¿Querrían los profesores hablar sobre lo sucedido? ¿O les mandarían escribir al respecto? ¿Sería fácil volver a "pasar el rato" en el Corredor de los Mayores? ¿Y por qué habían esperado dos semanas para reabrir la escuela? ¿Tanto habían tardado en arreglar las cosas? ¿O había sido para que lo olvidaran todo?

Jake no creía haber oído de un ataque con armas en alguna escuela donde sólo el atacante hubiera acabado muerto. Si había muertos o heridos, siempre había un protocolo muy claro a seguir. Y si Roger se hubiera suicidado en su casa... bueno, ya habían ocurrido suicidios juveniles en otras escuelas. Pero, ¿alguna había tenido que lidiar con algo tan traumático y público? Además, la mayoría ni siquiera conocía a Roger, pensó Jake. Así que, aquí estaban todos de nuevo. Caminando por allí, intentando seguir adelante, nada más.

Jake caminó lentamente hacia la nueva línea de seguridad al frente de la escuela. Pasó junto a una reportera que relataba en vivo.

"Estamos aquí en la Escuela Secundaria Pacific, hoy los alumnos vuelven después de dos semanas. Aquí, Roger Dawson, estudiante del último año, comenzó a disparar su arma en el corredor de la escuela y luego se suicidó. Se han reforzado las medidas de seguridad en la escuela, con presencia policial, detectores de metales y control de documentos de identidad. Los consejeros están disponibles para consultas de parte de los alumnos que sufran de estrés post-traumático. Les mantendremos al tanto cuando haya novedades..."

—¡Hola Jake! —unas lindas chicas del primer año interrumpieron su trance, saludándolo con la mano y riendo divertidas. Estaban detrás de él en la fila, a unos metros de distancia.

—Señoritas —respondió Jake, asintiendo. Era su respuesta habitual. Pasó otro chico y lo saludó. Jake respondió con una sonrisa. Mientras volvía a su antigua rutina, la tensión que había cargado durante las últimas dos semanas comenzó a disiparse. Cada paso le llevaba más cerca de esa vida anterior, antes de la tragedia. Y se sentía bien.

Cuando pasó por los detectores de metales, Jake se dirigió hacia su armario, del otro lado del campus. Unos chicos del equipo de baloncesto de JV, que estaban junto al laboratorio de química, lo saludaron chocando los nudillos con él. También lo saludaron así unos chicos del equipo de waterpolo, al pasar por la piscina. En el sector de arte, incluso el grupo emo-góticos lo saludaron con un gesto al verlo pasar. Jake empezó a apurar el paso y se sintió más liviano. Después de todo, era Jake Taylor, capitán del equipo de baloncesto, rey de este castillo, y en unos pocos meses dejaría todo esto atrás para iniciar una vida nueva en Louisville.

Pasó por el salón de la banda y vio, como era habitual, que los marihuaneros le daban la última pitada a su porro antes de que sonara el timbre. En la escuela de Jake la banda no era algo muy popular, así que no había mucha gente allí. Además las escaleras del primer piso y el corredor, siempre ventoso, servían para que los de seguridad no vieran a los que fumaban marihuana. Pero hoy Jake se sintió casi contento de verlos. Era una señal más de que todo podía volver a ser como antes. Los de la pandilla lo saludaron de lejos, ofreciéndole una pitada.

Jake había aceptado una o dos veces, hacía tiempo ya. Pero desde que había aceptado la beca de Louisville ya no podía correr riesgos. Les guiñó el ojo y saludando con la mano siguió su camino.

Al pasar junto a un grupo de chicas no pudo evitar oír parte de la conversación.

—Tuve tanto miedo —decía la bajita de cabello oscuro—. ¿Ustedes lo vieron?

—¡Así es! —canturreó la de rulos—. Era... como que era la maldad en persona. Creí que moriría allí mismo.

Una tercera chica preguntó:

—¿Alguien lo conocía?

Jake ya estaba lejos y no pudo oír la respuesta. Pero no importaba. De repente, volvió a invadirle la frustración y dolor que le habían perseguido desde ese día. Jake sintió que se le revolvían las tripas. Quiso gritarles: *Era Roger Dawson. Del último año. ¡Y era mi mejor amigo!"*

Pero no lo hizo. Ni siquiera aminoró la marcha. Más bien, apuró el paso intentando alejarse de las voces que resonaban en su cabeza. Tal vez, todo eso que sentía se iría en algún momento, pensó como para convencerse a sí mismo. Tenía que ser así. No podría vivir de este modo para siempre. Había logrado pasar cinco minutos sin pensar en Roger. Era un avance. De modo que siguió sonriendo a todos los que lo saludaban, manteniendo esa imagen del tipo que puede con todo y está siempre bien.

Empujó con fuerza las puertas de vidrio del Corredor de los Mayores. Apretó los dientes y caminó con la frente en alto, tratando de fijar la atención. Pero el fatídico corredor parecía susurrar en sus oídos. No podía evitar preguntarse qué era lo que pasaba por la mente de Roger en esos últimos momentos, al pasar por esas mismas puertas. Ahora la escena se repetía en la mente de Jake, cada vez con mayor nitidez. Le dolía la cabeza al tratar de pensar en todas las formas posibles de haberlo evitado, modos en que podría haberlo detenido. Se apretó las sienes con los dedos, para aliviar los latidos. Cerró los ojos. De repente, sintió que estaba por chocar con algo y abrió los ojos justo a tiempo para esquivar al jefe de seguridad, Clyde Will, que estaba parado a unos sesenta centímetros más adelante.

—¡Taylor! —ladró el guardia.

Jake estaba seguro de que había oído los 756 rumores sobre Clyde que recorrían el alumnado de la Secundaria Pacific: que era un ex convicto venido del este, un ex luchador de la UFC, que había jugado con los Harlem Globetrotters, retirado de la Armada... y la lista no acababa jamás. Jake (y muchos otros) le habían pedido al gigante de 1,90 metros lleno de tatuajes que les dijera la verdad. Pero a Clyde parecía gustarle el misterio. Jake no sabía qué creer. Tal vez el grandote era simplemente un guardia de seguridad al que de veras le importaban esos chicos a los que todo el tiempo mandaba a sus aulas.

—Qué tal, Sr. Will —dijo Jake en tono casual.

—Te vi en el funeral. No sabía que fueras amigo de Roger.

—De pequeños —murmuró Jake, aterrado ante el rumbo de la conversación. Pensó en preguntarle a Clyde cómo era que conocía a Roger, pero en realidad no quería hacerlo ahora que había tanta gente pasando por allí. Tal vez, en otro momento.

—¿Estás bien, después de todo esto? —incluso la gruesa voz de Clyde no podía disimular la preocupación.

—Sí, sí, todo bien —mintió Jake, mirando a su alrededor la rutinaria locura de la Secundaria Pacific dos minutos antes de que sonara el timbre de llegada tarde. Los estudiantes se apresuraban a vaciar sus mochilas en los armarios. Los noviecitos se despedían con un beso que les ayudaría a sobrevivir una hora entera de separación, y los maestros y profesores estaban junto a las puertas, intentando separar a las parejitas. Los ojos de Jake se detuvieron en el extremo opuesto del Corredor de los Mayores, donde los otros ya estaban "pasando el rato" como si nada. Sintió un cosquilleo que le produjo escalofríos.

—¿Ya te has anotado para consejería? —dijo Clyde mientras señalaba hacia la mesa que habían puesto unos metros más allá.

Jake echó un vistazo a la página, casi en blanco todavía.

—No. Estoy bien.

—Deberías hacerlo —respondió Clyde. Su mirada le perforó el alma.

—Estoy bien, hombre —dijo Jake para sacárselo de encima. La conversación tenía que terminar allí mismo.

—¡Eh! ¡Aquí estás, tontito! ¿Te dijeron ya que van a abrir el gimnasio?

Jake se volvió y vio a Doug, que se acercaba mostrándole la palma de su mano, donde una chica acababa de anotar su número de teléfono. Su andar relajado y su sonrisa contagiosa eran la imagen misma del "todo bien". Hasta su dispersa y dura barbita de tres semanas se veía perfectamente bien. Y al pasar por el lugar preciso donde había estado parado Roger hacía dos semanas, Jake se dio cuenta de algo: Doug es todo lo que Roger nunca pudo ser.

La amistad de Jake y Doug siempre había tenido que ver con el deporte. Se habían conocido en el equipo de fútbol del sexto grado. Doug era el arquero estrella que, gracias a un estirón prematuro, con once años lograba cubrir el arco entero. En la Liga de Menores Doug atajaba los feroces lanzamientos de Jake, y su equipo casi llega a Williamsport. Pop Warner también era uno de los lugares donde habían triunfado juntos. Pero para ambos, el primer amor había sido siempre el baloncesto. Habían dominado las ligas locales de baloncesto año tras año, hasta el final de la primaria, y todo el mundo daba por sobreentendido que un día serían co-capitanes de los Piratas de la Secundaria Pacific.

Además de su destreza atlética, Doug era un autoproclamado experto en mujeres. Se daba aires de que podía obtener el número de teléfono de cualquier chica en menos de cinco minutos. Jake había estado con Amy durante tres años ya, pero Doug se había dedicado a saltar de las rubias a las castañas y a las pelirrojas, cambiando cada tantas semanas durante casi toda la escuela secundaria. La Secundaria Pacific contaba con una larga lista de corazones rotos, gracias a Doug Moore. Jake había intentado varias veces convencerlo de que sentara cabeza, pero Doug siempre respondía con una sonrisa pícara diciendo: "Vamos, no sería justo para las señoritas."

Jake disfrutaba de su amistad. Y en este momento era un alivio. Los pensamientos que se agolpaban en su mente, bueno... definitivamente no eran algo de lo que quisiera hablar con Doug. Jake se apartó de la mesa de consejería y chocó los nudillos con su amigo.

—Espera. ¿Tú? ¿Te anotaste para ver al loquero? —bromeó Doug.

—¿Estás bromeando? ¡No! —Jake se preguntó si su sonrisa forzada convencería a Doug. Por el rabillo del ojo vio que Clyde meneaba la cabeza.

—Bien. El equipo no podría tolerar a un loco —y con eso, Doug le dio un golpecito en el pecho a Jake.

Con la sonrisa forzada todavía congelada en su rostro, Jake le dijo:

—Esto... —y señaló su cabeza— es zona libre de locura.

Clyde apoyó su mano fuerte sobre el hombro de Doug, pero con la mirada llegó hasta el fondo mismo de Jake. Con voz sombría, dijo con intención de dirigirse a Jake:

—No veo qué hay de malo en consultar con un consejero.

—Déjate, Clyde —respondió Doug en tono burlón, rodeando al guardia con su brazo—. Aquí nadie enloquece.

—Bien, amigo —dijo Clyde, alejándose mientras encogía los hombros. Pero con la mirada, pareció rogarle a Jake una vez más.

Doug hizo ademán de sostener un par de pistolas.

—Palabra.

Enseguida centró su atención en una chica de segundo que llevaba una camiseta bien ajustada, revelando cada curva de su menuda figura. Doug olvidó lo que estaba haciendo y se puso a la par de la chica, quien sorprendida, se volvió para mirarlo.

—¡Hola Stacey! —dijo Doug con voz melosa.

Mientras Doug se dedicaba a su nuevo objetivo, Clyde llamó a Jake y le señaló la mesa de consejería.

—Piénsalo, ¿quieres? Sólo eso.

Jake asintió sin ganas y el guardia volvió a centrar la atención en los cientos de alumnos que entraban a clases antes de que sonara el timbre que indicaba la llegada tarde.

Doug se volvió a Jake, aunque seguía con un ojo fijo en la figura de Stacey que se alejaba. Estaba garabateando sobre el número que tenía anotado en la mano, para añadir el nuevo debajo del que tachaba.

—¿Qué hay con la otra chica? —preguntó Jake señalando el garabato.

—¿Qué chica? —rió Doug besándose la mano con gesto galante.

Del otro lado de las puertas de vidrio vieron que los alumnos pisoteaban la cinta de advertencia en su apuro por llegar a la clase.

—Este lugar me da escalofríos —observó Jake en voz baja.

—Ese chico tuvo suerte de que yo no estuviera aquí.

—Yo sí estuve. Y te digo que no fue lo que dices.

Doug le dio una suave cachetada a Jake.

—¿Por qué seguimos hablando de esto? Ese loco nos hizo perder tres partidos.

—Oye, cállate —dijo Jake molesto mientras apartaba la mano de Doug—. Fue muy fuerte.

Doug miró fijo a Jake.

—Lo fuerte es la presión en toda la cancha de El Capitán —y con una sonrisa arrogante dio por terminado el tema.

Sonó el timbre de la llegada tarde y chocaron los nudillos antes de ir cada uno a su clase de la primera hora. Jake se dirigió hacia el edificio de inglés, donde le esperaba el Sr. Gil. Llegar con unos minutos de retraso era uno de los muchos privilegios que disfrutaban los atletas estrella. Cuando Jake dio la vuelta a la esquina, vio que sobre un banco había una copia del Pacific Enterprise, el diario de la escuela. En primera plana había una fotografía gigante de Roger. Jake se quedó mirando la imagen. Casi podía jurar que Roger le devolvía la mirada.

LA MULTITUD llenaba el gimnasio de la Secundaria Pacific, excediendo la capacidad de los asientos. Sería el último partido de la temporada. Había alumnos sentados en el piso y a lo largo de las paredes. En situación normal, la administración habría impedido que se vendieran boletos de más debido a cuestiones de seguridad contra incendios. Pero incluso ellos hacían una excepción esta noche, permitiendo lo que fuera con tal de que la escuela siguiera normalmente con su vida de siempre. Los Piratas llevaban una banda negra en el brazo en memoria de Roger. Pero incluso la directora había tenido que admitir que no sabía quién era.

El espíritu de todos era de exaltación, como si hubiera entrado en erupción un géiser inactivo durante años. Había pompones verdes y negros por todas partes, y se oía el el sonido de las cornetas. La banda marchaba llenando el aire con el bochinche de los platillos, las tubas y estridentes trompetas, y el bullicio del mar de gente se unía a la música, rebotando con eco de pared a pared. Algunos de primer año empezaron una ola que recorrió el gimnasio catorce veces antes de cortarse. Y en las gradas superiores, siete muchachos del último año bailaban con el pecho desnudo, donde se habían pintado las letras p-i-r-a-t-a-s. Cualquiera que viniera de visita jamás habría sospechado lo sucedido pocas semanas antes.

Desafortunadamente, aunque los Piratas habían llegado a estar a punto de clasificar para las rondas finales, tres abandonos obligatorios habían dado por tierra con ese sueño. Pero este partido era contra sus rivales del otro lado de la ciudad, los Gatos Salvajes de El Capitán. ec ya se había asegurado el primer lugar en la pre-clasificación para las rondas finales, pero Jake y sus compañeros de equipo del último año no podían pensar en mejor manera de terminar la secundaria, que con una rotunda victoria.

El juego sería intenso y para Jake eso iba a servir como vía de escape. Estaba en la zona, su mundo privado, donde lo único que importaba era su balón de color naranja, que siempre lo comprendía. Había dejado los problemas de las últimas semanas en los vestuarios. Nada podría perturbar su concentración. Además, esta noche tenía que probar algo: la última vez que se habían encontrado estos dos equipos había ganado El Capitán y para Jake, eso era una vieja herida. Sentado a solas en el vestuario después de la derrota, Jake se había prometido que la próxima vez que se enfrentaran, el resultado sería diferente, no importa si el resto de su equipo jugaba bien o mal. Así que esta noche, en su gimnasio, sólo podía pensar en una cosa: la venganza.

Jake peleó su guerra privada con ferocidad. Era el único jugador en la cancha que ya había firmado para jugar baloncesto universitario en la División I, y su capacidad para encontrar al hombre abierto y su consistencia para derribar a los lanzadores era lo que mantenía a los Piratas en juego, incluso cuando para los demás las cosas se complicaran. Los Gatos Salvajes lograron una ventaja de once puntos en el primer cuarto, pero los Piratas lograron recuperarse poco a poco hasta llegar al medio tiempo, en parte gracias a la potencia de juego de Doug en la zona pintada, pero aún más gracias a los diecisiete puntos por encima del promedio de Jake y ocho asistencias.

La capacidad de Jake para crear el éxito de la nada ya había llamado la atención de los cazatalentos estando él en segundo año. Desde entonces, ya había dejado de contar la cantidad de entrevistas con los entrenadores. Jake medía 1,84 metros y no era tan alto como la mayoría de los jugadores de nivel universitario, pero lo que le faltaba en altura lo compensaba con su empuje y esfuerzo. Casi siempre parecía ver lo que los otros pasaban por alto. Y lo ejecutaba con arte, haciendo quedar bien a los demás. Era el sueño de todo entrenador. Pero había solo una institución para la que Jake quería jugar. Cuando llegó la oferta de Louisville (lo máximo en el mundo del baloncesto universitario), Jake no dudó en tomar su decisión.

Faltaban tres minutos del útimo cuarto y ambos equipos se disputaban la diferencia que determinaría el resultado. El gimnasio resonaba con los gritos que se hacían más fuertes cada vez que encestaba Pacific. El ruido era ensordecedor. Pero por supuesto, Jake no oía nada porque en su mente permanecía a salvo, en su refugio de estabilidad. Percibía que los de su equipo se dejaban llevar en el vaivén de las voces de sus fanáticos, y siguió presionando. Pero aunque Jake era el alma y el corazón de su equipo, no podía ganar él solo y el tiempo se estaba acabando.

Faltaban solamente nueve segundos, y el ala pivote de El Capitán avanzó hacia la línea de tiro libre, que le daría a los Gatos Salvajes una ventaja de un punto. SWISH.

Como los Piratas ya no tenían tiempo de descanso disponible le pasaron de inmediato el balón a Jake, que avanzó velozmente por la cancha. Logró romper él solo la presión de toda la cancha, pero no pudo sacarse de encima a su defensor. Sin siquiera pensar en los 1.500 fanáticos que, de pie, gritaban a más no poder, Jake estudió sus opciones y luego miró a los ojos a su oponente.

—¡Cuatro arriba! ¡Cuatro arriba! —les gritó a los suyos.

Hizo gesto de ir a la derecha, luego viró a la izquierda y saltó más allá del pegajoso defensa de El Capitán, hacia el cesto. Toda la defensa de El Capitán cayó bajo su ataque y luego, por el rabillo del ojo, Jake vio a su hombre libre.

Seis, cinco, cuatro...

Con un salto desde unos 30 centímetros por dentro de la línea de tiro libre, Jake le pasó el balón por detrás a Doug, que no estaba del todo listo, pero sí libre en ese momento, justo debajo del cesto. Doug lanzó el balón contra el tablero, rebotó, se deslizó sobre el aro y cayó sobre los defensores.

Tres, dos...

Con reflejos superiores a los de una cobra, Jake saltó y se ubicó en medio de la defensa de El Capitán, todos mucho más altos que él. Jake rozó con la punta de los dedos el balón errante, volcándolo hacia el aro. Había quedado entre dos jugadores de EC, y el envión de éstos causó que Jake cayera y se diera un feo golpe contra el piso de madera.

Sonó la señal de fin de juego y la multitud calló, expectante, para ver qué haría el balón. Desde el piso, Jake contuvo el aliento mientras lo veía danzar sobre el aro. Y finalmente, sin conciencia alguna de lo importante que sería el siguiente segundo, el balón pasó elegantemente por la red.

El gimnasio estalló. Se veía volar ropa de todo tipo arrojada al aire por los fanáticos. Todo el mundo se abrazaba con su vecino, aún con desconocidos. Las gradas parecían un mar de gente que, como marea crecida, levantó a Jake del piso y casi sin que se diera cuenta, se vio flotando por sobre las cabezas de todos, montado sobre los hombros de vaya uno a saber quién.

Después de darse la mano con los del equipo adversario, de los abrazos de la mitad del alumnado y de las entrevistas con los medios locales, seguidas de una emotiva reunión del equipo junto al entrenador que les dijo a cada uno que eran como sus propios hijos, Jake finalmente quedó a solas en el vestuario de varones de la Secundaria Pacific. Había pasado una hora ya. Le dolían las piernas por haber jugado los treinta y dos minutos del partido. El feo golpe contra el piso le había lastimado el hombro, y tenía una bolsa de hielo sobre el magullón. Y también al caer había golpeado su cabeza contra el piso, por detrás. Tenía un chichón que latía dolorosamente. Se sentía un tanto vacío. Después de todo, este era el final de sus días como jugador estrella de la secundaria. Con ademán triste se levantó del banco, se colgó al hombro su bolso de Louisville y lentamente avanzó por la larga hilera de bancos hacia la puerta. Deslizaba los dedos por las frías puertas metálicas de los armarios y antes de salir se volvió para mirar con pena el vestuario por última vez. Finalmente, salió. La fresca noche de primavera de California del Sur lo envolvió.

Había grupitos dispersos de fanáticos que seguían allí. Jake repasó con la mirada a cada uno, buscando dos rostros en particular. Pero sus padres no estaban. Se había acostumbrado tanto a su falta de interés que ya ni siquiera los buscaba. Pero esta noche era diferente. Había sido su último partido de la secundaria. Su madre y su padre habían salido de viaje de negocios pero con la promesa de estar de regreso a tiempo para verle. Claro que Jake ya había aprendido que para ellos, las promesas poco valían. En algún momento de su primer año de la secundaria había dejado de invitarlos a los partidos. Era más fácil ignorarlos. *Olvídalos*, pensó. Al menos, Amy lo estaría esperando.

Cuando giró hacia el estacionamiento, le llamó la atención un tipo que charlaba con uno de los del equipo de Jake. Vestía una gorra de El Capitán y una camiseta de Pacific. Le resultaba conocido, extrañamente conocido. Junto a él, y tomado de su mano, había un pequeño muy simpático que chocaba los cinco con todo el que pasara por allí. El chico tenía piel oscura y rulos apretados. No se parecía en nada al hombre, pero daban la impresión de ser parientes. Jake se preguntó de dónde lo conocía.

No podía ser un cazatalentos, porque no estaría hablando con Danny Rivers, el peor jugador del equipo. Tal vez sea el proveedor de Danny, rió Jake para sus adentros. No se lo diría porque aunque no lo conocía demasiado, todo el mundo sabía de su hábito. En lugar de pasar el tiempo con los otros chicos de la escuela, Danny siempre prefería la dudosa compañía de los drogones que se juntaban debajo de las escaleras. Cada uno a lo suyo, pensó Jake. Y siguió caminando.

Danny no parecía muy interesado en la conversación, y cuando Jake pasó, ya se estaba despidiendo del hombre.

—Buena temporada, Taylor —murmuró Danny.

—Sí, claro. Buen partido, viejo —respondió automáticamente Jake.

—Yo no jugué —rió Danny.

—Ah, sí, claro. Bueno, igual —Jake caminó más lento para que Danny pudiera pasar. Pero aunque caminaban hacia el mismo estacionamiento, Jake quería evitar que la conversación se alargara.

Miró por encima del hombro al hombre misterioso que ahora susurraba algo en el oído del pequeño. Jake pensó y pensó, tratando de recordar quién era el tipo, de dónde lo conocía.

Por fin, el hombre lo miró.

—¡Buen juego, Jake! —y se acercó con las manos en los bolsillos. El chiquito se adelantó corriendo entusiasmado para chocar los cinco con Jake.

—¿Lo conozco? —preguntó Jake, estudiando la cara del hombre.

—Del funeral de Roger.

—Oh... —volvió a invadirlo la tristeza de ese día miserable. Era algo tóxico. Pero ya no podía irse, así que Jake miró a su alrededor para ver si alguien podría oírlo. —Usted es el sacerdote.

El hombre rió como si Jake hubiera contado un chiste.

—Y tú eres el base —dijo en contrapunto—. Mis amigos me dicen Chris.

Extendió la mano y añadió:

—Y este es mi hijo Caleb.

—Hola, Caleb —dijo Jake sonriéndole al chico. Y le dio la mano a Chris. Caleb se abrazó a la pierna de su padre y con timidez lo saludó con la mano.

—¿Y esa gorra? —preguntó en tono de duda Jake, mirando la gorra de EC que llevaba Chris.

Chris sonrió y se quitó la gorra.

—Conozco a algunos chicos de ambos equipos.

Y añadió en voz baja:

—Tu último tiro me costó 20 dólares.

—¿En serio? —No era algo que diría un cura, pensó Jake.

—No. Es broma. Pero no habría sido una apuesta inteligente, de todos modos.

Jake asintió, sin saber muy bien cómo tratar al tipo. ¿No era pecado apostar? ¿Pueden hacer chistes los curas sobre cosas como esas?

—Oye, lo siento. Mi esposa dice que no debo hablar en broma todo el tiempo.

Chris sacó una tarjeta de su billetera y se la ofreció a Jake.

—Bueno, sólo quería presentarme.

—No... no lo sé. La verdad es que no soy religioso —balbuceó Jake.

Chris le sonrió.

—Yo tampoco.

¿Qué está diciendo el tipo?, se preguntó Jake y rió por dentro mientras metía la tarjeta en su bolsillo. Buscando cómo despedirse elegantemente, vio que Amy aparecía, como de la nada.

—Te busqué por todas partes —lo retó en son de broma.

Seguía con el maquillaje de porrista, pero se había cambiado de ropa y ahora llevaba un top de seda que dejó a Jake hipnotizado. No podía apartar la mirada de sus curvas, de su diminuta falda de jeans que dejaba ver sus largas piernas delgadas. Se había puesto tacones negros que a Jake le encantaban. Quedaba casi tan alta como él y quedó fascinado cuando Amy le pasó los brazos por detrás de la nuca y lo miró con esa mirada que le decía que estaba loca por él.

Lo abrazó y tiernamente le besó los labios, ignorando por completo a Chris y Caleb.

—¿Te dio las gracias Doug por salvarlo? —dijo apartándose un poco y con el dedo recorrió suavemente el contorno del rostro de Jake.

De repente, Jake recordó que Chris y su hijo estaban a menos de un metro y consciente del abrazo de Amy, la volteó para que los viera.

—Amy, te presento a Chris.

Chris extendió su mano para saludarla pero Amy mantuvo sus brazos alrededor del cuello de Jake, y solo sonrió. Jake no era un experto en lenguaje corporal, pero estaba seguro de que Amy le estaba diciendo que quería que se fueran ahora mismo.

Chris pareció entender el mensaje. Alzó a su hijo y lo puso sobre sus hombros.

—Todo el mundo nos está esperando —añadió Amy, indicándole a Jake con la mirada que tenían que irse.

—Bueno, gusto en conocerte —dijo Jake, educado. Extendió la mano para saludar a Chris y se volvió lentamente hacia Amy.

Chris le tomó la mano y la sostuvo con firmeza.

—Sé que estás pasando por un momento difícil —le dijo con suavidad—. Si quieres hablar en algún momento...

Jake palmeó su bolsillo, indicando que tenía su número. Sonrió apenas. Chris finalmente pasó sus brazos por sobre los tobillos de su hijo, y se alejó.

Amy se acercó a Jake todavía más.

—¿Quién era ese tipo? —preguntó, tal vez demasiado fuerte.

—Un tipo, nada más —dio la vuelta para mirar a Chris mientras éste se iba. Luego se volvió a Amy y a su delicado cuerpo. Dieron unas vueltas, como bailando, y quedaron un poco mareados.

A NADIE SE LE OCURRÍA PREGUNTAR si había fiesta el sábado por la noche. La pregunta era *"dónde"*. Algunas fiestas eran más grandes que otras, pero había dos cosas que eran constantes: música a todo volumen y mucho alcohol. Inevitablemente, algún estudiante anunciaba a un par de amigos que sus padres saldrían de la ciudad el fin de semana, y como por arte de magia la casa se llenaba de adolescentes. No hacía falta invitación. Todo el mundo sabía ya quién sería bienvenido y quién no.

Era fácil encontrar a los anfitriones: por lo general eran los que iban por ahí pidiendo que bajaran el volumen de la música, o los que limpiaban algo volcado con un trapo, y los que no parecían estar pasándola tan bien. Era una gran responsabilidad ser anfitrión en estas fiestas, pero la recompensa podía ser importante. Los más afortunados, los que lograban llegar al fin de la noche sin demasiados daños, sabían que el prestigio y la reputación valían la pena.

La fiesta de hoy era en casa de una chica de segundo año de nombre Emily. ¿O era de primer año? ¿Era Emily o se llamaba distinto? No importaba. La noche del sábado era Noche de

Fiesta y este fin de semana había que celebrar una gran victoria de baloncesto. Eso siempre implicaba que habría más gente, más tragos. Había autos estacionados por todas partes, legal e ilegalmente. El callejón sin salida y las calles circundantes de este suburbio de clase alta estaban llenos de autos. Mejor sería que a ningún vecino se le ocurriera salir de casa esa noche.

Jake y Amy estacionaron al final de la calle siguiente y podían oír el ritmo de la música tan pronto como bajaron de la camioneta de Jake. A él no le habría importado ir a su casa aunque estuviera vacía y sentarse a ver Sports Center (con Amy, claro). El dolor de las piernas se le había extendido a todo su cuerpo y sabía que más tarde sería peor. Pero como era la estrella del partido de esa semana, su ausencia habría sido algo inaceptable. Por eso, respiró hondo y estiró el cuello para prepararse a entrar en acción.

Tomó a Amy de la mano y empezaron a caminar, pero ella se resistió y lo atrajo hacia ella. Estaba apoyada contra el portón trasero de la camioneta. Él se volvió, curioso y sonriendo. Tal vez esto no sea tan malo.

Ella inclinó la cabeza a un lado y sonriendo jugueteó con el cierre de la chaqueta de Jake. Luego, deslizó sus dedos hacia el cinturón y pasando la mano por debajo de su camisa le acarició la piel desnuda. Él se estremeció y le dio un abrazo de oso. Le encantaba que Amy supiera justo lo que él necesitaba.

Había momentos en que Jake todavía debía pellizcarse para darse cuenta de que Amy no era un sueño. Podría haber elegido a cualquier otro de la escuela, pero por alguna razón había elegido a Jake y durante tres años le había sido fiel. Antes de que fueran pareja —hacia fines del segundo año— Amy se describía a sí misma sin vergüenza alguna, como "la que salta de novio en novio". Jamás había salido con el mismo chico durante más de una semana o dos. Luego se enamoraba de otro. Pero con Jake les decía a todos que por fin había encontrado un tipo "que valía la pena comprar". Jake no tenía idea de que estuviera en venta, pero por cierto no le importaba ser su adquisición. A veces los chicos se burlaban diciendo que estaba acabado, pero sabía que cualquiera de ellos con gusto se habría puesto la correa de Amy Briggs alrededor del cuello apenas surgiera una oportunidad. Y a Jake le encantaba saber que él era el que ella quería. Era algo casi equivalente a la pasión por el baloncesto.

—Hoy estuviste maravilloso —dijo Amy con admiración—. ¿Me oíste gritar por ti? —Y apretando sus bíceps añadió en un susurro:

—Te veías tan sexy —su húmedo aliento contra la oreja de Jake lo hizo estremecer.

—Sí. También tú estabas genial —le respondió, eligiendo palabras que sabía que a ella le gustarían. Se inclinó para besarle el cuello y sintió el dulce aroma de su cabello. Rodeó con sus manos la diminuta cintura de Amy.

Ella lo apartó, con gesto juguetón.

—Pero durante el partido no te ocupaste de mirarme, ¿verdad?

Era una prueba que indicaría cómo iría el resto de la noche.

—¡Que sí! ¡Lo juro! —mintió Jake. Luego pensó en una buena—. ¿Por qué crees que íbamos empatando? ¡Es que no lograba concentrarme!

Con una risita Amy rodeó la cintura de Jake con su brazo y se apartó de la camioneta. Jake pasó el brazo sobre su hombro y la atrajo hacia él. Caminaron por la acera desierta, con sus caderas chocándose entre sí casi como si estuvieran en una de esas bobas carreras de tres piernas. En un segundo más, él tendría que poner cara de *cool*. Pero por el momento, disfrutaba del tonto jueguito.

Amy era más sensual que el chocolate. Y también mucho más divertida. Lo que más le gustaba de estar con ella era cuando estaban lejos de los demás para poder hacerse los locos, persiguiendo a las gaviotas en la playa cuando había marea baja, o viendo quién llegaba más alto en las hamacas del parque detrás de la casa de Amy, e incluso viendo un canal de TV en otro idioma y sin sonido para inventar sus propios diálogos (y pelear por el control remoto hasta que ninguno de los dos pensaba siquiera qué canal quería ver).

Al doblar en la esquina quedaron a la vista de los demás. Entonces comenzaron a caminar con paso elegante, avanzando hacia el pum-pum que provenía de la casa. En los jardines y entradas de autos de los vecinos había vasos de plástico y botellas vacías de cerveza. La fiesta se había extendido al callejón y Jake y Amy oyeron que un grupo de chicos —a los que no se podía calificar de *cool* y por eso estaban en los límites de donde estaba la acción— les gritaban en señal de bienvenida. Unos adolescentes con vasos plásticos medio llenos de cerveza saludaron a Jake diciendo algo bueno, pero que no se entendía en absoluto. Las voces arrastraban las palabras, pero todo era elogios sobre sus movidas, el tiro final y su heroica caída. Jake estaba ávido de reconocimiento. Algunos chicos recorrían con la mirada el cuerpo casi desnudo de Amy, por lo que Jake apuró el paso. Aferró el hombro de ella con fuerza, sin hablar, pero recordándoles con firmeza que Amy era suya. La breve conversación con ese tipo Chris lo había dejado inquieto. Era bueno estar de vuelta con los suyos.

En la puerta de la casa, Matt y Tony, autodesignados como "filtro de entrada", saludaron a ambos:

—¿Ya terminaron contigo todos los reporteros? —bromeó Matt chocando los nudillos con Jake.

—Esos tipos de ESPN no me dejan tranquilo —rió Jake en respuesta, pero siguió abriéndose paso entre la multitud.

Amy tironeaba de su brazo porque quería bailar, pero él soltó su mano y la dejó ir sola mientras buscaba el barril de cerveza. Necesitaba relajarse un poco.

Doug se abrió paso a los codazos, sosteniendo en alto un par de cervezas.

—¡Llegó la fiesta! —balbuceó a los gritos, evidencia de que ya había iniciado su rutina fiestera hacía rato. Jake tomó uno de los vasos plásticos de color rojo y lo vació casi de un trago.

Entonces Doug levantó su vaso y gritó por encima del bochinche.

—¿Me oyen todos? —La música seguía sonando muy fuerte, pero Doug gritaba por encima del ruido—. Anoche, quien les habla falló un penúltimo tiro que en realidad era más difícil de lo que parecía —e ignorando las risas continuó—, pero nuestro héroe Jake, aquí está, me salvó, él... salvó el partido.

Hizo una pausa y levantó más alto su vaso:

—Por Jake, ¡siempre con él!

Todos alzaron sus vasos y al unísono gritaron:

—¡Por Jake!

Tragaron las cervezas en honor a Jake y luego siguieron con lo que estaban haciendo antes.

Doug eructó y cargó todo su peso sobre el hombro de Jake, sacando de su bolsillo trasero un folleto de color naranja.

—Fíjate en esto, Taylor —y lo sacudió frente a sus ojos.

En la parte superior del folleto unas letras grandes anunciaban "Fiesta de la Guerra de Hechiceros", con el lugar y la fecha de esa misma fiesta. Y debajo, en letra de garabato y subrayado varias veces: "Disfraz obligatorio."

Jake no entendió:

—¿Guerra de Hechiceros?

Doug rió, escupiendo una lloviznita de cerveza.

—Es un chiste para los idiotas. Se lo di a uno de esos bobos de la escuela. Y juró que vendría.

Jake meneó la cabeza:

—Estás loco, viejo.

Hizo un bollo con el papel y lo dejó caer al piso. Luego fue hacia la cocina a servirse más cerveza.

Después de varias cervezas más, Jake y Doug seguían sentados sobre la mesada de la cocina, junto al barril. Doug decía incoherencias y en ese momento Jake se dio cuenta de que no sabía dónde estaba Amy. Barrió la sala con la mirada para ver si estaba bailando con alguien.

Al notar que buscaba a Amy, Doug dijo:

—Muchas bellezas esta noche. —Pasó una chica, rozando la rodilla de Jake y lo miró por sobre su hombro bronceado. Doug silbó:

—¡Ay, señorita!

La siguieron con la mirada hacia la sala contigua, llena de cuerpos que se retorcían y saltaban. En medio del tumulto estaba Amy. Su top se había enrollado y se le veía la barriga con el arete del ombligo que brillaba en medio de todos esos brazos y piernas. Jake bajó de la mesada de un salto. Tenía que ir a buscarla.

—Tienes mucha suerte, Taylor —susurró Doug demasiado fuerte en el oído de Jake.

Jake tragó el resto de su cerveza y le empujó la cabeza a Doug, jugando:

—Búscate la tuya, tonto.

Jake cruzó la habitación y no oyó la respuesta de Doug:

—Es que todos quieren a esa.

Jake avanzó por entre la multitud y le guiñó el ojo a Amy. Ella lo atraía como si fuera un imán. Se fundieron como si fueran uno solo. Desafortunadamente, la habilidad de Jake en la cancha de baloncesto no se traducía a la coordinación en la pista de baile. Pero el ritmo natural de Amy compensaba su falta de dotes para bailar. Jake deslizó su mano alrededor de la cintura de Amy y bailaron juntos. Lo que para Jake representaba la cancha de baloncesto, lo era la pista de baile para ella. Era como si estuviera en otro momento y en otro lugar, moviéndose perfectamente al ritmo de la música.

—Abrázame —susurró en su oído.

Jake, por supuesto, no se negó. Aunque estaba un poco mareado. Ella se volvió hacia él y entrelazó sus brazos por detrás de la nuca de Jake. Él la rodeó, mientras la música seguía palpitando su ritmo febril. Todos los problemas del mundo se esfumaban, poco a poco.

Jake no tenía idea de cuánto tiempo había pasado allí, pero de repente oyó la conocida voz de Doug, que una vez más pedía la atención de todos.

—¡Miren todos a este idiota! —gritó Doug por encima del ruido. En la entrada, Doug estaba junto a un chico desconocido de cabello oscuro, vestido con un disfraz de hechicero: capa con estrellas, sombrero de punta, varita mágica y demás. Sus ojos oscuros se cruzaron con los de Jake, por debajo de la capucha color púrpura. Y sostenía en la mano un papel de color naranja, como para demostrar que estaba en el lugar correcto.

—Oye, ¿qué nivel eres? —lo incitaba Doug, provocando oleadas de risas entre los que miraban—. ¿Vas a echarme un hechizo?

El chico seguía allí, como paralizado. Le brillaban los ojos y le temblaba el labio, pero parecía tener los pies pegados al piso.

En circunstancias normales Jake habría estado parado junto a Doug, como participante de la broma pesada. Pero no esta noche. Hoy Jake no se sentía a gusto. Y le molestaba lo que hacía Doug. Estaba harto de este lugar lleno de borrachos que no tenían otra cosa que hacer más que reírse de un chico que sólo quería que lo aceptaran. *¿Por qué no puedes dejarlo en paz?*, gritaba Jake en su cabeza. Pero la voz se le atoró en la garganta. Y siguió mirando al pobre chico. *¿Por qué te quedas parado allí?*

Aunque el chico era el centro de atención, Jake podía jurar que lo miraba fijo a él, solamente a él. Su mirada lo perforó al punto que Jake tuvo que buscar una salida a la situación y desviar la mirada. Conocía esos ojos. Eran como los de Roger. La horrible confrontación de unas semanas antes volvió a su mente, como si nunca lo hubiera dejado, y con un escalofrío la repitió una y otra vez en su cabeza. Entrecerró los ojos, angustiado, y bajó la cabeza.

Todos volvieron a reír cuando el chico finalmente se dio vuelta, ahogando un sollozo. Doug cerró de un golpe la puerta detrás del chico. Jake levantó la cabeza y miró la puerta. Por un segundo pensó que debía correr tras él. Necesitaba probar que era distinto al resto de estos idiotas, mostrar que no todo el mundo era tan cruel, que él...

Las manos de Amy subían por debajo de su camisa mientras la música continuaba con su loco ritmo como si nada hubiera pasado. Todo lo que había en la mente de Jake se esfumó mientras ella recorría el elástico de sus calzoncillos y susurraba cosas en su oído, calentándolo con su aliento. Lo tomó de la mano y lo llevó hacia las escaleras, pasando en medio del tumulto de gente. Jake sólo podía pensar en Amy y se rindió ante la oportunidad que se le presentaba. En el primer escalón pasaron junto a Doug y Matt, que con una sonrisa socarrona hicieron gesto de entender.

A mitad de las escaleras había una curva y Jake se detuvo un instante en el descanso, tomándose de la baranda para mantener el equilibro. Miró casi sin ver a la horda de gente que seguía divirtiéndose allí abajo. *¿Es esto todo lo que hay en la vida?*, preguntaba su conciencia. Pero Amy seguía tirando de su brazo y su cerebro perturbado lo impulsaba a seguir. De modo que dejó de ver a la gente y siguió a su novia, que lo invitaba a avanzar por el corredor.

¡ES LA POLI! —gritó Matt, saliendo de su letargo al ver por la ventana del frente las luces rojas y azules que titilaban en la calle. Unos fuertes golpes en la puerta hicieron que todos salieran corriendo, chocándose unos con otros. Matt bebió de un trago lo que quedaba en su vaso, que tiró enseguida antes de unirse al caos que se dirigía hacia la puerta trasera.

Tres agentes de policía entraron por la puerta del frente, tratando de impedir que se fueran todos. Cinco agentes más que estaban afuera iban reuniendo a los jóvenes que creían haber podido escapar. Los que trataron de salir en auto quedaron atrapados al encontrar un auto de la policía impidiéndoles el paso en la calle. Y muchos de los que huían a pie no pudieron hacerlo porque estaban borrachos.

Arriba, Amy se apresuró a vestirse. Jake se había quedado dormido, casi inconsciente después de haber terminado lo suyo con Amy, y ahora parecía estar volviendo en sí. Desnudo bajo el cobertor, gimió y se cubrió la cabeza con una almohada. Le latía la cabeza y tenía migraña. El ruido de las sirenas y los gritos lo empeoraban todo. Amy le arrancó la almohada de las manos insultando por lo bajo. Los ojos de Jake intentaban seguirla mientras ella recorría la habitación levantando su ropa. Pero como eso empeoraba su migraña, cerró los ojos otra vez.

—¿Oyes? ¡Es la policía! ¡Vístete! —le dijo Amy echándole los jeans por la cabeza.

Jake rió y se los arrojó de vuelta.

—¡Una vez más! —rogó.

Enojada, Amy volvió a tirarle los pantalones, más fuerte esta vez.

—¡No estoy jugando! ¡Vámonos!

—Sabes que quieres hacerlo otra vez... —balbuceó Jake, con sonrisa de borracho.

Amy avanzó con paso firme y lo miró fulminante. Lo tomó de la mano y lo obligó a levantarse, pero Jake se soltó y con eso Amy perdió el equilibrio y cayó sobre la cómoda.

Jake rió:

—¡Uuuups!

—¿Cuál es tu problema? —preguntó enojada.

Jake le guiñó el ojo:

—Es que me estás poniendo nervioso.

Amy levantó sus jeans por última vez y se cayeron las llaves del auto:

—¡Qué carajo! —murmuró y se agachó para levantarlas.

Jake no entendía el por qué de la urgencia y detuvo su mirada en los pechos de Amy.

—Vamos, nena —dijo con una sonrisa mientras extendía su brazo hacia Amy.

Amy se dirigió con furia hacia la puerta.

—Si quieres que te atrapen y con eso pierdas tu beca, allá tú.

Miró al pasillo antes de salir y se escurrió sin hacer ruido.

Jake permaneció sobre la cama mientras intentaba aclarar sus pensamientos. Cuando logró entender lo que pasaba se tapó la boca con la almohada y gritó un par de obscenidades. Fueron unos segundos, nada más. Jake se sentó en la cama y aunque estaba borracho buscó su ropa mientras imaginaba a los policías llevándolo totalmente desnudo hacia la planta inferior. Por un instante, incluso pensó que sería bueno que sucediera eso. *Sería algo digno de ver.* Ahogó una risita y levantó sus jeans de donde Amy los había dejado.

Con enorme esfuerzo Jake se dirigió a la puerta. Llevaba la camisa al revés, los zapatos sin atar y las bocamangas de los jeans dentro de las medias. Espió por una rendija de la puerta hacia las escaleras. ¡Uy! Haciendo guardia ante la puerta de entrada había dos policías hablando con los dueños de la casa, que estaban de pie con los brazos cruzados junto a la entrada. Jake golpeó su cabeza contra la pared y maldijo.

—Le dijimos que podía invitar a unos pocos amigos —lloraba la madre mientras miraba el desastre en que se había convertido su hogar.

—¿Está seguro de que los tiene a todos? —gruñó el padre.

Uno de los agentes miró hacia las escaleras.

—Estamos revisando toda la casa. Casi acabamos ya.

Jake maldijo de nuevo en voz baja y sin hacer ruido cerró la puerta del dormitorio. Del otro lado de la habitación había una puerta corrediza de vidrio, que daba a un balconcito. Jake salió por allí y miró por sobre la baranda. Estaba a unos tres metros de altura sobre el patio de cemento que había detrás de la casa. Se trepó por el costado y quedó colgado como un pulpo retorcido, tratando de coordinar cómo caería. Finalmente se animó a saltar. Cayó sobre el suelo duro y rodó hasta quedar de espaldas. Ahogó un quejido mientras se tomaba el tobillo.

Se encendió una luz en el dormitorio de la planta alta. Jake se obligó a ponerse de pie y rengueando se ocultó en la oscuridad del jardín. A un costado de la casa, el portón de madera que daba al frente estaba cerrado con llave. *¡Mala suerte la mía!*, lloriqueó para sí. Pero del otro lado percibió que había movimiento y espió por una rendija que había entre las tablas del portón.

En línea, a lo largo de la acera y justo donde terminaba la entrada de autos, bajo la mirada atenta de un puñado de policías, estaban sentados decenas de sus compañeros de escuela. Buscó para ver si estaban Amy, o Doug, o Matt, pero no los vio. A tientas en la oscuridad avanzó a lo largo del cerco hasta que sus dedos se toparon con una pared de bloques de cemento. Aguantando el dolor y con muy poca gracia, Jake izó sus 88 kilogramos de puro músculo aturdido y embebido en alcohol, y cayó de cabeza del otro lado del muro. *Podría haber sido peor*, se dijo mientras huía a través del jardín del vecino andando con dificultad.

Recién a cuatro casas de distancia decidió volver a la acera. Estaba a una calle del lugar de la fiesta. Lentamente se arrastró por el camino por donde horas antes había caminado jugueteando con Amy. Pero cuando llegó al lugar donde había estacionado su camioneta encontró que el espacio estaba vacío. Incluso con todo el alcohol que circulaba por su sistema, sabía que ese era el lugar donde había estacionado.

—¡Amy! —gimió y se dejó caer sobre el cordón de la calle. Pasó un auto de patrulla y Jake se agachó en las sombras.

¿Qué había pasado con la noche de fiesta? Hacía sólo 24 horas lo habían llevado en andas por la cancha de baloncesto como héroe de la victoria. Y ahora estaba aquí, borracho, sentado en el cordón de la calle, esquivando a la policía y sin auto para volver a casa.

Jake sacó su teléfono celular. No quería hablar con Amy, pero ¿a quién más podía llamar?

Intentó con Doug. Oyó que sonaba y luego:

—¡Hola, soy Doug!

—Doug... ¿dónde estás? Yo sigo aquí...

—¡Te engañé! —interrumpió el correo de voz.

Jake apretó la tecla de Fin y quiso arrojar el celular a la calle. Esa estúpida grabación lo había engañado ya varias veces.

Recorrió la lista de nombres.

—Matthew, ¿dónde diablos estás? ¡Ven a buscarme! ¡Ah! Tu abuela te llama Matthew...

—Tony... ¿dónde estás, viejo? No me vas a dejar colgado.

Jake se puso de pie y comenzó a caminar de un lado a otro.

—Hector-hector-bo-bector. Banana-fana-fo-fector...

—¡Bobby! ¡Oye, soy Jake! Recupérate y ven a buscarme.

—Deon-tae, bobo, ¿dónde está tu auto? ¡Ah! Llámame... o envíame un texto... o ayúdame.

Se le ahogó la voz por la angustia.

"¡Jimbo!"

"Damian..."

"¿Joe?"

Cada llamada acababa de la misma manera: con la contestadora.

—¡Grrr! —estalló finalmente. O les habían confiscado los celulares a sus amigos cuando los arrestaron, o estaban todos cómodamente dormidos en sus camitas. En realidad, esperaba que fuese lo primero.

Jake golpeó el celular contra su cabeza y se echó sobre el frío cemento del cordón. Pensó que tal vez le convendría caminar hasta su casa, pero se le estaba hinchando el tobillo que se había lastimado al saltar. *¿Por qué tomé tanto?* Asqueado, meneó la cabeza y miró el piso por entre sus rodillas. Allí, en la alcantarilla, estaba la tarjeta del tipo ese, el cura Chris. Se le habría caído del bolsillo cuando sacó el celular.

Levantó la tarjeta y trató de centrar la mirada en las letras: *Chris Vaughn, New Song Community Church, Pastor de Jóvenes.* Con un número de teléfono celular debajo. Jake estaba por tirarla de nuevo, pero algo se lo impidió. Recorrió las letras con la yema de los dedos y leyó el nombre, una y otra vez. Finalmente, volvió a abrir su celular.

—¡Qué diablos! —farfulló.

7

CHRIS Y CARI estaban acurrucados sobre el feo sofá marrón comprado en una venta de garaje. Y en medio de los dos estaba Caleb con su pijama del Hombre Araña, profundamente dormido con el mono Alfredo debajo del brazo. Con los ojos húmedos, Cari miraba *La Novicia Rebelde* mientras Chris le acariciaba los rulos y observaba cómo respiraba su hijito, cada precioso aliento. Había supuesto que una de las ventajas de tener un hijo varón sería que alquilarían más películas de acción y aventura. Pero hasta ahora no había sido así. El clásico de esta noche era la otra cara de un trato: Cari había dado su aprobación para que fueran al partido de baloncesto, sólo si ella podía elegir la película. El consejero prematrimonial jamás le había advertido sobre los peligros de hacer un trato como ese.

Pero a decir verdad y de corazón, la película le gustaba, y cuando los chicos Von Trapp se volvieron a encontrar con la sonriente Julie Andrews, sintió que algo mojado bajaba por su mejilla.

—¡Puaj! Odio las películas de mujeres —dijo entre dientes, secándose los ojos.

—Tu secreto está a salvo conmigo —susurró Cari, y con un suave codazo añadió—: Romántico muchachito.

Chris hizo como si espantara una mosca delante de su cara y parpadeó:

—No, de veras... creo que se metió un insecto en mi ojo.

Ella asintió con gesto conocedor y apoyó la cabeza contra el hombro de su esposo.

Ambos se asustaron cuando el celular de Chris sonó y Cari puso el DVD en pausa para que Chris no se perdiera nada de la película.

—¿Quién llama a las 11:30 de la noche? —se quejó Cari mientras le rascaba suavemente la espalda.

—¿Hola? —y un momento después con un suspiro—, salgo para allí —dijo antes de colgar.

Cari se sentó al ver que Chris guardaba el celular en el bolsillo y volvía a ponerse la gorra de los EC.

—¿A dónde vas? —quiso saber.

—Otro chico borracho —suspiró Chris de nuevo—. Supongo que no tendría que haber lavado y lustrado el auto.

Aunque no esperaba esa llamada, este tipo de salidas nocturnas no eran algo desconocidas para él.

Chris tomó su chaqueta y se dirigió hacia la puerta. Cuando estaba a punto de salir, sintió que alguien lo observaba. Se volvió y vio a Caleb, descalzo y de pie frente al armario para tomar su chaquetita como lo había hecho su papá.

—¿A dónde vas, papá? —preguntó medio dormido mientras se fregaba los ojos.

Chris alzó a su hijo y comenzó a llevarlo a su cuarto.

—Papá tiene que ir a ayudar a un amigo.

—¿Puedo ir contigo? —los bracitos de Caleb le rodeaban el cuello.

—Hagamos esto, muchachote. Te vas a dormir ahora y mañana iremos a almorzar a Costco.

Se le iluminaron los ojos:

—¡Torta!

Chris asintió, sonriendo. Si siempre fuera tan fácil conformar a su hijo, esto de ser padre sería pan comido. Llevó al pequeño hasta su cama en forma de auto de carreras y con suavidad lo acostó y lo cubrió con el acolchado. Luego, apartó un mechón de rulos rebeldes de su frente y le dio un beso.

—Buenas noches, papi —murmuró Caleb cruzando las manos sobre el pecho y cerrando los ojos apenas apoyó la cabeza en la almohada.

Chris se detuvo en el corredor para darle gracias a Dios por Caleb, como siempre lo hacía cuando el pequeño estaba a salvo en su cama. Luego regresó a la sala donde su esposa estaba doblando las mantas y llevando las palomitas de maíz hacia la cocina. Se puso delante de Cari y con una pirueta la hizo dar vueltas hasta que se inclinó junto con ella y quedaron en pose de sentada de tango. Le dio un beso y tomó un puñado de palomitas de maíz.

Cari, todavía entre sus brazos, lo miró a los ojos:

—Amor, estoy tan orgullosa de ti.

Él volvió a besarla.

—Así es la vida de un pastor de jóvenes —dijo encogiéndose de hombros. Claro que sabía que no hacía falta explicar nada. Se incorporaron y él la hizo dar unas vueltitas más. Guiñándole un ojo dijo: ¡Qué bien estuvo eso!

Ocho años antes, Chris había dicho lo mismo cuando, con una rodilla en el suelo, se presentó delante de ella en medio del parque de diversiones de Knotts Berry Farm. Todavía mareados después de bajar de la montaña rusa, él le dijo que aunque no podía prometerle riquezas o fama, ni que no quedaría calvo, y si ella respondía con un "sí", él prometería que al final de cada día podrían mirarse a los ojos y decir: "¡Qué bien estuvo eso!"

Y sí que había cumplido. Esas cuatro palabras se habían convertido en su mantra, evocando felices recuerdos de una maravillosa vida de locuras compartidas.

Cari le palmeó la espalda cuando él se dirigía hacia la puerta. Pero antes de que pudiera salir reapareció Caleb, con el mono Alfredo a la rastra.

—Caleb, te dije que estaríamos juntos por la mañana —dijo Chris, poniendo cara de severo y agachándose para mirar a su hijo a los ojos.

—¡Buenos díiias! —exclamó Caleb, con una sonrisa traviesa.

Chris tuvo que contener una carcajada y en silencio señaló con el dedo la puerta del cuarto de Caleb. El niño agachó la cabeza y avanzó lentamente por el pasillo arrastrando a Alfredo.

JAKE SENTÍA que había pasado horas sentado en el helado cordón de la calle. Pero en realidad sólo habían pasado diecisiete minutos cuando vio que se detenía junto a él un Toyota Corolla. La luz de la calle titilaba y Jake se puso de pie de un salto. Pero el efecto de todas esas cervezas y el hecho de levantarse de repente, hicieron perder su equilibrio y casi cayó al suelo a unos centímetros del auto. Borracho al punto de no sentir vergüenza, Jake recuperó el equilibrio y abrió la portezuela. El auto olía a naranjas y pino.

—Gracias —dijo Jake con una voz que sonaba muy parecida a la del alce Bullwinkle.

—¿Bebiste un poco de más? —indagó Chris.

Jake rió con ganas y se le escapó un eructo.

—¡Puaj! —dijo Chris haciendo viento con la mano—. ¿Qué hay con Louisville? —preguntó señalando la camiseta roja de Jake.

—Baloncesto para los Cardenales... voy a jugar, pipipipi —bromeó Jake y luego gimió por el dolor de la migraña.

El auto parecía lleno de algodón de tan silencioso. Y las luces de la calle pasaban una tras otra como borrones. Jake apoyó la frente contra el vidrio frío de la ventana y cerró los ojos. No tenía problema con estar callados. No quería charlar.

Pero Chris rompió el silencio:

—Siento curiosidad. ¿Por qué me llamaste?

Haciendo un esfuerzo enorme, Jake levantó la cabeza —que le pesaba como bola de boliche— y se volvió a Chris.

—Mis amigos me plantaron. Mis padres se volverían locos.

Pronunciaba cada palabra con cuidado y movía las manos como si diera un discurso.

Chris asintió.

—¿Qué hay de tu novia? Amy, ¿verdad?

Justo entonces... sonó el celular de Jake y apareció la cara de Amy en el identificador.

—Hablando de Roma... —dijo Jake con amargura y rechazó la llamada. Se volvió a Chris y encogiéndose de hombros respondió:

—Se llevó mi camioneta. A la derecha en el semáforo.

Chris giró, dirigiéndose hacia el barrio de Jake. Y en son de risa dijo con un suspiro:

—No ha sido la mejor de las noches para ti, ¿verdad?

—¡Brindo por eso! —pero recordando que estaba hablando con un ministro, tartamudeó—: Digo... sí, así es.

Chris detuvo el auto junto al cordón. Jake estaba confundido.

—Esta no es mi casa.

—Lo sé.

Jake miró por la ventana, entrecerrando los ojos por el dolor de cabeza y vio el buzón de la casa de Roger. El corazón comenzó a galoparle y no podía respirar bien. Miró la casa a oscuras y le pareció que la ventana del segundo piso le devolvía la mirada, triste y como en son de reproche.

Chris apagó el motor.

—Cuéntame acerca de ti y Roger.

Jake estaba con la guardia baja y respondió de manera instintiva:

—¿Y qué te importa eso?

Chris recibió la dura respuesta de Jake en silencio y resopló por lo bajo.

—No puedo quitármelo de la cabeza —dijo entonces mientras sus dedos recorrían el volante en círculos, nervioso y con los ojos fijos en la nada oscura de la noche.

Su voz resonó en el silencio del auto:

—Roger vino una vez a mi grupo de jóvenes. Fue un domingo antes de... Tiene que haber sido un último intento, un manotazo de ahogado. Y sí, le hablé. Le di la mano y pasé al chico que seguía en la ronda.

Golpeó el volante con la mano abierta y continuó.

—Allí estaba, viviendo un infierno en su interior y esperando que tal vez la iglesia, o Dios, tuvieran una respuesta. —Se le quebró la voz y sólo pudo decir en un susurro:

—No funcionó. No supimos... no supe... verlo. Lo defraudamos.

Jake, bajo los efectos de la cerveza estaba desarmado, pero sintió alivio en el corazón al oír la confesión de Chris.

—Esta noche en la fiesta, ese chico... —dijo de repente—. No lo dejaban entrar porque no era... no era *cool*.

Hizo una pausa y el dique de su corazón se agrietó un poco más.

—¿Entiendes lo asqueroso que es eso? ¿Que no era lo suficientemente *cool* como para entrar?

El peso que había estado cargando Jake durante semanas se derritió y salió de su alma a borbotones. No podía parar y no intentó hacerlo.

—Como los otros no querían andar con Roger, yo también me aparté de él. Lo molestaban y yo no decía nada. Todos los días. Lo veía cuando caminaba hacia la escuela, o en los pasillos, y ni siquiera le decía "hola". Yo era... demasiado *cool*.

La voz de Jake finalmente se quebró y no podía apartar los ojos de la solitaria ventana del cuarto de Roger.

Permanecieron sentados en el auto durante varios segundos. Luego, Chris dijo en voz baja:

—Entiendo. Tenemos que asumir la forma en que lo tratamos.

Jake se volvió hacia Chris.

—Yo era su único amigo. Y lo... —calló esperando tal vez que Chris lo absolviera de sus pecados, o que al menos le dijera palabras de consejo espiritual, para que se sintiera mejor.

Chris no hizo nada de eso.

—Entonces, los dos tenemos algo que lamentar.

Se encogió de hombros y encendió el motor. El auto avanzó. La calle serpenteaba delante de ellos y se internaron en el barrio de casas cada vez más lujosas.

—¿Cuál es tu casa?

—A la vuelta de la esquina. 1535. A la izquierda —respondió Jake con un hilo de voz, agotado. Pero no podía dejar de preguntar algo más:

—¿Cómo es eso que dijiste de que no eres religioso?

Chris sonrió y detuvo el auto frente a la casa de Jake, la más grande de la calle.

—No soy religioso porque no se trata de eso.

—Pero, ¿no eres... algo así como un cura? —insistió Jake.

Chris rió con ganas.

—Ven mañana por la mañana y lo verás con tus propios ojos.

—La verdad... no sé —respondió Jake con duda y en voz casi inaudible. Por supuesto que nadie lo convencería de ir a una iglesia al día siguiente.

—¿No es lo tuyo?

Jake se encogió de hombros y no dijo nada.

Chris arqueó una ceja.

—Bueno, tampoco es lo mío dejar a mi familia un sábado por la noche para ir a recoger a un chico que se emborrachó.

—Cierto. Tú ganas —sonrió Jake. Lo tenía merecido.

—Del otro lado de la tarjeta tienes los horarios de servicios y el mapa.

Chris y Jake se despidieron con un apretón de manos por segunda vez en esa noche. Y el muchacho salió del auto con cierta dificultad.

—Gracias de nuevo, viejo.

—Ya sabes, para eso estoy. Te veré mañana. —Chris le guiñó el ojo y su auto avanzó, con el motor gruñendo en la calle oscura.

Jake no pudo evitar sentir asombro ante la persistencia de este tipo. Rengueó lentamente por la entrada de autos de su casa y a los tumbos llegó a su cuarto. Se echó en la cama vestido y ya casi estaba dormido cuando sonó su celular. Gimió y manoteó su bolsillo para apagar la molesta canción que Amy había elegido para sus llamadas. Iba a tener que cambiarla al día siguiente.

Cuatro llamadas más tarde, Jake reconoció que no se daría por vencida. Pero él sí, al menos por esa noche. Arrojó el celular contra la pared, con tal de silenciar la estúpida canción que resonaba en sus aturdidos oídos. En segundos nada más, ya estaba profundamente dormido.

9

A DIFERENCIA DEL ADOLESCENTE PROMEDIO, Jake era incapaz de quedarse dormido. Sus amigos siempre bromeaban y hacían alarde de que se levantaban a la una, las dos o incluso a las cinco de la tarde después de alguna fiesta que terminara tarde. Pero para Jake era imposible dormir más allá de las nueve. Y era algo especialmente molesto después de una fiesta grande porque al menos los demás podían dormir su borrachera hasta cuando quisieran. Jake, en cambio, pasaba despierto esas horas de resaca. ¿Por qué tuve que tomar tanto?, se preguntaba siempre mientras se tambaleaba camino al baño, con un dolor de cabeza que le partía el cráneo en dos. El único remedio que funcionaba era tomar muchas aspirinas y decidir que seguiría con su rutina normal a pesar del sufrimiento.

Esa rutina incluía ir hasta la entrada de la casa, tomar el periódico y leer cada detalle de la sección de deportes. Jake jamás echaba un vistazo siquiera al resto de las secciones, a menos que hubiera un desastre natural o algo así.

Jake tomó la sección deportiva del periódico y dejó el resto sobre la mesa de la cocina. Se sirvió su habitual pote de Honey

Nut Cheerios. Por supuesto, el artículo que captó su atención al instante fue la página entera de tapa que lo mostraba atrapado entre dos jugadores de El Capitán mientras el balón bailaba sobre el aro después de su tiro triunfante. Y el titular pintaba el momento como una foto: "Uno para el equipo." La mente de Jake recorrió con velocidad lo sucedido desde el viernes a la noche, y meneó la cabeza. Llenó su cuchara con cereales y luego revisó lo que contenían sus bolsillos, que ahora estaban junto al fregadero, donde había dejado todo la noche anterior. Lamentó haber perdido las llaves al ver que no estaban con su billetera, los envoltorios de goma de mascar, la pelusa del bolsillo y una tarjeta.

Jack levantó la tarjeta y mientras jugueteaba con ella entre sus dedos trató de decidir si tomaría todo esto en serio. Esa conversación de anoche seguía resonando en su mente, mezclándose con el dolor, y no podía borrar esa sensación de que tal vez este tipo Chris pudiera ayudarlo a dejar de pensar tanto en Roger, cosa que le molestaba mucho y no podía evitar. No puede hacer daño, pensó finalmente, y dio vuelta la tarjeta para mirar el mapa que había en el reverso. Debajo, Chris había escrito a mano:

El reloj del microondas indicaba las 10:27. Jake dio un suspiro de indecisión y clavó la cuchara en los cereales del pote.

Justo en ese momento se abrió la puerta del frente y entraron sus padres. Estaban discutiendo, como siempre. Jake metió la tarjeta en el bolsillo trasero de su pantalón y fijó la mirada en su desayuno.

Su madre entró en la cocina. Se veía cansada porque habían volado de noche. Pero era una mujer muy bella. Jake había heredado sus lindas facciones y su madre, con cuarenta y cinco años, todavía hacía que la gente se diera vuelta para mirarla, aunque Jake estaba seguro de que a su padre ya hacía rato que no le importaba.

—Buenos días, amor —lo saludó Pam Taylor mientras iba hacia la cafetera.

Jake la miró:

—¿Qué tal el viaje?

—Lamento no haber llegado para tu partido —contestó ella—. Lo intenté, pero Papá tenía tanto trabajo que perdió su vuelo. Consiguió esa cuenta del condominio de la playa.

—Veo que una vez más fuiste el héroe que los salvó en el último segundo —dijo el padre de Jake al entrar en la cocina, con su volumen de voz normal: fuerte. Tirando su periódico sobre la mesa, junto al de Jake.

Su padre también seguía siendo apuesto y además tenía un carisma natural. Ambas cosas le habían ayudado a alcanzar el éxito. Tenía más de cincuenta personas bajo su mando, en tres oficinas de California del Sur. Glen Taylor era ya multimillonario. El estilo de vida de lujo le sentaba muy bien. Con solo sumar el precio del Rolex que llevaba en la muñeca y el portafolios que tenía en la mano, casi alcanzaría para vestir a toda una aldea. También estaban los muchísimos trajes, camisas de vestir y corbatas colgados en su armario. Era miembro del club de campo local, del club de cigarros y del club de vuelo, y poco antes había hablado algo sobre un bote que quería comprar y del club de yates en el que ingresaría como socio. Lo invitaban siempre a fiestas y eventos de prestigio. Tenía amigos en lugares importantes y se podría decir que lo que quisiera, lo conseguiría. Era un hombre que se había hecho a sí mismo, cumpliendo el sueño americano, y Jake consideraba que era evidente que lo disfrutaba.

El único problema era que trabajaba todo el tiempo y no parecía disfrutar de sus logros. Jake y su madre sí lo hacían, pero le habían asegurado muchas veces que podrían conformarse con un estilo de vida más sencillo si con eso él pudiera estar en casa más a menudo. Pero hacía tiempo ya que Jake había abandonado ese sueño. Sin embargo, y a juzgar por las muchas discusiones entre sus padres, parecía que su madre seguía esperando ese cambio.

Aunque Jake sentía enorme frustración ante muchas de las cosas de su padre, siempre se esforzaba por impresionarlo. O al menos eso había dicho el loquero la vez que fueron a una sesión de "consejería familiar", estando él en la secundaria. A veces Jake se sentía como la mosca que siempre vuelve a la miel aunque sepa que puede quedar pegada allí.

—Ah, Papá. Fue perfecto —Jake se levantó y representó su tiro ganador—. ¡Y cuando el balón dejó de bailar sobre el aro fue una locura! Sabía dónde caería. Justo cuando le pegué al balón estos tipos me encerraron y caí muy mal, de lleno, y entonces...

Su padre le dio una palmada en la espalda.

—Te espera un futuro brillante, Jake. No seas estúpido con todo este juego kamikaze.

Jake quedó helado. ¿Tanto le habría costado decir "buen tiro"?

—¿Sabes que podrías perder tu beca con toda facilidad? No es como cuando la obtienes por tener altas calificaciones. Tienes que tener cuidado, hijo.

Jake suspiró. Era el tema favorito de su viejo y Jake percibió que había llegado la hora de escuchar otro de sus sermones. Pero entonces, tan abruptamente como había entrado en la cocina, su padre miró el reloj y con una suave palmada en la mejilla de Jake, se dio vuelta para salir a la calle.

—Llego tarde. Los llamaré.

Pam apenas alcanzó a darle su tostada y una corbata limpia. Siempre le costaba seguirle el paso. Pero Jake sabía cuál era la verdad: cuando sus padres creían estar a solas, sucedía cualquier cosa y no había paz en la casa.

—Pero ¿tienes que trabajar el domingo? ¡Acabas de llegar! —gritó Jake, en parte para que su padre lo oyera, pero más que nada por solo gritar.

Su padre se dio vuelta y como siempre, la última palabra tenía que ser suya:

—Alguien tiene que pagar las cuentas, muchacho.

Jake volvió a su pote de cereales, ya blandos, y con la cuchara revolvió la leche derramando sobre la mesa.

—Tu padre quiere que sepas que nos sentimos orgullosos de ti.

Jake miró a su madre, que sonreía como con una máscara pegada en la cara.

—Sí, claro —murmuró Jake—. ¡Es lo que sentí cuando vino a verme jugar!

—Ha tenido mucho trabajo en la oficina, Jake.

—Mamá, ya no lo defiendas.

—Es que...

—Es que no lo entiende. No es su vida. Es la mía.

Era obvio que su madre quería decir algo, pero calló. Como era habitual, no se ponía del lado de ninguno de los dos. Solo tomó el pote, que todavía tenía cereal, y lo llevó a la lavadora de platos. Pam era una obsesiva de la limpieza. Parecía físicamente incapaz de dejar algo fuera de lugar, y sus compañeros favoritos eran el Windex y el rollo de toallas de papel. El loquero había dicho que era un "mecanismo de defensa".

Oh, bueno. A Jake de todos modos no le daban ganas de comer Cheerios ensopados en leche. Tomó su billetera y salió por la puerta.

—¿Adónde vas? —preguntó su madre con tono irritado.

—¡A la iglesia!

Dando un portazo, Jake se sintió mejor durante un segundo. Pero al ver el espacio vacío en la entrada de autos, se molestó otra vez. Se había olvidado de que Amy tenía su camioneta.

El malestar de la borrachera de anoche volvió a golpearle, como buscando venganza, y miró furioso hacia el cielo, hacia la calle, a todo el mundo.

Tal vez le viniera bien caminar un poco.

JAKE HABÍA PASADO EN AUTO por el viejo depósito un millón de veces, pero jamás lo había mirado hasta esta mañana. Ahora estaba en el estacionamiento, viendo el gran cartel rojo que decía "New Song Community Church". No se veía como la vieja iglesia a la que iba con su abuela en Nochebuena cuándo era pequeño. ¿No se supone que tengan vitrales y un campanario? Jake se miró. Llevaba una camiseta, jeans y sandalias de playa que se había puesto en su ebrio estupor antes de salir. ¿Tendría que haberse puesto camisa y corbata, un traje o algo así?

Dudó antes de entrar, pero sin que se diera cuenta de qué estaba pasando, un tipo calvo y viejo que parecía un pino de boliche se acercó y le dio la mano para saludarlo. Le sacudía el brazo como si fuera la palanca de una máquina tragamonedas. Si el tipo no se cuidaba, podría llevarse como premio los restos de la borrachera de anoche y el cereal de esta mañana.

—¡Hola! Soy Marv. ¡Bienvenido a New Song! Me alegra que vinieras. ¡Entremos! —le dijo con entusiasmo.

¿Lo habría estado esperando? ¿Quién era? Parecía uno de esos que te saludan al entrar en Wal-Mart, si tan solo llevara puesto un chaleco azul en lugar de esa camisa ridícula con estampado hawaiano.

Entonces, ¡el pino de boliche lo abrazó! Jake trató de no retroceder. No estaba muy seguro de saber qué eran las sectas, pero esto debía ser algo así. Como no podía escapar, Jake dejó que el tipo lo llevara alegremente hacia la entrada de la iglesia. Juntos, pasaron por las puertas del frente y cruzaron el vestíbulo, que estaba casi vacío. Había otro hombre, también sonriente pero esta vez, con cabello y pelirrojo, que le dio un folleto, una lapicera y le regaló una sonrisa que salpicaba locura.

Jake espió por la otra puerta que daba a un gran auditorio. Un hombre con una voz que le recordaba el tono de barítono de su padre, estaba en un escenario, hablando. Frente a él había filas de sillas con gente que escuchaba lo que el tipo decía. Había jóvenes, viejos, gente bien vestida y otra no tanto. Iba a entrar, pero sintió que una mano lo tomaba por el codo y lo hacía dar la vuelta.

—¿Jake Taylor? ¿Qué haces aquí? —era el drogón de Danny Rivers, y casi parecía estar acusándolo de algo. Jake no sabía cuál de los dos estaba más sorprendido.

—¿Cómo qué hago?

Danny se le acercó con sonrisa burlona.

—Bueno, es que, ya sabes. No pareces del tipo de los que van a la iglesia.

—Eh... estoy buscando a Chris, nada más —respondió Jake en un susurro. Tampoco Danny parecía del tipo de los que van a la iglesia.

—¿Vaughn? Está aquí dentro.

Danny llevó a Jake del otro lado del vestíbulo donde había una mujer con cabello gris y hombros encorvados que se les acercó. Tomó las manos de Danny en las suyas, como si se tratara de su nieto a quien veía después de muchísimo tiempo.

—Dile a tu padre que me encanta como predica. Puedo verlo en tus ojos. Serás igual que él —y con eso, la mujer le acarició la mejilla con su mano tembleque y avanzó arrastrando los pies hacia el auditorio.

—¿Tu papá es el sacerdote? —preguntó Jake, asombrado.

—Seee, bueno... algo así —Danny frunció el ceño.

—¿Cómo es que nunca supe de esto?

Danny se encogió de hombros y dieron la vuelta hacia el área de los jóvenes.

—No es algo de lo que esté orgulloso, te digo.

Pasaron junto a una mesa con café y donas. Danny tomó dos de las azucaradas, pero ignoró el jarro que solicitaba una donación de cincuenta centavos. Caminaron hacia un corredor donde había una mujer filipina con lapiceras en la mano que recogía de una mesa de la recepción, donde quedaban restos de pegatinas de nombres y marcadores.

—Jake, ¿verdad? —preguntó mientras dejaba las lapiceras para escribir su nombre en una etiqueta. Era linda, pero definitivamente estaba un poco loca. Su top multicolor, su falda de camuflaje y sus botas del ejército eran el atuendo que acompañaba sus brazaletes multicolores que le llegaban hasta el huesudo codo.

—Sí —contestó Jake, y se dio cuenta de que aún llevaba puestas las gafas de sol. Se las sacó y las puso con aire elegante en su bolsillo trasero, esperando que no se le notara lo de anoche en los ojos. Las luces fluorescentes le perforaban el cerebro y trató de ocultar una mueca de incomodidad. Aparentemente el paseo en el aire fresco no le había ayudado tanto como esperaba.

La chica extendió la mano:

—Me llamo Andrea. Bienvenido a la reunión. Aquí está tu etiqueta —dijo con una sonrisa cálida.

Jake tomó la pegatina que tenía su nombre garabateado junto a una carita sonriente. Pasó los dedos por el lado engomado. Hacía muchísimo que no usaba una de estas cosas. Y por cierto, no quería que nadie supiera su nombre aquí.

—No me habían dicho que hoy era el Día del Arcoíris —se burló Danny mientras entraban a la sala de jóvenes.

Como un picaflor, Andrea ya estaba al lado de Danny y tomándolo de la mano, lo miró con ojos de cachorrito cariñoso:

—¡Oh! ¿No escuchaste el mensaje en tu correo de voz? No te preocupes. Te presto esto —y le puso uno de sus treinta brazaletes multicolores, con un simpático guiño.

Danny retiró su mano bruscamente y siguió caminando.

—Gracias. —Jake levantó la etiqueta en el aire en señal de despedida.

—Me alegra tanto que estés aquí —dijo Andrea con una sonrisa sincera. Toda su cara expresaba calidez y bienvenida. Jake estaba acostumbrado a que lo saludaran dondequiera que fuese, pero no con tanta amabilidad. Podía sentir que se esfumaba su molestia y su duda.

—Esa chica me da escalofríos —murmuró Danny mientras engullía lo último de la dona de una sola vez. Echó el brazalete en el tacho de la basura que estaba junto a la puerta, y señaló un viejo sillón que había al fondo de la habitación. Era una habitación más grande de lo que le había parecido desde la puerta, que se extendía hacia un enorme escenario donde estaba Chris de pie, hablando con un micrófono inalámbrico pegado con cinta a su mejilla. Frente a él había filas y filas de chicos sentados, todos de la secundaria. Algunos usaban sillas, y otros estaban sentados en el piso o echados sobre los horribles y manchados sofás que había contra la pared del fondo.

—¿Y tu etiqueta de nombre? —preguntó Jake a Danny, en voz baja.

—Aquí todos me conocen —gruñó él.

Al acercarse Danny, los estudiantes que estaban en el sofá del extremo de la hilera se corrieron un poco para que él pudiera sentarse. Uno de ellos se sentó en el piso. Jake se sentó junto a Danny y puso la etiqueta en el bolsillo trasero del pantalón. Unas chicas de la última fila le sonrieron al verlo, y sin sonido movieron los labios diciendo: "Hola, Jake." Con risitas divertidas, volvieron a mirar hacia el frente. El tipo que estaba junto a una de ellas le rodeó el hombro con el brazo y la atrajo hacia sí, con un sonido de protesta.

Al frente de la habitación, Chris parecía sentir increíble pasión por lo que fuera que estuviera diciendo. Definitivamente, hoy estaba mejor vestido que anoche, pero sus jeans y su polo no tenían nada que ver con ese traje con cuello raro que Jake había visto en los sacerdotes que aparecen en las películas. Jake se recostó en el viejo sofá y trató de escuchar el final del mensaje de Chris.

—Así que, para terminar, quiero preguntarles: ¿qué harían por $20? ¿Le darían un beso de lengua a un perro? —se oyeron gruñidos de asco de todos los presentes—. ¿Y qué hay de esto? ¿Llevarían a su madre al baile de graduación?

Un chico de la primera fila se volvió hacia quien tenía al lado y dijo en voz alta para que lo oyeran todos:

—Yo llevaría a tu mamá. Está buena...

Todos estallaron en carcajadas mientras el chico levantaba las manos fingiendo inocencia.

Chris se acercó al chico y chocó los nudillos con él.

—Gracias, Billy —y guiñó el ojo, pero luego dijo en un susurro bien audible—, claro que su madre no tendría nada que ver contigo.

Luego se dirigió a todo el grupo.

—Haríamos todo tipo de locuras por $20. ¿Pero si fuera solo un centavo? ¿Besarían al perro? ¿Llevarían a mamá al baile?

Todos miraron a Billy, que no dijo nada.

—Lo increíble es que así es como tratamos a la gente. Algunos bien valen la pena y a otros los pasamos de largo sin verlos siquiera, como si nada valieran.

Jake se inclinó hacia delante, sorprendido ante su propio interés en lo que oía.

—Verán, en esta historia que escuchamos recién, el tipo es atacado y asaltado, y dos personas pasan junto a él, pero no lo ayudan. ¿Cuántas veces hacemos eso? Solo hacemos un gesto con la cabeza, pero seguimos caminando. ¿Por qué no ayudamos? ¿Por qué no ayudo yo? A veces, ni siquiera sé qué decir, o no quiero involucrarme.

Chris se sentó en una banqueta que había junto a él, y miró en silencio a todos. Jake podría haber jurado que los ojos de Chris solo lo veían a él.

—Hace poco oficié en el funeral de Roger Dawson —dijo Chris, sacando una fotografía enmarcada de Roger que tenía en su atril. Sin decir palabra, se levantó, cruzó la habitación y colgó el retrato de un clavo que había junto a la puerta. Luego en voz muy baja, siguió hablando desde el fondo de la habitación.

—Tal vez no lo hayan notado, pero Roger vino a nuestra reunión el domingo antes de... —allí Chris hizo una pausa y se pellizcó el entrecejo para recomponerse un poco.

Todos los pensamientos que Jake había intentado ahogar durante la semana, surgieron casi automáticamente a la superficie. Se movió un poco en el asiento, esperando que nadie lo notara.

—Es fácil echar culpas. Pero la semana pasada Roger miró su vida y dijo "No valgo la pena". No sé qué esperaba encontrar aquí, pero no lo encontró —la voz de Chris ahora era casi inaudible, pero de repente, exclamó:

—¿Lo entendemos? Porque si no lo entendemos, las consecuencias son enormes.

Jake levantó la cabeza y en su mente revivió en imágenes lo sucedido ese día en el Corredor de los Mayores.

Roger, de pie frente a él. El arma, que tiembla en la mano de Roger pero desafía a cualquiera que quiera enfrentársele.

"No tienes que hacerlo, hermano."

Roger mira a Jake a los ojos y dice esas palabras... esas pocas palabras tan horribles. Y apunta el arma hacia su mentón. ¡CRACK!

El recuerdo se vio interrumpido por el sonido de una batería. Jake abrió los ojos. Tenía la frente bañada en sudor y sentía piel de gallina en la nuca. Chris había terminado y mágicamente había aparecido una banda musical de estudiantes en el escenario. Todos los que estaban alrededor de Jake se pusieron de pie y comenzaron a batir palmas al ritmo de la música. Notó que Andrea, la chica tecnicolor que repartía las etiquetas, estaba en el escenario y cantaba apasionadamente junto al micrófono y a otra chica que Jake reconoció como miembro del grupo de drogones. Se llamaba Kelsi, o algo así. De lo que Jake estaba seguro era de que en la fiesta de la noche anterior la chica estaba completamente mal, drogada o borracha. Pero aquí estaba ahora, levantando las manos y con los ojos cerrados cantaba fervorosamente delante de todos los presentes. Jake se sintió incómodo tratando de aplaudir como todos, porque se sentía como la foca del circo. Lo soportó durante unos minutos y luego fue directo a la puerta de salida.

Al cruzar el vestíbulo trató de evitar al sonriente pino de bolos y a la pelirroja que arreglaba las cosas en la mesa de café. En ese momento oyó que una voz conocida lo llamaba. Jake se dio vuelta, sin ganas de ver a nadie, y vio a Chris en un extremo, apresurándose para alcanzarlo.

—¡Viniste! —dijo Chris sin aliento, pero sonriente.

Como no sabía bien qué hacer, Jake respondió el apretón de manos con que lo saludaba Chris.

—¿Estás bien después de lo de anoche? —preguntó Chris.

Aunque apreciaba la ayuda de la noche anterior, a Jake le molestaba el hecho de que ahora Chris era quien llevara la delantera.

—Lamento haber llegado tarde —tartamudeó.

—¡No importa! ¡Me encanta que hayas venido!

¿Me encanta? Jake no oía esa palabra desde fines de la primaria, más o menos.

—Eh... me gustó tu discurso —dijo entonces.

—Gracias, de veras.

El padre de Danny se acercó desde atrás de Chris, interrumpiendo este intercambio un tanto forzado.

—Chris, necesito hablar contigo un segundo nada más —dijo con tono de urgencia.

—Sí, claro. Pero quiero que conozcas primero a Jake. Es su primera vez aquí. Jake, te presento a Mark Rivers, nuestro pastor principal.

Un tanto molesto por la demora, Mark sonrió a medias mirando a Jake y lo saludó con un breve apretón de manos. Jake intentó romper el hielo:

—Conozco a su hijo Danny. Estamos en el equipo de baloncesto.

—¡Qué bien! Chris, ¿tienes un momento? —y con eso Mark se llevó a Chris aparte y dejaron a Jake allí, parado y a solas.

No sabía qué hacer. ¿Podría irse ahora? Eso no parecía lo mejor. Observó a los dos hombres mientras hablaban, al otro lado del vestíbulo. La forma en que Chris se paraba y escuchaba le recordaba a Jake a su propia postura cuando su padre le daba uno de sus sermones. ¿Qué error habría cometido Chris? Pero antes de que pudiera observar mucho más, Chris estaba de vuelta sonriendo, aunque con cara de no estar muy contento.

—Lo siento... ¿Tu novia sigue con tu camioneta?

Jake asintió, con gesto de resignación.

—Oye. Dame diez minutos y te llevaré en mi auto —y dándole una palmadita en el hombro, Chris se dirigió a la salida del salón para saludar a los estudiantes que se retiraban.

—¡Domingo de chocar los cinco, chicos! ¡Vamos! ¡Sierra! ¡Mike! ¡Ronnie! ¡Max! ¡Riana! ¿Cómo va todo, Larry?

Desde el lugar en que estaba, Jake miraba todo esto. El lugar era de locos, pero igualmente había algo extrañamente atractivo aquí.

Más que diez fueron veinte minutos, pero todos se fueron y Chris finalmente quedó libre. Y de la nada apareció su hijito. Con su cabeza llena de rulos, corrió hasta donde estaba su papá y lo atacó gruñendo:

—¡Grrrrr! ¡Soy un oso polar! —dijo Caleb mientras Chris lo levantaba en brazos y lo hacía girar en círculos.

—Pero, pensé que eras un oso pardo —le recordó Chris.

—¡Soy un oso pardo!

—Bueno, Sr. Oso. ¿Recuerdas a Jake?

—¡Grrr!

—¿Cuántos años tienes, Caleb? —Era lo único que a Jake se le ocurrió decir en ese momento.

—¡Tres! —gritó el niño mostrando tres deditos regordetes.

Chris bajó el dedito meñique del pequeño, reduciendo la cuenta.

—Es bueno para los deportes, pero no tanto para las matemáticas.

Jake sonrió.

—¿Viene a almorzar con nosotros? —quiso saber Caleb señalando a Jake.

— ¿Qué dices? ¿Vienes? Nos desviaremos un poco nada más, antes de llegar a casa. Yo invito.

Jake no tenía nada planeado para la tarde, pero la cosa se ponía rara. Bueno... ¿por qué no? Comida gratis...

—Eh... sí, está bien.

Caleb se retorcía en los brazos de su padre intentando bajarse. Jake siguió la mirada del niño y vio que se acercaba una linda mujer afroamericana.

Ahora entiendo por qué el chico es oscuro, pensó Jake.

Cari le dio un firme apretón de manos a Jake.

—Debes ser Jake. Chris me dijo que tal vez vendrías. ¿Oí bien? ¿Vienes a almorzar con nosotros?

—Eso creo.

—Bueno, te pido disculpas de antemano —dijo ella, sonriendo.

¿Qué habrá querido decir?, se preguntaba Jake mientras iban juntos hasta el auto.

CALEB IBA PARADO en el carrito de compras, aferrado a los costados para mantener el equilibrio, mientras que Chris empujaba el carro por los pasillos del supermercado Costco. Cari meneaba la cabeza mientras observaba a sus muchachos de nuevo con su juego favorito mientras hacían las compras. Las reglas del juego eran simples: sacudir el carro o doblar de golpe en una esquina, lo que hiciera falta como para que Caleb cayera. Hasta ahora nunca se había lastimado y por eso Chris seguía muy contento jugando, sin que Mamá los interrumpiera. Cari y Jake iban a ambos lados del carro, con un *hot dog* y una gaseosa en cada mano.

Chris avanzaba haciendo zigzag con el carro para evitar a la gente, y lo tironeaba o lo empujaba, hasta que Caleb casi cae al piso. Cari se asustó, pero Caleb se mantuvo firme y soltó una risita chillona. Una señora de mediana edad que tenía el carro lleno de provisiones, miró a Chris con gesto de desagrado. Pero Caleb quería más. Y así, sin aviso previo, Chris giró el carro 180 grados y volvió a donde estaban Cari y Jake. Caleb seguía en pie, sonriendo y muy satisfecho.

—¡Les digo que es lo mejor de la ciudad! —exclamó Chris por séptima vez—. Y todavía no llegamos a la mejor parte —continuó, dándole un suave codazo a Jake.

Jake estaba asombrado. Su familia jamás habría pensado en almorzar en un supermercado. Las pocas veces que la familia Taylor salía a comer fuera, siempre iban al club de campo o a algún restaurante elegante, y Jake tenía que vestirse bien. Y por cierto no se divertían en esas salidas. Solo conversaban sobre los temas obligados: el clima, el trabajo o la escuela. Luego, inevitablemente, aparecía algún conocido de su padre y él se iba para conversar, mientras Jake y su madre permanecían sentados a la mesa y su comida se enfriaba. Si Jake tenía suerte, podría disfrutar de alguno de los famosos discursos de su padre respecto a la importancia del trabajo y el esfuerzo. Pero ahora Jake tenía que admitir sinceramente que disfrutaba de esto, algo bastante inusual y fuera de su zona de comodidad. Mientras trataba de caminar y hablar, sosteniendo el *hot dog* bañado en kétchup y cebolla, no pudo evitar preguntarse cómo habría sido todo si su familia hubiera hecho esto en lugar de cenar en lugares caros.

El alegre chillido de Caleb interrumpió los pensamientos de Jake:

—¡Más rápido, Papi! —decía mientras señalaba hacia delante, tomándose con fuerza de los costados del carro.

Chris dio un empujón repentino y finalmente hizo que Caleb cayera sentado dentro del carrito.

—¡Un punto para Papá! —se jactó Chris ante el chiquito de tres años.

—¡Chris! —lo reprendió Cari.

Chris ladeó la cabeza, en gesto de inocencia.

—Fue divertido, ¿verdad?

Y con eso, levantó a Caleb suavemente para ayudarlo a ponerse de pie.

—¡Otra vez! —gritó el niño, riendo.

—¿Qué cosa? —preguntó su padre fingiendo no saber de qué hablaba.

Cuando Caleb iba a responder, Chris volvió a empujar el carro. Caleb perdió el equilibrio y cayó hacia delante.

—¡Dos puntos! —gritó Chris nuevamente.

Cari miró a Jake, meneando la cabeza.

—Hombres... —suspiró.

Caleb, todavía echado boca abajo en el fondo del carrito, levantó la mirada y exclamó:

—¡Muestras!

Y se puso en cuatro patas. Chris le sonrió a Jake por encima del hombro y dijo:

—¡Ahora sí viene lo bueno!

Los varones Vaughn fueron directo a una mesa donde una señora de sesenta años, con una etiqueta que decía "Beatrice", cortaba porciones de pizzas de pan francés.

—Les dije que sería un buen día —sonrió Chris cuando Jake y Cari se acercaron.

Caleb, ahora de pie, se dio vuelta y chocó los cinco con su papá.

—¡Soy piloto de carreras! —anunció dirigiéndose a la señora que repartía la pizza. Caleb era irresistible, y la señora les dio otra porción. El niño entonces la abrazó y la mujer sorprendida, sonrió muy feliz. Chris tomó otra porción más.

Jake lo observaba todo a más o menos un metro de distancia. Bajó un poco la cabeza y metió las manos en los bolsillos. No sabía si se sentía incómodo o celoso.

—¡No tienen vergüenza! —sonrió Cari mientras lo tomaba por el codo y lo acercaba al grupo. Le guiñó el ojo y dijo:

—Voy a buscar jabón en polvo para lavar la ropa. ¿Podrías ocuparte de que mis muchachos no hagan papelones, por favor?

—¿Me dejas solo con ellos? —preguntó Jake, medio en broma y medio en serio.

—Te dejo a cargo.

Y avanzando hacia el otro pasillo, desapareció a la vuelta de la esquina.

Después de pasar por otras nueve mesas que repartían muestras de productos, los muchachos ya se habían cansado un poco. Chris le dijo a Jake que ahora era su turno con el carro. Caleb, encantado, enseguida comenzó a hablar con Jake, con palabras apenas inteligibles. Jake pensó que le hablaba de jugar al fútbol con Chris, pero la verdad es que no importaba mucho siempre y cuando dijera cada tanto "Oh" y "¿de veras?", mostrándose interesado. Caleb seguía conversando de todos modos. Jake nunca había estado tanto tiempo con niños pequeños, pero este chiquito podía con todos.

En el pasillo del pescado congelado, Caleb empezó a hablar con otra de las señoras que repartían muestras. Chris se inclinó hacia Jake:

—¿Puedo preguntarte algo?

—Claro.

—¿Por qué crees que lo hizo?

La pregunta dejó helado a Jake, que sintió que se quedaba sin aliento y se apoyó sobre el barral del carro. Aunque la sección de congelados estaba bastante fresca, sintió que le sudaban las manos.

—Creo que ambos nos preguntamos lo mismo —sugirió Chris.

Jake miró a su alrededor y vio cantidad de rostros sin nombre en los pasillos, comprando con sus carros y eligiendo cosas de los estantes, viviendo indiferentes a lo que sucedía. Buscó una respuesta en su mente, y en su pecho sentía el dolor de la pena. Luego dijo:

—Si Roger fue capaz de matarse así porque sí, ¿qué te dice eso de la vida?

Chris asintió.

—Lo sé. Estas cosas te hacen pensar.

Jake frunció el ceño. No era el tipo de respuesta que uno esperaría de un ministro. ¿No era de los tipos que siempre sabían qué contestar?

Siguieron avanzando por el pasillo mientras Caleb decía en voz alta los nombres de sus nuevos amigos. Jake caminaba sin hablar, esperando que Chris dijera algo. En la siguiente mesa de muestras Caleb tomó un potecito de ravioles y se lo ofreció a Jake, como si fuera un regalo de cumpleaños. Jake lo tomó sin decir nada. Caleb comenzó a comer los suyos, metiendo la naricita y la lengua en la salsa.

—¿Qué quieres de la vida, Jake? —preguntó Chris de repente.

Un año atrás Jake habría respondido sin dudar un segundo. Pero ahora...

—No lo sé —admitió—. Toda mi vida me esforcé por llegar a ser una estrella del deporte. ¿Para qué? ¿Qué sentido tiene? Mi padre es exitoso, pero él y mamá se odian. No son felices.

Jake miró a la gente que caminaba en diversas direcciones, delante de él. Y finalmente murmuró:

—Al menos Roger ya no le hace daño a nadie.

Chris detuvo el carrito y miró a Jake:

—Tal vez la vida sea más que eso.

Con una risita sarcástica, y sabiendo a dónde iba todo esto, dijo:

—Ah, ¿sí? Digamos... ¿Dios?

—Eso es algo que tú mismo tendrás que resolver —contestó Chris sin pestañear. Luego sonrió y sus ojos se fijaron en algo que estaba detrás de Jake. Era Cari, que se acercaba a ellos por la derecha. Chris tomó a Jake por el hombro.

—Tengo algo para darte. Cuando lleguemos al auto, recuérdamelo.

Cari traía su caja de jabón en polvo y una falda nueva de color rosa. Caleb se volvió hacia ella y extendió los brazos. Tenía las manos sucias con salsa de tomate.

—¡Oh, Chris! —exclamó Cari.

Chris miró las manitos de su hijo. Luego sonrió y le guiñó el ojo a su esposa:

—¡Linda falda!

✛ ✛ ✛

Ya en el auto, todos reían mientras la radio sonaba a todo volumen.

—Es mi turno ahora —gritó Chris, haciendo sonar la bocina para llamar la atención.

—Esto será interesante —sonrió Cari mientras iba pasando las estaciones de radio y finalmente eligió un programa con canciones viejas. Jake casi podía ver a Elvis contoneándose al son de "Hound Dog", a todo volumen. Tuvo que reír.

Cari asintió y señaló a Chris, que se aclaró la voz y comenzó a cantar: *"You ain't nothing but a hound dog, cryin' all the time. You ain't nothing but a hound dog, cryin' all the time..."*

Jake imaginaba a Chris con el peinado engominado de Elvis Presley, contoneando las caderas, con un traje blanco que dejaba entrever su ombligo. Cari entonces apagó la radio de repente, y se oyó solamente la voz rasposa de Chris: *"Welllllll, you ain't never caught a rabbit and you ain't no friend o'mine!"* *(Nunca haz cazado un conejo y no eres amigo mío).*

Caleb se tapó los oídos y lloriqueó:

—¡Basta, Papi!

—No digan que no estuve maravilloso —gritó Chris. Jake y Cari gimieron y Chris bajó la cabeza, fingiendo sentirse ofendido.

Ya estaban por llegar a casa de Jake, y éste suspiró, contento. Hacía muchísimo que no reía tanto. Chocó los cinco con Caleb, a modo de despedida, y se desajustó el cinturón de seguridad.

Pero cuando Jake se disponía a abrir la puerta, Chris dijo:

—Parece que tienes visitas —y con un gesto señaló la entrada de autos. A un metro y medio de ellos estaba Amy, apoyada contra la camioneta de Jake, que relucía de limpia y lustrosa. Amy se veía furiosa. Chris la saludó con la mano, pero ella no respondió.

—¿Me habrá visto? —Jake se cubrió la cara con la mano y se repantigó en el asiento.

Chris sonrió:

—Buena suerte.

Cari se dio vuelta y miró a Jake a los ojos.

—Mira, no sé nada de lo que está pasando, ni quién hizo qué cosa, ni nada de eso. Pero te digo que a las chicas nos gusta que nos escuchen.

Luego pasó el brazo por encima de su respaldo y le dio un amistoso apretón en el brazo. Jake asintió y salió del auto, lentamente.

—¿Puede venir él a cuidarme? —quiso saber Caleb mientras saludaba a Jake con su manita gorda.

—¡Jake! —gritó Chris. Jake se volvió hacia el auto. Chris le dio su Biblia de bolsillo y un CD.

—Toma.

—¿Qué es?

—Échales una miradita, nada más.

Jake tomó los regalos y los puso en su bolsillo trasero. Cerró la puerta del auto y avanzó muy despacio hacia donde estaba Amy.

Medía sus pasos para darle a su cerebro un segundo o dos de tiempo extra, buscando una estrategia. Jake sabía por experiencia que sus primeras palabras eran las que definirían cómo terminaría la discusión. Es que ya había pasado muchas veces por algo así, al decir cosas que reventaban como bombitas de agua contra el pavimento. Pero se convenció de que hoy no iba a arruinarlo todo. Cuando sus pies llegaron a donde estaba la camioneta, levantó la mirada y se sentó sobre el parachoques junto a Amy.

12

—HOLA —Jake intentó sonreír. Amy permaneció dura como una estatua, fría e inmóvil. Un punto para ella.

Jake seguía mirando hacia delante, evaluando sus opciones. Decidió dejar que ella hiciera la siguiente movida.

Pasaron unos segundos en silencio, pesado y denso, como si Jake hubiera activado una granada. Pero Amy no cedía. Jake se sentía inquieto. Por el rabillo del ojo trató de leer su lenguaje corporal, pero ese ajustado top azul con lacitos y sus mini shorts blancos y las largas piernas bronceadas de Amy lo distraían. Luchó por mantener la atención, y sacudió la cabeza. Pero entonces se dio cuenta de algo: cada vez que tenían una pelea, parecía que Amy se vestía así a propósito. No podía ser casualidad. ¡Las mujeres juegan sucio! Haciendo un esfuerzo, levantó la guardia y apartó la mirada.

—¡Cielos, Jake! ¿Dónde te habías metido? —explotó finalmente Amy mientras se levantaba del portón de la camioneta para mirarlo a la cara.

El brillantito que llevaba colgado del cuello destellaba y lo distraía. Volvió a hacer el esfuerzo de concentrarse en algo más, como la casa del vecino que se veía detrás de Amy.

—Ni siquiera quiero hablar contigo —refunfuñó Amy cruzando los brazos—. Te llamé millones de veces y no tienes la decencia de... contestar mis llamadas.

Tenía la voz temblorosa, y dejó caer los brazos. Sus dedos delgados estaban a centímetros de la rodilla de Jake.

Jake respiró profundo por la nariz. Era su turno ahora, y aunque odiaba la idea de meterse en una pelea dramática, decidió que no fingiría una disculpa. Apoyó las manos en el portón de la camioneta y miró a Amy furioso:

—Digo... ¿oí mal? ¿O dijiste algo para disculparte por haber robado mi camioneta?

—¡No es momento para chistes! —dijo Amy entre dientes—. Te comportaste como un idiota. ¿Te das cuenta de lo que tuve que pasar por ti? —y con eso, volvió a cruzarse de brazos mientras uno de los finos breteles se le deslizó del hombro.

Jake pensó que se arreglaría el bretel, pero ella no movió los brazos y la verdad es que no podía dejar de mirar esa cintita. Su mente empezó a vagar otra vez. Trató de concentrarse de nuevo, pero aunque la mirara a los ojos no obtenía respuesta de ella. Si apartaba la mirada se mostraría débil y por eso trató de recordar los detalles de lo sucedido la noche anterior, manteniéndose firme y desafiante. Es que de repente, todo se había vuelto nublado y no sabía exactamente qué había dicho o hecho. Nunca se le ocurrió pensar en ello desde el punto de vista de Amy. Había sido una fiesta como cualquier otra para él. Pero tal vez no era así.

—¡No te quedes callado! —dijo Amy con impaciencia, apoyando sus manos sobre las rodillas de Jake, mientras acercaba su cara a milímetros de la suya.

Jake siguió mirándola a los ojos. Si Amy se acercaba más, terminarían besándose. ¿Será eso lo que quiere? Le asombró darse cuenta de que en realidad no quería besarla.

—Hoy fui a la iglesia —contestó Jake, esperando que el cambio de tema liberara parte de la tensión. Pero no sucedió. Aunque sí tomó por sorpresa a Amy, que quitó las manos de las rodillas de él y enderezó la espalda. Ahora, lo miraba desde arriba mientras Jake seguía sentado.

—Ah, ¿sí?

—Seh.

—Bueno, mi papá era el que estaba metido en la iglesia y después nos abandonó —se burló Amy.

Jake no conocía al padre de Amy. Se había ido mucho antes de que se conocieran. En estos tres años, ella lo había mencionado muy pocas veces. Por lo que podía deducir Jake, su padre había decidido que ya no quería ser jefe de familia. Amy había vivido con su padre y su madre hasta que un día sólo quedó su mamá. Su padre le enviaba una tarjeta para su cumpleaños todos los años. Amy no abría los sobres y los guardaba en el último cajón de su escritorio. Jake había dicho en broma una vez que quería abrir las cartas para ver si había dinero adentro, y Amy le había retirado la palabra durante todo un día. Ahora, estaba comparando a Jake con este hombre al que despreciaba tanto. Otro punto para Amy.

—Amy, yo no soy tu padre —replicó Jake y se puso de pie para estar a la misma altura que ella.

—Bueno, ¿qué pasa entonces, Jake? —disparó Amy ahora—. Nunca fuiste a la iglesia. ¿Y quién es ese tipo con el que te veo todo el tiempo? ¡Me das miedo! —se dio vuelta, y de espaldas a Jake se peinó el cabello con los dedos.

Jake sintió que por un lado quería tomarla de la cintura y abrazarla, pero también quería resistirse a ese deseo.

—¿Qué quieres que te diga? ¿Que lo lamento? Bien, ¡perdón porque tú me robaste la camioneta!

Hasta Jake se sorprendió ante su propia voz, tan agresiva, pero... en serio... ¿qué esperaba Amy? Volvió a sentarse en el portón de la camioneta, que crujió bajo su peso. Amy se dio vuelta y se le bajó el otro bretel. Jake repitió para sus adentros: concéntrate en su rostro, nada más.

—¿Qué lo lamentas? ¡Ja! No me hablaste casi un día entero, ¿y eso es todo? —chilló Amy furiosa. Una lágrima diminuta le rodó por la mejilla. Se pasó la mano enseguida para secarla.

Jake estaba acostumbrado al tono de voz de enojo, pero no a las lágrimas. A Amy no le costaba expresarse, pero no lloraba muy a menudo. Y nunca había llorado por él. ¿Qué estaba pasando? ¿Cómo pude permitir que pasara esto?

Jake tomó las manos de Amy con ternura, y entrelazó sus dedos con los de ella. La acercó hasta que sus rodillas se tocaron.

—Amy, quizá este no es el mejor momento. Tengo muchas cosas en la cabeza ahora —susurró tratando de calmarla.

Amy retrocedió.

—¿Qué? ¿Qué hay de nosotros? ¿Es todo lo que quieres? ¿Hacer el amor conmigo los sábados por la noche y luego ir a confesarte el domingo? ¿Es tu nuevo plan?

Tres puntos para Amy.

—Amy, no sabes de qué me hablas —suspiró Jake. Con delicadeza apoyó las manos sobre las caderas de Amy, acariciando la piel desnuda con los pulgares.

—¡Al menos yo sí hablo! —y apartándole las manos volvió a darle la espalda. Jake respiró hondo.

Tal vez tenga razón. Quizá sería bueno hablar. Y hasta podría ayudarme a resolver todo esto.

Jake no había querido admitir que la muerte de Roger le perturbaba tanto, pero, ¿por qué no? Sus recientes conversaciones con Chris habían dado inicio a la caída del dominó, así que Jake decidió voltear un par de fichas más y tomando aire, dijo con intención de que Amy lo comprendiera:

—Sabes… ese chico que se suicidó…

—¿Sí? —sin siquiera darse vuelta para mirarlo, su tono y su postura indicaban enojo.

—Yo lo conocía.

Amy lo miró con sospecha, como si intentara descifrar si Jake en verdad estaba contándole algo íntimo o sólo tratando de cambiar de tema.

—Bueno, es triste —dijo vagamente—. Pero en serio, no es como si hubiese sido...

—¿Importante? —la interrumpió Jake.

Amy se volvió hacia él.

—No. Iba a decir que no es como si hubiese sido amigo tuyo.

—Era mi mejor amigo —la corrigió Jake, y su corazón comenzó a latir más rápido. Le pareció raro que fuera más fácil hablar de esto con Chris. ¿Por qué es tan difícil?

Amy no parecía convencida.

—Jake, hace tres años que salimos. Ni siquiera lo vi una vez.

—Cuando éramos chicos. Vivía a la vuelta de mi casa —se le quebró la voz al señalar la esquina de la calle. Y se le ocurrió entonces que su amistad con Roger había terminado en el mismo momento en que se había hecho amigo de Amy. Tal vez por eso le costaba tanto contárselo. Su rostro hermoso le recordaba la decisión que había tomado esa noche en el primer año de la secundaria. ¿Y si hubiera decidido no apartarse? ¿Estaría con Amy? ¿Seguiría vivo Roger? Pero no hacía falta que Amy le ayudara a responder esas preguntas. Él había tomado esa decisión por su cuenta, y ahora la culpa recaía solo sobre sus hombros.

Amy interrumpió su auto-interrogatorio.

—Así que, tu ex amigo casi mata a unas personas, ¿y te sientes mal por eso? —su tono de voz se había suavizado—. Vamos, deja ya todo eso. No es culpa tuya.

Jake negó con la cabeza.

—¿De quién es la culpa entonces?

Se secó el sudor de las manos en los pantalones y se apartó del portón de la camioneta para caminar un poco.

—De nadie. De él. De los padres. ¡Qué sé yo! —dijo Amy encogiéndose de hombros. Su enojo se convertía en preocupación, y lo tomó del brazo para que dejara de caminar, haciendo que la mirara. Tocó sus bíceps y añadió con suavidad.

—Jake, tú no tenías que vigilarlo ni cuidarlo —y con tono pícaro lo abrazó y susurró—, pero puedes cuidarme a mí.

En cualquier otro momento sus palabras habrían acelerado el corazón de Jake, pero ahora casi no surtieron efecto. Se apartó de ella y centró la mirada en una grieta del piso. Quizá para ella fuera fácil echar culpas a los demás, pero él no podía hacerlo. Se le había pasado el enojo por lo de la noche anterior, pero se sentía más molesto que nunca.

—Tengo muchísimas cosas en qué pensar —murmuró.

Amy deslizó sus manos dentro de los bolsillos traseros de Jake y lo acercó a ella aún más. Todavía tenía los breteles caídos sobre los hombros, y su top se le estaba bajando cada vez más.

—Sé en qué estás pensando —le dijo sonriendo, con gesto de capricho amoroso.

Era un gesto que Jake podía descifrar sin dudarlo. Pero no le interesó nada de eso ahora. Ese día había estado hablando con Chris acerca de la existencia de Dios y la verdad, no le parecía que estuviera bien escapar de todas esas preguntas yendo a su dormitorio con su novia. Aún así, no era de los que dicen que no, en especial si ella decía que sí. Pero en realidad, ¿qué indicaba todo esto acerca de sus sentimientos?

Jake recordó en ese instante que los regalos que le había dado Chris todavía estaban en su bolsillo, junto a los dedos de Amy. Esperó un momento y luego se apartó de ella.

—¿Crees que Dios existe?

—¿Qué cosa?

Amy dejó de abrazarle la cintura y se levantó los breteles, como si acabaran de bajársele.

—Estás muy raro —gimió, y se llevó las manos a la cabeza.

Permanecieron allí, parados en la entrada de autos de la casa de Jake, sin mirarse. No era exactamente el lugar donde

Jake había imaginado que tendrían esta conversación. Pero ella era la que se había quejado de que no hablaban. Entre ambos, el silencio levantaba un muro negro, y ninguno de los dos tomaba la iniciativa de hacer algo. Finalmente, Jake cerró el portón de su camioneta.

—Vamos, te llevaré a tu casa —y por instinto, metió la mano en el bolsillo para tomar las llaves, pero las tenía Amy todavía.

—¿Me darías mis llaves? —le preguntó, sonriendo apenas.

—No —respondió Amy de repente. Sacó el llavero de los Cardinals de Louisville de su bolsillo trasero y se las arrojó. Luego, sin decir nada, se subió a la camioneta y se sentó en el asiento del acompañante. El portazo con que cerró dejaba un mensaje muy claro. La pelea todavía no había terminado.

Jake suspiró. Sus intentos por apagar el fuego sólo habían empeorado las cosas. Pero, ¿qué podía esperar, si ni siquiera podía extinguir el infierno que rugía en su interior?

Bueno, al menos recuperé mi camioneta.

13

JAKE CONDUJO HASTA LA CASA DE AMY. Nadie habló.
Jake no sabía qué era peor: el fuego o el hielo. Amy permaneció acurrucada contra la ventanilla de la camioneta, en el extremo del asiento, mirando fijo por el parabrisas. En ese silencio, Jake no pudo evitar apreciar el brillo del vidrio, el aroma a pino que llenaba la cabina, el lustroso tablero y los controles, y las alfombras limpias. Sabía que era la forma en que Amy había tratado de compensar las cosas, y que con solo haber dicho "gracias" podría arreglarlo todo. Pero su tozudez venció, y permaneció en silencio, obstinado, con las manos firmemente ubicadas a las dos menos diez sobre el volante.

Finalmente llegaron a la casa de Amy. Ella abrió la portezuela de golpe y salió de la camioneta antes de que se detuviera. Al cerrar la puerta habló por primera y última vez durante ese viaje:

—¡De nada! —La puerta se cerró antes de que Jake pudiera responder. Amy entró en su humilde casa, sin mirar atrás.

—Gracias —dijo Jake con un gruñido y golpeó el volante con los puños.

✤ ✤ ✤

Dos horas y media más tarde, Jake estaba acostado en su cama, mirando el cielorraso. Había tratado de hacer la tarea de la escuela durante casi una hora, pero no podía concentrarse ni en gramática ni en economía. No era la primera vez que se distraía y no lograba estudiar. En su dormitorio tenía un televisor de pantalla plana de veintisiete pulgadas, un estéreo con sonido envolvente, y tres sistemas de videojuegos diferentes. Eran solo algunas de las tantas formas en que sus padres lo malcriaban, y Jake estaba seguro de que sus calificaciones en los exámenes serían mejores si no se hubiera inventado el *Madden 360*. Pero esa tarde de domingo, el sistema de videojuegos de dos mil dólares no tenía atractivo para él. Echado sobre su cama de dos plazas, sus ojos vagaban por la habitación y su mente iba a la velocidad de Dale Earnhardt, Jr.

Todo lo que había en el dormitorio de Jake hablaba de los Louisville Cardinals, como a los gritos. Su fascinación por esta universidad, tan lejos de casa, había empezado cuando su mamá le regaló una camiseta de baloncesto de Louisville en su cumpleaños número siete, el año en que los Cardinals llegaron a los cuartos de final. A ella le había parecido que el rojo le sentaría bien a Jake y no tenía idea de que el uniforme de este equipo se convertiría en su ropa favorita.

Posó la mirada en la mesa de luz de roble, donde habían quedado la Biblia y el CD que Chris le había dado, junto a un lindo retrato de Jake llevando a Amy a caballo sobre la espalda el verano anterior. Ambos sonreían felices en la fotografía. Se veían tan dichosos. Se le retorcieron las tripas. ¿Por qué tenía que hacer tanto escándalo Amy, por tan poca cosa? ¿Por qué no lo había escuchado hasta el final? Se acomodó bruscamente sobre la almohada y volvió a mirar lo que le había dado Chris. Extendió el brazo para tomar las cosas. Nunca había visto una Biblia tan pequeña. La que tenían sus padres en la repisa era mucho más grande, y digamos... estaba cubierta de polvo. Jake hojeó las páginas delgadas, casi como plumitas, y miró la cubierta camuflada. ¿Era legal que las Biblias no tuvieran cubiertas negras? ¿Y de veras le interesaba a alguien leer estas cosas?

Estaba seguro que la Biblia que tenían en casa seguía allí, sin que nadie la hubiese abierto por años. Tal vez, mientras la abuela vivía todavía. Ella sí había sido muy religiosa. Jake apoyó la Biblia sobre su pecho y tomó el CD. Sobre el fondo azul brillante había un diseño de gotas de agua y el título en letras blancas: *Devo2Go*. *Suena a nombre de bebida energizante para deportistas*, pensó Jake. Dentro del sobre había un par de instrucciones para descargar el contenido en un reproductor de MP3. Intrigado, Jake fue hacia su computadora e ingresó a su cuenta de iTunes. En minutos estaba de nuevo cómodamente acostado sobre la cama, con los auriculares puestos. Listo, o no, pulsó Reproducir.

"Gracias por escuchar *Devo2Go*", resonó la conocida voz de Chris en los oídos de Jake. "Hoy es el día uno de nuestra serie 'Preguntas de la Vida'. Como estás escuchando esto, presumo que sientes algún interés en Dios... Sabes, hoy no se habla mucho a favor de Dios, porque hay tantas cosas malas, tanta basura en el mundo, que uno se pregunta por qué Dios no hace algo. ¿Por qué no detiene todo eso? Pero, ¿no crees que tal vez Dios quiera hacernos esa misma pregunta a nosotros? Lo bueno es que a Dios no le ofenden nuestras preguntas y tampoco les tiene miedo. En realidad, le gusta que le preguntemos. Lee Lucas 9:18-21 en tu Biblia."

Jake tomó la Biblia camuflada que tenía sobre el pecho, sin saber muy bien dónde mirar. Supuso que habría un índice o algo así. Cuando abrió el libro, la voz de Chris decía: "Si usas la Biblia del *Soldado*, ve a la página 922."

Jake se dio vuelta y notó que estaba nervioso, como le sucedía cuando tomaba las revistas *Penthouse* que tenía escondidas bajo su colchón, esas que había encontrado en el cajón del escritorio de su padre. No sabía muy bien cuál de las dos cosas le costaría más explicar si sus padres entraban en la habitación justo cuando se disponía a mirarlas. Se levantó y cerró la puerta con llave, por las dudas.

Cuando encontró lo que le parecía que era el versículo indicado, leyó en silencio mientras escuchaba la voz de Chris.

"Un día cuando Jesús estaba orando para sí, estando allí sus discípulos, les preguntó: '¿Quién dice la gente que soy yo?'

'Unos dicen que Juan el Bautista, otros que Elías, y otros que uno de los antiguos profetas ha resucitado', respondieron. 'Y ustedes, ¿quién dicen que soy yo?'. 'El Cristo de Dios', afirmó Pedro. Jesús les ordenó terminantemente que no dijeran esto a nadie."

Jake puso Pausa en su iPod y volvió a leer los versículos. No sabía bien qué pensar. ¿Hay algo que no entendí acá? Después de repasarlo una vez más, seguía inseguro. Pero siguió escuchando.

"La Pregunta de la Vida de hoy es simple: ¿Quién dices tú que es Jesús?", decía la voz de Chris. "Es la pregunta más importante que tienes que responder en tu vida, y tendrás que hacerlo sin ayuda. Piensa en ello. Seguiremos hablando mañana."

Terminada esa parte, Jake apretó Stop. Se quedó mirando el cielorraso con la cabeza apoyada sobre las manos. ¿Cómo es que había llegado hasta aquí en la vida sin pensar siquiera en ninguna de estas cosas?

Alguien llamó a la puerta e interrumpió sus pensamientos.

—¿Jake? Te preparé la cena para que puedas comer mientras estudias —oyó que decía su madre detrás de la puerta mientras el picaporte hacía Clic.

—¡Ya voy! —Jake se levantó y escondió su Biblia debajo del colchón. Fue a abrir la puerta. Su madre tenía en las manos un bol grande lleno de macarrones con queso, uno de sus platos preferidos.

—¿Por qué cerraste con llave? —parecía un tanto herida. Le entregó la comida humeando y una lata de gaseosa fría.

—No me di cuenta. Supongo que por costumbre —respondió Jake, como si nada.

—¿Cómo vas con el estudio?

—Ya casi termino.

A la mañana siguiente, Jake cruzó caminando rápido el estacionamiento de la Secundaria Pacific. Sonreía. El sol parecía sonreír también, después de asomar por sobre las nubes marinas que por lo general cubrían la escuela en las primeras horas del día durante la primavera.

Ya hacía 21 grados, y era un día muy lindo. Jake respiró hondo, llenando su alma con aire fresco.

Había salido temprano de casa y pasó por el *Café 2Spoons* para comprar la bebida favorita de Amy para el desayuno. Toda la noche había estado dando vueltas en la cama, repasando las últimas treinta y seis horas. Sabía que no había hecho todo demasiado bien. Confiado, llevaba el enorme expreso moca con leche y mucha crema batida hacia donde estaban los armarios. Esta fórmula le había servido un par de veces ya, después de algunas discusiones. ¿Qué podría salir mal en un día glorioso como el de hoy? Además, a Amy nunca le duraban los enojos con Jake cuando él recurría a su encanto.

Jake dio la vuelta junto al gimnasio y saludaba a todos con su sonrisa tipo Orbit. Mientras el Corredor de los Mayores era el lugar donde se juntaban los bellos y famosos de la Secundaria Pacific, el rincón bajo la escalera era el punto de reunión del grupito de drogones a los que Jake había ignorado con toda intención durante la temporada de baloncesto. Jake echó un vistazo al ecléctico grupo que daba las últimas pitadas, antes de que sonara el timbre de entrada. Siete alumnos se acurrucaban en el rincón mientras otro montaba guardia para avisar si veía venir al de seguridad.

Al pasar por allí, Jake oyó una voz conocida que salía de la oscuridad del rincón:

—Fin de temporada. Ya no habrá exámenes para ver si te drogas.

Era Danny Rivers. ¿Había sido ayer, nomás, que se habían visto en el vestíbulo de la iglesia? Ahora, el entorno era diferente, y los envolvía una nube de marihuana. Jake soltó una risita ante esta ironía.

—¿Qué tal? —sonrió Jake con cierto desdén. Su misión de hoy era la de arreglar las cosas con Amy, pero como la situación le pareció tan incongruente, se detuvo un momento.

Danny le ofreció una pitada, sin tomar nota de la paradoja.

Jake rechazó el ofrecimiento, pero se acercó al grupo con cautela, manteniendo cierta distancia. Y sin poder creerlo, escuchó parte de la conversación.

—Esta semana será un infierno —se quejó Kelsi mientras daba otra pitada.

Jake miró la boina, los capris camuflados y las botas militares del atuendo de la chica. Bien de rebelde. Nada que ver con la imagen de chica buena que había mostrado sobre el escenario el día anterior. Se preguntó si sería difícil para ella conciliar ambos mundos. Jake notó que Kelsi era la líder del grupo. Todos escuchaban su discurso, como un coro que presta atención al director.

—El Sr. Bee es tan idiota. No quiere que tengamos vida —protestaba Kelsi, e hizo una pausa para echarle una mirada furiosa a Jake y preguntarle:

—¿Qué?

—Eh... nada —contestó él, y desvió la mirada hacia Danny para evitar la furia de la chica—. Hace mucho que no te veía.

Danny ni siquiera se dio vuelta para responder, y fingió no oírlo. Jake no se inquietó y se acercó un poco más a Danny y los demás. Nunca había tenido problemas con el grupo, pero esta mañana era diferente. Estos chicos van a la iglesia. El padre de Danny es el pastor. ¿No tendrían que ser distintos? Jake no podía conciliar esto con sus recientes conversaciones con Chris. ¿Era este el lado verdadero de la religión?

—¿Sabe de esto el buen predicador? —preguntó Jake con una sonrisa a medias, arqueando una ceja.

—No tiene idea —replicó Danny.

—¿Y qué hay de Dios? —quiso saber Jake. Le sorprendió su propio impulso, pero sentía curiosidad.

—¿Crees en toda esa basura? —ladró Danny. Todos los drogones echaron a reír.

Jake miró a Danny, sorprendido.

—¿Tú no crees?

—Creo lo que creo —declaró el otro, muy confiado.

El chico que montaba guardia tosió y dijo en voz baja: "Seguridad."

Danny y los demás chicos tiraron enseguida sus porros, los pisaron y rápidamente los levantaron para ponérselos en los bolsillos. Kelsi y otro chico sacaron frascos de perfume y comenzaron a rociar el aire. Jake se apartó unos pasos nada más, como para no estar asociado con esta escena. Al retroceder, chocó con Clyde Will, que tenía cara de severo.

—¿Qué está pasando aquí? —la voz de Clyde sonaba más a desafío que a pregunta.

Jake sintió que se le paraba el corazón, sabiendo lo que pensaría Clyde. Por su mente pasaron cientos de horrendas consecuencias si llegaban a suspenderlo por usar drogas. Y lo más horrible era que esta vez era inocente.

Kelsi, aparentando estar muy calma, dijo en tono alegre.

—Lo siento, Sr. Will. Reunimos al grupo de oración antes de ir a clase. Hay demasiado ruido en el corredor —había vuelto a su papel de chica buena, como si fuera una actriz profesional.

Clyde se mostró molesto y batió el aire con la mano delante de su cara. Miró a Jake, pero se dirigió a los otros:

—Creo que aquí hay algunos que se pusieron demasiada colonia esta mañana.

Kelsi se acercó todavía más al Sr. Will, con gesto de coraje.

—Estos tipos sudan mucho y tienen un olor asqueroso —susurró, arrugando la nariz y frunciendo el ceño.

Clyde los miró por última vez, y posó la mirada en Jake.

—A clase, ya —ordenó finalmente.

—Buena idea. No querríamos llegar tarde —dijo Kelsi en tono de orden mientras guiaba al grupo de santitos hacia las aulas.

Jake se aprestaba a seguirla, pero Clyde lo tomó del hombro y lo detuvo. Jake sonreía intentando ocultar su miedo y agitación, pero sintió que se le iba el estómago al suelo.

—No sabía que eras de los que andan orando, Jake —dijo en tono grave cuando los demás se habían ido.

—¿No lo somos todos? —respondió Jake, incómodo y tratando de zafarse de la mano de Clyde.

—Sólo fíjate bien con quién oras —le advirtió antes de soltarlo.

Para cuando Jake llegó a su armario, estaba por sonar el timbre. Amy lo estaba esperando, con dos vasos de café en las manos. Su gesto de enojo le hizo ver a Jake que había tardado más de lo pensado, y que la linda mañana se estaba poniendo fea. La bebida caliente que antes le quemaba la mano ya se había entibiado, y la crema batida ahora no era más que una gruesa capa sobre el café. Su confianza se esfumó, como la niebla de la mañana, y ya no caminaba a paso vivo como antes porque temía que la cosa no saldría bien.

—¿Dónde estabas? —Amy se dio vuelta hacia su armario abierto, dándole la espalda a Jake, sin mirar siquiera las fotos de momentos felices del pasado que tapizaban el interior del armario.

—Eh... te traje esto —y le ofreció el café.

—Hola... ya tengo uno —Amy le mostró que tenía un vaso idéntico, y lo movió delante de su cara.

—Es que creí...

Amy tomó el vaso que le ofrecía Jake y bebió un sorbo.

—Hmmm, café tibio. Mi favorito —lo echó en un bote de basura que había a un lado, como si se tratara de una media rota. Y luego olfateó el aire, con mirada sospechosa.

—¿Huelo marihuana por aquí?

—¡No! No es mía —tartamudeó Jake, con gesto de ruego y frunciendo la nariz.

Amy rió y cerró su armario de un golpe.

—Sí, claro, si vas a la iglesia... —se burló. Y se dirigió hacia el aula.

Jake suspiró, agotado. Cerró los puños y se echó contra su armario, apoyando la cabeza contra el acero frío. Todo había empezado como una promesa ese día. Echó su café en el bote de basura y avanzó arrastrando los pies para ir a clase.

14

EL SEGUNDO SEMESTRE del último año solo les importaba a dos tipos de personas: los que luchaban por ser el mejor promedio (definitivamente no era el caso de Jake), o los que trataban de compensar los tres años y medio de no hacer casi nada (tampoco era su caso). Para la mayoría de los demás, todo era lo mismo. Les resultaba indiferente lo que pasara. Algunos lo llamaban "graduaditis". Jake prefería llamarlo "piloto automático".

Después de la frustrada mañana, la asonancia en el séptimo renglón de un soneto de Shakespeare y la simetría del eje de alguna que otra función ya no importaban para nada. Sentado en su pupitre, Jake repasó mentalmente cómo podría recomponer su vida, rearmándola a partir de los pedazos. Lo único que parecía interesante era el almuerzo, pero incluso allí habría problemas: tendría que volver a enfrentar a Amy. Para el final de la cuarta hora, no se le había ocurrido ninguna estrategia aceptable con respecto a su novia.

El timbre de la hora del almuerzo sonó por fin, y Jake avanzó lentamente junto a las largas filas de la cafetería, hacia su lugar habitual. La linda mañana de sol ahora era un mediodía caluroso e incómodo, y Jake farfulló algo para sí mientras pasaba por las mesas. En sus cuatro años en la Secundaria Pacific, jamás había comido allí. No era que el área se hubiera apartado específicamente para los que no eran *cool*, pero seguro allí estaban todos reunidos. Los amigos de Jake preferían la verde colina de césped al extremo del parque, un lugar alto que sin querer se había convertido en recordatorio constante de su encumbrada posición social respecto de los demás.

Mientras iba hacia allí, Jake vio a Andrea, la chica multicolor de la iglesia. Estaba sentada a la mesa, a uno o dos metros de él. Nunca la había visto antes, pero por otra parte, ¿por qué iba a hacerlo? Su largo cabello castaño estaba peinado en una larga trenza que caía sobre su espalda, y llevaba enormes aros de color rojo. Jake estaba seguro que podría pasar la mano por esos aros. Andrea estaba sentada con dos chicas más que evidentemente tenían el mismo gusto que ella para vestirse.

Apartó la mirada enseguida para no tener que saludarla. Solo porque se la habían presentado un segundo en la iglesia no tendría que hablarle en la escuela, ¿verdad?

—¡Jake! —lo saludó con voz alegre, igual que el día anterior.

Jake fingió sorpresa al verla.

—Hola. Andrea, ¿verdad?

—Sí, sí. Qué buena memoria —respondió ella muy contenta, poniéndose de pie—. ¿Cómo va todo?

Jake se acercó para no tener que hablar en voz alta.

—Todo bien —mintió. No lo había notado ayer en la iglesia, pero ahora, a la luz del día, vio que la nariz y las mejillas de la chica estaban salpicadas de simpáticas pecas.

Andrea se acercó todavía más y se cruzó de brazos.

—Jake, ¿alguien te pregunta alguna vez cómo te va, de veras?

Jake sintió que se helaba. ¿Sabrá algo? ¿Les habrá contado algo Chris a todos los del grupo?

—¿A qué te refieres? —preguntó, un tanto a la defensiva.

—Nada. Es que te veía caminando por el parque y no parecías estar "todo bien" —y sosteniendo su bolsa de papas fritas, preguntó:

—¿Una frita?

Jake tomó una aunque no tenía interés en comerla. La tuvo en la mano un momento y luego dijo:

—Hoy las cosas no están yendo como pensé que saldrían.

No sabía muy bien por qué lo había dicho. Tal vez fuera algo en la expresión de Andrea. Igual, se sentía bien al haber podido descargarse.

Andrea asintió, en señal de que lo entendía. Y terminó las papas fritas que quedaban en la bolsa.

—Estuvo bueno verte en la iglesia —dijo.

Jake miró a su alrededor. Había gente caminando por allí, pero ninguno parecía haber notado a esta extraña pareja que comía papas fritas de una bolsa.

—Ah, sí. Estuvo bueno —respondió Jake con franqueza.

—¿Vienes mañana por la noche?

—¿Mañana? —repitió Jake, confundido.

Andrea rió y luego abolló la bolsa vacía y pasó un dedo por uno de sus enormes aros.

—¿No te dijo Chris? Los martes es el día del grupo de jóvenes. A las 7 en la iglesia —sonrió.

—¿Qué? ¿Vas a la iglesia dos veces a la semana? —preguntó, azorado.

—Oh... ¿te asusté? —dijo dándole un golpecito en el hombro. Era mucho más baja que él, así que fue más bien un golpe de abajo. Jake sonrió. Le divertía este encanto juguetón que tenía Andrea.

Pero la chica se llevó la mano al corazón y dijo de repente:

—¡Lo siento! Natalie y Carla, les presento a Jake —y con un gesto se dirigió a las dos muchachas que estaban sentadas detrás de ellos, y que seguían con la mirada la conversación como si vieran un partido de tenis. Las dos llevaban frenillos, y era evidente que compartían la fascinación por esta estrella de baloncesto del último año.

Jake no tenía muchas ganas de hacer amistades nuevas, pero las saludó de todos modos.

—Hola —dijo con gesto casi ausente, esperando que allí terminara la interacción con ellas. Ya se había desviado de su camino una vez esta mañana, cuando tenía intención de arreglarse con Amy. Realmente quería retomar la misión. Los minutos seguían pasando.

Las chicas lo saludaron con la mano, al unísono, y con idénticas sonrisas un tanto bobas. A Carla se le había quedado un trozo de lechuga del sándwich pegado en el frenillo.

Jake ya no sonreía y buscó una forma de escape sin ofender. Dejó caer la papa frita que todavía tenía en la mano y se limpió, un tanto incómodo, pasando la mano por su pantalón corto.

Todo este tiempo Jake no había notado que Amy y Doug estaban a unos quince metros. Habían estado caminando por ahí justo cuando Andrea le ofrecía las papas a Jake. Y cuando tocó a Jake, Amy había salido furiosa en tanto Doug decidió dirigirse hacia donde estaban Jake y Andrea.

De repente, la sombra de un metro noventa y pico de Doug cubrió a Andrea y tomó por sorpresa a Jake. Andrea le dedicó una cálida sonrisa por sobre el hombro de Jake, y esperó a que éste los presentara. Jake bajó la cabeza, sintiéndose molesto. Este era el motivo por el que había tratado de evitar el encuentro con la chica. Movió los pies en el lugar. La tensión podía percibirse.

—Jake, ¿qué haces? —preguntó Doug en tono casi acusador.

—¡Doug! —respondió él tratando de sonar *cool* y chocar los cinco con su amigo como si esto de charlar con chicas desconocidas fuera costumbre. Hizo un gesto hacia ellas.

—Te presento a Andrea, Natalie y...

—Carla —dijo Andrea, sonriendo todavía.

Natalie y Carla cambiaron el foco de atención a Doug, azoradas, mientras el sol relucía en el metal plateado de sus frenillos. Doug apenas les dedicó un vistazo, evidentemente despreciando a las chicas, que entendieron el mensaje y se dedicaron a terminar el almuerzo que llevaban en bolsas de papel marrón.

—¿Hay algo que no sepa? —exigió saber Doug.

Aparentemente Andrea no había notado que ya no formaba parte de la conversación, y le dio una amigable palmadita a Doug en el codo.

—Jake y yo estábamos hablando de Alm...

—Aritmética —interrumpió Jake enseguida.

Apenas lo dijo, pensó que mejor habría sido callar al ver la expresión en el rostro de Andrea. Seguía sonriendo, pero la mirada que tenía le recordaba a la de Roger esa noche en que él lo había dejado por estar con Amy. ¿Es que nunca podría escapar de este tipo de cosas?

Doug le palmeó el hombro.

—No importa. Vámonos ya.

Jake miró a Andrea como pidiendo disculpas, pero ella ya se había ido. Suspirando, Jake se dio vuelta para seguir a Doug hacia el lugar donde siempre almorzaban. Doug lo estaba esperando y pasó su brazo por el hombro de Jake.

—Hermano, ¿qué hacías con esas chicas?

Jake lo ignoró.

ESTO ES TOTALMENTE ESTÚPIDO, pensó Jake. Se echó en el asiento y con el dedo garabateó en la ventanilla del auto. Durante la última hora y media su mente había estado evaluando los pros y los contras, mientras permanecía tras el volante de su camioneta, en la oscuridad. Con una mano preparada para abrir la puerta y sosteniendo la llave en la otra, se preguntó: ¿Por qué me da miedo entrar? Y luego, ¿Para qué vine?

Los estudiantes empezaron a salir de la iglesia, de a uno o en grupos. Estaban en su mundo. Y allí estaba Andrea, abrazando a un par de jóvenes mientras iba hacia un Lexus nuevo y brillante. Jake estaba seguro de que después de ese momento en el almuerzo de ayer, no habría echado de menos su presencia en el grupo de jóvenes. Danny y Kelsi salieron tomados de la mano. Por supuesto, pensó Jake con una risita. No les prestaban atención a casi ninguno de los demás. Algunos de los otros estudiantes se quedaban por allí, coqueteando, riendo o jugueteando con un balón hasta que sus padres los vinieran a buscar o decidieran irse en sus propios autos. Pero nadie pareció notar la camioneta que permanecía solitaria en un extremo del estacionamiento.

Con envidia, Jake miraba lo fácil que les resultaba a todos encajar en esta cosa de la iglesia. No se preocupaban por lo que pensaran los demás, ni tenían problemas en decidir qué creer, y seguro que no cargaban sobre los hombros con el peso del suicidio de un amigo. ¿Habría alguna esperanza para él?

Jake volvió a suspirar. Los últimos noventa minutos de debate interno habían dejado en la nada todos sus argumentos, ahora que había terminado el servicio. Y Jake se reprendió a sí mismo por haber esperado tanto para irse. Ahora, iba a tener que esperar hasta que se fueran los últimos que quedaban, si quería evitar preguntas y miradas. Oh, bueno, ¿qué eran quince minutos más?

Uno a uno, los autos del estacionamiento se fueron yendo hasta que quedó uno solo, que Jake conocía demasiado bien después del último fin de semana. Finalmente se apagaron las luces de la iglesia y Chris se dirigió cansado hacia su auto, y echó su bolso en el asiento delantero. Se metió en el auto y encendió el motor, pero en lugar de ir hacia la calle, condujo directamente hasta la camioneta de Jake, como si hubieran arreglado verse. Chris se detuvo junto a la camioneta y bajó la ventanilla. Jake hizo lo mismo.

—Así que te devolvió tu camioneta —se hizo oír Chris por encima del ruido del motor.

Jake rió, nervioso y un tanto avergonzado porque Chris lo hubiera visto.

—¿Cuánto hace que estás aquí afuera?

—Estuve aquí todo el tiempo —ya no había motivos para aparentar otra cosa. No ahora. No con Chris.

Chris apagó el motor, salió de su auto y caminó hasta la puerta del acompañante del auto de Jake, para asomarse por la ventanilla abierta. Apoyó los brazos en el marco de la ventana y metió la cabeza.

—¿Por qué no entraste?

—No lo sé —Jake, nervioso, se pasó la mano por el cabello. Le dolían los dedos. No se había dado cuenta de que había estado aferrado al volante con tal fuerza—. No estoy seguro.

Chris entonces abrió la puerta del acompañante y se sentó junto a Jake.

—¿Seguro de qué?

Era precisamente lo que se había estado preguntando Jake durante la última hora y media. Tal vez, le ayudaría decirlo en voz alta.

—Es que... creo que tú crees —comenzó—, pero ¿por qué hay tantos que fingen creer aquí?

Hizo una pausa y luego añadió, como apurado:

—Quiero decir... no es que piense que todo tu grupo finge. Es solo que me parece...

Se detuvo a mitad de la frase porque Chris echó a reír. Jake lo miró, confundido.

—Jake, ya sé que hay gente que finge en el grupo. De hecho, conozco a más de los que conoces tú.

Chris asintió, y dijo :

—Pero... ¿sabes una cosa? Dios también lo sabe.

Jake no veía dónde estaba lo bueno de la situación.

Chris sonrió con tristeza.

—No lo sé. Creo que siempre habrá gente que trata de conformar y conformarse.

Miró el estacionamiento vacío durante unos minutos en que el silencio pesó entre ambos. Luego se volvió hacia Jake.

—Pero, no es eso lo que importa, Jake. Ahora hablamos de ti. ¿Qué es lo que vas a hacer?

La frente de Jake, bañada en sudor, sintió el fresco de la brisa mientras las palabras de Chris penetraban en su mente. Jake conocía a muchísima gente, de todo tipo, que buscaba siempre la salida fácil en la vida. Pero su beca completa era suficiente evidencia, para él al menos, de que él no era de esos. Había luchado muchísimas veces contra las acusaciones de su padre cuando éste le decía que se dejaba estar, y ahora se preguntaba si su lucha había estado bien, en la dirección correcta.

No podía negar esa voz interior que anhelaba saber si había más en la vida de lo que hoy él vivía y veía.

—Bueno, digamos entonces que... no quiero ser de los que tratan de conformar o conformarse —dijo con cautela—. ¿Valdrá la pena?

Chris tamborileó con los dedos sobre el tablero, reflexionando.

—Jake, también yo me pregunté esas mismas cosas. En algún punto, todos tenemos que preguntarnos qué sentido tiene la vida. Porque el placer, el éxito, están bien pero agotan. Terminamos corriendo siempre tras esas cosas, porque ninguna dura para siempre. Nos emborrachamos una y otra vez, dormimos con todas las mujeres que podamos, tratando de convencer a cada una de que es la mejor y la más linda, buscando la felicidad. Y siempre terminamos en el mismo lugar: totalmente solos.

Chris siguió mirando fijo a Jake.

Pero éste apartó la mirada y volvió a aferrar el volante. Miró su reflejo en el espejo retrovisor. No veía la cara confiada del tipo al que le va bien en todo, sino unos ojos llenos de miedo e incertidumbre, que casi lo acosaban.

—Estoy bien así —respondió Jake, pero su voz no era firme sino trémula. No lograra convencerse de lo que decía.

—Bueno, para mí no era suficiente todo eso, Jake —dijo Chris encogiéndose de hombros—. Finalmente tuve que mirarme con toda sinceridad y preguntar: "¿Hay algo más?". Mira, si estás dispuesto, y digo verdaderamente dispuesto, a buscar en serio y a ignorar lo que pudieran decir tus amigos o cualquier otra cosa que pudiera pasar, te digo Jake que encontrarás que Él vale la pena muchísimo más que cualquiera.

Las luces del estacionamiento se apagaron y quedaron completamente a oscuras. Jake miró el perfil de Chris a la luz de la luna. Le dolía la cabeza y jamás había tenido tal confusión en su mente. ¿Entendía realmente Chris el riesgo que le estaba pidiendo que corriera?

—¿Y si no pasa nada? —quiso saber, esperando que Chris pudiera prometerle algo así como "o le devolvemos su dinero".

Incluso en las sombras, la sonrisa de Chris era inconfundible. Abrió la portezuela de la camioneta y sacó un pie para salir.

—Bueno, no sé cómo sucederá, ni cuándo. Pero Jake, dale tiempo. Una de las cosas que aprendí acerca de Dios es que nunca te deja colgado.

Salió de la camioneta y se quedó de pie, mirando a Jake mientras seguía apoyado contra la puerta abierta.

Jake tosió, incómodo. Jamás había oído hablar de Dios de manera tan personal. Miró el reloj de la radio. Habían pasado unos minutos de las diez.

—Es tarde, amigo —y lo saludó con un apretón de manos, mientras con su mano izquierda palmeaba a Jake en la espalda—. La próxima vez veámonos en mi oficina. Hay más luz allí —bromeó. Se incorporó y cerró la puerta de la camioneta.

Jake hizo girar la llave para encender el motor. ¿A qué cosa había accedido? Por mucho que le intrigara lo que decía Chris, no iba a dejarlo todo para volverse fanático de Jesús. Y gritó por la ventanilla mientras Chris iba hacia su auto:

—¡Oye! ¡No es que vaya a convertirme en un cristiano de esos!

Chris lo miró y rió:

—¡Buenísimo! ¡No querría que hicieras eso! —gritó mientras cerraba la puerta del auto.

Horas más tarde, Jake estaba en su cama despierto en la oscuridad, repasando mentalmente las últimas tres semanas de su vida, analizándolas. Había identificado al menos unas doce veces en estos últimos años en que conscientemente había pasado de largo junto a Roger, sin decirle una palabra. ¿Qué podría haber hecho en lugar de eso? Su mente volvía una y otra vez a ese día horrendo, al momento en que estaba a centímetros de su mejor amigo de la infancia, que tenía el arma en la mano. Su intento por convencer a Roger había sido patético, para decir lo menos, unas palabras de último momento que no lograron consolarlo. Jake repasó las distintas cosas que podría haber dicho con mejor resultado, pero no importa qué dijera, la escena terminaba siempre del mismo modo: Roger se apoyaba el arma bajo el mentón y miraba fijo a Jake, y allí sonaba el disparo.

Jake se destapó y corriendo las mantas se dirigió a su escritorio. La pantalla de su computadora portátil iluminó débilmente la habitación cuando la abrió e ingresó su contraseña. La flecha de la pantalla fue directo al ícono de Internet y se abrió su página de inicio: ESPN. Pero Jake no leyó los resultados deportivos a los que era tan devoto, sino que ingresó dos palabras en el buscador. Nunca había pensado antes en esas palabras: suicidio adolescente.

No había tenido motivos para prestarle atención a este tema en la clase de salud del primer año, pero ahora no podía pensar en otra cosa. Es que tenía que descubrir qué podría —o debería— haber hecho para ayudar a Roger. Hizo clic en Buscar, y se inclinó sobre el teclado para leer la larga lista que aparecía en la pantalla ante sus ojos.

¡TE PERDONO! —Amy abrazó a Jake en el corredor de la Secundaria Pacific. Le dio un beso mientras sostenía con cuidado tras la cabeza de él las dos tazas de café humeante que llevaba en las manos.

Sorprendido, Jake se preguntó qué era lo que había motivado esta reacción. Lo primero que se le ocurrió fue contestar automáticamente:

—¡Yo también te perdono!

Pero su necesidad de reconciliarse no era casi nada comparado con su necesidad de justicia. Jake podía resistir lo que fuera hasta obtener la victoria, y a menudo lo hacía en la cancha. Aún así, sabía que este cambio no tenía tanto que ver con él como con Amy. Detestaba que la gente estuviera molesta con ella. Antes de esta pelea habían tenido otras que no habían durado más de uno o dos días, pero tampoco habían sido tan fuertes. Amy y él solían enviarse mensajes de texto unas veinte veces al día, pero desde ese viaje en silencio a casa de Amy, de hacía ya tres días, ninguno había enviado nada. Jake no se había disculpado, ni tenía intención de hacerlo, y ahora veía que Amy intentaba arreglar las cosas a su modo.

Jake finalmente apartó su rostro del de Amy, mientras seguía abrazándola.

—Linda forma de que me perdonen —sonrió, y acercó los labios para darle un piquito más—. Ya echaba de menos mis expresos de café moca.

Amy le dio su taza, con esa sonrisita coqueta que enloquecía a Jake. Si era tan fácil arreglarse, ¿por qué permitía que las peleas continuaran? Toda la discusión y el alejamiento parecían cosa de tontos ahora.

—Anoche te llamé —susurró Amy mientras sostenía su mano y la acariciaba con el pulgar.

Jake lo sabía. Amy había llamado siete veces hasta que finalmente él apagó el teléfono mientras esperaba en el estacionamiento de la iglesia. Y aunque quería contarle acerca de su conversación con Chris, no estaba seguro de que Amy lo entendiera. Francamente, no tenía ganas de meterse de nuevo en una de esas.

—Mi celular no funciona —mintió Jake, suponiendo que Amy no diría nada más. Pero antes de que pudiera preguntar algo más, Jake se volvió hacia Doug, Matt y Tony, que habían estado a un costado mientras ellos se reconciliaban. Con sus chaquetas universitarias, parecían llenar el Corredor de los Mayores con sus egos, tocando a todos los que pasaban por allí. Tenían en la mira en ese momento a un grupo de chicas del equipo de voleibol, vestidas con pantaloncitos que dejaban ver muy bien sus torneados y túrgidos glúteos. Las chicas no voltearon para mirarlos, pero se decían cosas y reían.

—¡De eso les estaba hablando! —exclamó Matt, golpeándose suavemente la cabeza contra un armario mientras seguía con la mirada a las rubias altas y bonitas.

Doug hizo ademán de tocarlas a la distancia, como si acariciara una fruta madura. Al final del corredor las chicas se dieron vuelta y les sonrieron a sus admiradores. Los chicos gritaron y con los dedos hicieron ademán de hablar por teléfono, mientras con los labios formaban la palabra: "Llámame."

Jake suspiró y negó con la cabeza. Muchas veces había apreciado con ellos el "paisaje", en especial si Amy no estaba.

Pero hoy Amy estaba allí, y Jake sintió que abrazaba su cintura con más fuerza mientras los chicos gritaban y aullaban tras las chicas.

—Ni siquiera te miró, tonto —dijo Doug empujando a Matt en broma cuando las chicas doblaron hacia otro corredor.

—¡Qué importa eso! Fue una conexión de alma a alma —respondió Matt con voz ronca.

Doug se volvió hacia Jake y Amy y les pasó los brazos por los hombros, en un abrazo grupal.

—Oigan, este sábado, la mejor fiesta del año —anunció como si hubieran estado a diez metros en lugar de diez centímetros.

Jake pensó: *Sí, claro, todas son la mejor fiesta del año.*

Matt y Tony se unieron al grupo y gritaron al unísono:

—¡Campeonato de ping pong de cerveza!

Para algunos, el ping pong de cerveza no era más que una excusa para beber cerveza en cantidad. Pero para otros era un deporte que tomaban muy en serio, y que por casualidad incluía el alcohol. A Jake le había interesado la actividad, pero ni por uno ni por otro motivo. Como lo sugería el nombre, el juego era una combinación de ping pong con cantidades de cerveza. Pero aunque arrojar la bolita para que cayera en un vaso parecía algo fácil al principio, con cada vaso de cerveza la tarea de volvía más difícil. Jake había visto caer desmayados a más de uno, incluso antes de terminar el juego. Para ser bueno en el ping pong de cerveza, tenías que ser preciso, pero además, necesitabas tener cultura alcohólica. Jake reunía ambas cualidades.

Claro que después de la charla de anoche con Chris, lo último que quería Jake era emborracharse en público. Ni siquiera le parecía divertido. Supuso que esta nueva vida que exploraba junto a Chris en algún punto entraría en colisión con su vieja forma de vida, pero había pensado hacer este experimento con la cosa esa de la iglesia mientras seguía con su rutina normal, al menos hasta que se le aclararan las cosas. Ese plan, sin embargo, ya no parecía posible. Aunque quería sacarse de la cabeza todo lo que Chris le había dicho, no podía.

No porque fuese como si tuviera una deuda con él o algo así, pero no quería decepcionarlo.

Mientras Jake pensaba todo esto, sus amigos seguían riendo y hablando tonterías.

—Eres el campeón, el rey. Tienes el cinturón —proclamaba Doug a todo quien pasara por allí.

Jake pasó el brazo alrededor del cuello de su amigo y le dijo al oído:

—No sé si podré ir —tratando de sonar como si tal cosa.

Doug se dio vuelta para mirar a Jake. En ese momento sonó el timbre de llegada tarde.

—¿Qué dices?

Amy, Matt y Tony miraban a Jake sin decir nada, esperando a ver qué sucedía.

—Dije que no sé si voy a poder ir —repitió Jake en voz baja.

Doug rió y bromeando le dio una cachetada.

—Sí, claro. Taylor nunca se pierde una fiesta.

Y con una mueca dirigida a los demás, añadió:

—¿Le creen? ¡Dice que no va a la fiesta! Vamos... ¡el día que se congele el infierno!

Todos rieron y le palmearon la espalda a Jake mientras iban a sus aulas.

Jake intentó reír con ellos pero por dentro se sentía totalmente perdido. Supuso que habría tironeos con este experimento de Dios y todo eso, pero jamás se habría imaginado que le costaría lograr que lo tomaran en serio los demás. Bueno, así será, pensó Jake. Decidió tomarse más tiempo para pensarlo bien antes de tomar decisiones que paralizaran su vida social. Clyde apareció por la esquina y les hizo señas de que tenían que apurarse. Amy le tomó el brazo con fuerza.

—¿Podríamos fingir que estos últimos días no existieron? —susurró en el oído de Jake mientras apoyaba la cabeza en su hombro.

A fuerza de costumbre Jake asintió.

Si tan solo Amy supiera lo que le estaba pidiendo...

SOLO HABÍAN PASADO siete días desde la última fiesta, pero parecía toda una vida. Jake había intentado distraer a Amy con la idea de un paseo romántico por la playa, o con una invitación al cine esa noche. Pero ella no cedía y se estaba molestando. Incluso pensó en hacerse el enfermo, pero ¿cuántos fines de semana podría usar ese argumento? En algún momento iba a tener que hablar con franqueza, pero esta noche todo eso le parecía un esfuerzo tremendo. Él era el rey del Campeonato de Ping Pong de Cerveza de la Secundaria Pacific, y lo esperaban en la fiesta. ¿Qué pensarían todos si él y Amy no iban? A Jake no le importaba un comino los chismes y todo eso, pero sabía que para Amy la fiesta era importante.

Para cuando entraron, hacía ya dos horas que había empezado la fiesta. Jake había hecho todo lo posible para perderse mientras iban hacia allí, pero después de tomar calles equivocadas un par de veces, Amy ya se había empezado a enojar con él. También había pensado en escurrirse cuando nadie lo viera, pero el plan no servía para resolver el problema de Amy. Por eso, decidió que lo único que podía hacer era mantenerse sobrio, algo que era toda una hazaña en estas fiestas de fin de semana.

Caminaron de la mano por la casa. Una casa demasiado elegante para una fiesta tan loca. Sobre un enorme piano de cola había pinturas abstractas de tamaño gigante. Ahora, el piano era un estante de colección de latas de cerveza vacías. Había adolescentes por todas partes, bailando bajo la araña de cristal, ensuciando la impecable alfombra blanca. Jake y Amy pasaban junto a los demás, saludando con un gesto a todos mientras buscaban a sus amigos con la mirada.

Se oyó una voz gruesa inconfundible que retumbó en las paredes tapizadas. Doug Moore entró tambaleando, con dos cervezas abiertas y vestido con una camiseta estampada como frac que había reservado para ocasiones especiales. También tenía un sombrero con una inscripción en japonés. Interceptó a Jake y Amy frente al piano y les entregó a cada uno su cerveza, como si estuviera dándoles un galardón o algo así. Jake bebió un sorbo microscópico y dejó la lata junto a todas las demás, sobre el borde del piano.

—¡Taylor! ¡Al garaje ya mismo! —la voz de Doug se mezcló con un sonoro eructo.

Amy rió encantada y arrastró del brazo a Jake hacia la puerta del garaje.

—¡Vamos! ¡Ya empieza! —gritaba mientras con la mano libre levantaba en el aire su lata ya medio vacía.

Una semana antes Jake también habría estado encantado como ella. Todos lo miraban. Sus compañeros lo admiraban y sus expectativas aumentaban al tener la certeza de que terminaría como el ganador. Para esto vivía... o al menos eso creía entonces. Pero esta noche todo parecía tan hueco, tan sin sentido.

Se dejó guiar por Amy, desesperado por encontrar una forma de salir de allí, mientras sus compañeros borrachos lo alentaban. La multitud le abrió paso, como si fuera Moisés a punto de cruzar el Mar Rojo. Pero en lugar de anticipar la libertad que habría al llegar al otro lado, Jake estaba aterrado ante el hoyo oscuro que amenazaba con tragárselo entero. La música estaba tan fuerte que los cuadros vibraban contra la pared, pero lo único que oía Jake eran los latidos de su corazón, retumbándole en los oídos. Sonrió ante sus fans, con su pose de ganador de siempre. Pero por dentro, Jake temblaba.

Todos juntos pasaron por el prolijo jardín donde había todavía más adolescentes borrachos que alzaron sus latas en señal de saludo a Jake mientras él, Doug y Amy pasaban hacia el fondo, donde más allá de la piscina y pasando bajo un arco cubierto de hiedra y luces blancas, estaba el garaje. Antes de que Jake lo viera, se oían ya los cánticos que venían de adentro: "¡Jake! ¡Jake! ¡Jake!"

Jake pensó en la primera vez que había jugado a este juego. Él y Doug habían estado haciendo tonterías en el jardín de su casa después de oír a uno de sus amigos que hablaba sobre este juego. Y ahora, había llegado a convertirse en un gigantesco espectáculo para toda la escuela. Matt era el que había creado un ridículo cinturón decorado con latas de cerveza y tapas de botellas pegadas con pegamento, y que Jake había ganado en el campeonato inaugural el año pasado. Desde entonces, les había ganado a todos los contrincantes que se habían presentado durante el año. Esta noche sería la final.

Por primera vez en su vida Jake anhelaba ser uno más, un don nadie. Tenía la mano sudorosa y soltó la de Amy para limpiarse en la camisa. Doug mantenía abierta la puerta del garaje y Jake entró.

El garaje era un lío total. Había charcos de bebida en el piso, latas, papas fritas pisoteadas y herramientas eléctricas fuera de lugar, que ahora pisaban al menos cincuenta adolescentes que formaban un cordón de tres hileras contra las paredes. La fresca noche aquí dentro no era más que un sauna húmedo y oloroso. Amy se apretó contra Jake y su piel rozaba la de él.

Matt surgió de en medio de la turba y avanzó hacia el centro. Desde su altura de casi doce centímetros por sobre los demás, levantó sus enormes manos en el aire para que hicieran silencio en tanto por sobre su cabeza se veía un micrófono de juguete colgando de una caña de pescar que habían puesto sobre una viga del techo. Una de las chicas del equipo de voleibol de las que habían visto ayer llevaba un vestido sin breteles que apenas se mantenía en su lugar. La chica se paró junto a Matt, a su derecha, sosteniendo una pizarra donde se anotarían los puntajes.

—¡El momento tan ansiado por todos! —gritó La Boca como si anunciara un partido por cadena de televisión nacional—. Hoy tendremos un duelo de titaaaaaneeeeeeees. Será una pelea justa. Ya conocen las reglas. ¡Con ustedes, el piiiiing poooong de cervezaaaaaaa!

Todos estallaron en un grito de excitación y unos doce estudiantes más se abrieron camino hacia el frente para verlo todo desde la primera fila. Alguien acompañó a Jake hacia un lado de la mesa de ping pong, donde había una pelotita en un vaso de color rojo, esperando el primer turno. Del otro lado de la mesa estaba Tommy Rhoades, jugador de fútbol, que parecía haber tomado ya demasiado antes de empezar.

Jake estaba casi seguro de que con un puñetazo Tommy podría partirle el cráneo, pero en este juego era Jake el que llevaba la delantera. Los jugadores de fútbol siempre se las daban de ganadores, pero Jake tenía una consistencia natural, una inquietante capacidad para aguantar muchísimos tragos y cervezas. Probablemente lo hubiera heredado de su padre, porque su madre se mareaba con un solo vaso de vino en la cena. Pero a su padre Jake ya lo había visto tragarse doce latas sin mosquearse siquiera, capaz aún de seguir manteniendo una sofisticada conversación sobre política.

Todos empezaron de nuevo con el cántico: "¡Jake! ¡Jake!" Jake masajeaba la pelotita en una mano y echó una mirada a todos los que estaban allí. *¿Pero qué hago aquí?* Miró a Amy que se paseaba con el cinturón de trofeo por todas partes, recordándoles a todos que era su novio el campeón. Su diminutísima camisetita y la falda microscópica que llevaba no dejaban nada de su cuerpo librado a la imaginación. Jake vio con repulsión cómo la miraban los tipos que había allí. Amy se acercó a Jake dando saltitos, se posó junto a él y luego lo besó apasionadamente en la boca. Todos aullaron en señal de aprobación. ¿Qué iba a hacer él?

Jake sacó la pelotita dentro de su vaso, dobló el codo e hizo un tiro perfecto, embocando la pelotita en el vaso que estaba del otro lado de la mesa. Había empezado el juego. Tommy se tragó de un sorbo todo el vaso de Budweiser, y con un insolente eructo hizo su tiro de vuelta hacia Jake.

El líquido tibio y amargo tenía un sabor agrio cuando Jake lo bebió, y al acabar su vaso hizo una mueca de disgusto. Por lo general podía tragarse el vaso entero de un trago. *¿Qué me pasa ahora?* La multitud seguía alentándolo, tiro tras tiro. El juego continuaba y con cada vaso los tiros se demoraban un poco más. Todos canturreaban, gemían y bebían más y más vasos y botellas, mientras seguía llegando más gente que se sumaba a la locura. Para cuando llegaron al 5 a 3, Jake ya estaba en piloto automático, pero no parecía divertirse tanto como siempre. Necesitaba aire fresco, pero cada vez que tomaba aire se sentía sofocado por el olor a sudor y cerveza vieja.

Dos tiros después, Jake estaba a punto de lograr la victoria, y dominaba el juego en cuanto a mantenerse sobrio. Tommy se veía terrible, con mejillas y nariz coloradas, ojos vidriosos y casi sin poder mantener el equilibrio. Apoyándose en la mesa para no caer, y sosteniendo la pelotita en una mano, de repente Tommy se dio vuelta y lanzó un chorro de vómito en dirección a un bote de basura que había allí cerca. Por supuesto, solo un poco llegó al bote. El resto salpicó a unos chicos que estaban demasiado borrachos como para darse cuenta a tiempo y evitarlo. Todos rieron, histéricos.

Jake miró los últimos tres vasos que se suponía debía obligar a Tommy a tragar para poder ganar el título de campeón. Retrocedió un poco y vio el delirio de todos los que seguían doblados de risa. Miró a Amy, que se veía tan frágil bajo su mínima capa de ropa. Y luego vio a Doug y Matt, ocupados en ponerles las manos encima a sendas chicas del equipo de voleibol.

Y luego, al fondo del oscuro y maloliente garaje, Jake la vio. Es decir, no a ella sino más bien lo que llevaba puesto. Kelsi, la chica de la iglesia y al mismo tiempo líder de los drogones, tenía dos botellas de cerveza sobre la cabeza, y su camiseta tenía estampada una frase: "Jesús es mi chico", con una caricatura de Jesús, que parecía mirar directamente a Jake.

La hipocresía de todo esto llenó de furia a Jake, pero pensó: *¿Qué soy yo entonces?* De inmediato le vinieron a la mente las palabras de Chris de la noche pasada: "Mira, te digo que si estás dispuesto, en serio, a buscar y a ignorar todo lo que puedan decir tus amigos, o cualquier otra cosa que pueda pasar, Jake, verás que Él vale la pena más que cualquiera."

¿Vale la pena esto?

Tommy se recompuso y todos gritaron en son de victoria. Su siguiente tiro cayó como a medio metro del vaso más cercano y Jake tenía ahora el balón para el tiro siguiente. Pero en su cabeza, el griterío de todos se esfumaba, formando un silencio ensordecedor, como telón de fondo a todas las preguntas que tenía dando vueltas en su mente. Respiró hondo, pasando la pelotita de mano en mano, intentando encontrar respuestas. *¿Para qué hago todo esto?*

Le faltaban solo tres tiros para ser el campeón. ¿Esto es todo lo que hay?

Sus amigos —al menos así los llamaba— se apretaban a su alrededor, como si pudieran contagiarse de su popularidad. Entonces, *¿por qué me siento tan solo?*

Echando una última mirada a Amy y a los que gritaban y lo alentaban, Jake dejó caer la pelotita en su vaso y se dirigió a la puerta del garaje para salir de allí. Doug lo detuvo. Todos callaron, confundidos.

—Pero ¿qué te pasa? ¡Si ya casi lo mataste! —protestó Doug a los gritos para que lo oyeran todos. Se hizo un silencio mientras esperaban la respuesta de Jake.

—No... ya no puedo seguir con esto —murmuró Jake.

Doug le pasó la mano por delante de los ojos, torpemente.

—¿Hola? ¿Estás ahí, Jake? ¿Qué te pasa? —y eructó, echando su aliento de alcohol directo a la nariz de Jake.

A la derecha de Doug estaba Amy, de brazos cruzados y también esperando una respuesta.

Jake negó con la cabeza y apartó a Doug. Salió al aire fresco del jardín. Se sintió repuesto y aliviado al respirar el aire de la noche, pero el frío le secó la transpiración del cuerpo. Empezó a temblar al darse vuelta y levantar los brazos en señal de derrota.

—¡Ya no quiero más nada de esto!

—¡Pero qué diablos...! —explotó Doug, echando su cerveza al piso y salpicándolo todo.

Jake miró a Amy como pidiendo disculpas y luego se alejó con determinación. Podía oír las especulaciones e insultos de todos a sus espaldas, pero con respecto a eso, ya no había nada que pudiera hacer. Siguió caminando hacia su camioneta, un tanto sorprendido ante su propia valentía. *¿Qué es lo que acabo de hacer?*, se preguntó, maravillado.

Su camioneta estaba estacionada ilegalmente frente a la entrada de autos de la casa y casi en el medio de la calle. Jake sacó las llaves que llevaba en el bolsillo y esforzándose para centrar la atención, metió la correcta en la cerradura de la puerta. Abrió y se echó en el asiento del conductor, sabiendo que no debía conducir. Pero no podía quedarse aquí. *¿Por qué me molesta todo esto ahora?* Haciendo otro esfuerzo por encajar la llave, se preparó para encender el motor, pero unos golpes fuertes en la ventanilla del pasajero lo asustaron un poco y se le cayeron las llaves. Amy lo estaba mirando con la cara contra el vidrio frío.

—¿Qué crees que estás haciendo? —gritó, enojada.

Jake se estiró para abrir la puerta de ese lado, pero el cuerpo no le respondía. *Este camioneta se ha convertido en el escenario del drama*, pensó al ver entrar a Amy que casi tropieza con sus tacos altos al subir a la camioneta.

—Te acabo de preguntar algo —insistió ella.

Jake buscaba alguna explicación razonable para su conducta errática, pero su cerebro parecía estar envuelto en una nube.

No servía de nada seguir escondiendo la verdad, en especial porque se trataba de Amy.

—Me fui porque... —balbuceó.

—¿Por qué? —trató de ayudarlo Amy.

Jake, resignado ya, dijo:

—Quiero darle una oportunidad a Jesús, jugando limpio —murmuró, avergonzado.

Amy echó una carcajada y escupió una lluvia de cerveza sobre el tablero y el parabrisas.

—Lo siento —dijo entre risas mientras limpiaba un poco con la mano.

Jake ni siquiera miró el tablero mojado.

—Es que, creo que necesito hacerlo —dijo tomando delicadamente la lata que tenía Amy en la mano y poniéndola en el posavasos del auto. Quería ayudarla a escuchar.

—¿Así que eres cristiano? —lo cuestionó Amy con una mirada de asco que rara vez Jake le había visto. Callaron por un instante porque una pareja de adolescentes pasó junto a la camioneta, tambaleándose. La luz de la calle iluminaba la cara de Amy, mostrando su expresión confundida.

—No. Sólo trato de ver cómo es esto —la corrigió Jake mientras buscaba a oscuras las llaves caídas en el piso.

Amy negó con la cabeza.

—¿No te parece que vas demasiado rápido? —extendió el brazo y bajo las piernas de Jake encontró las llaves y las levantó.

Jake estaba de acuerdo en que tal vez se estuviera apresurando. Pero, ¿qué otra cosa podía hacer? ¿Dejar que la vida lo empujara al abismo del sinsentido? Además, realmente necesitaba esas respuestas.

—No. Quizá. Es que... sé que tengo que hacerlo —dijo Jake, dándole voz a sus pensamientos.

—Pero ¿no puedes ver cómo es mientras sigues siendo el Jake de siempre? —la voz de Amy ahora era más suave, y le puso las llaves en la mano con delicadeza, dejando su mano en la de Jake durante un momento.

Jake supuso que por supuesto sería mucho mejor hacerlo de ese modo, y era lo que había intentado esta noche. Pero era evidente que no funcionaba. Apartó la mano y miró hacia delante.

—¿Quién? ¿El Jake de siempre que puede embocar una pelotita en un vaso? ¿Qué es eso? Ni siquiera sé si me gusta ese Jake.

Amy lo tomó del mentón y giró su rostro para mirarlo a los ojos.

—¡Pero ese es el Jake de quien me enamoré! ¡Es el Jake a quien seguiré hasta Louisville! ¡Es el Jake con quien quiero pasar el resto de mi vida!

Jake le devolvió la mirada, sin saber qué hacer en ese momento. Estaba desesperado, pero había tomado una decisión. Amy le soltó el mentó y se apartó hacia el extremo del asiento.

—Ya sé lo que te pasa. Es por ese "amigo" tuyo.

Su silueta tridimensional bloqueaba la luz de la calle. Jake apoyó la espalda contra la puerta para mirar a Amy.

—Tal vez. No lo sé —respondió en voz baja.

Amy se inclinó hacia delante y apoyó las manos en las rodillas de Jake.

—No fue culpa tuya, Jake —insistió—. ¡Tú no fuiste el que jaló del gatillo!

Toda la culpa que Jake había estado cargando en las últimas semanas pareció estallar y surgir a la superficie. Jake dio un puñetazo contra el volante.

—¿Por qué me dicen eso todos? ¡Ya ni me escuchas! ¡Claro que sé que no lo maté! Sé que no le dije que llevara un arma a la escuela. ¡Ya sé que no hice nada!

Amy lo miró en la oscuridad y luego le acarició la rodilla muy suavemente.

—Ninguno de nosotros hizo nada —susurró.

—¡Es lo que estoy diciendo! —exclamó Jake dándose vuelta para mirar por la ventana, de espaldas a Amy y a la luz de la calle—. ¿Por qué no hice nada?

Desde la casa se oía la música de rock a todo volumen y unos gritos que provenían desde el jardín.

—Jake —susurró Amy.

Él no se movió. Seguía perdido, pensando, con la mirada fija en una fuente de agua iluminada que había frente a una casa un poco más allá. Amy abrió su puerta y bajó de la camioneta. Tropezó y se quitó los tacones para correr hacia la puerta de Jake. La abrió y apoyó una mano sobre el marco de la puerta mientras le frotaba la espalda con la otra.

—Jake, eres el capitán del equipo de baloncesto. Vas a graduarte. Tienes novia. Estás ocupado.

—Él me salvó la vida —dijo Jake de repente, sin mirarla.

—¿Qué dices?

Jake inspiró y bajó la mirada.

—Cuando estábamos en el sexto grado, evitó que me arrollara un auto empujándome a un lado, pero acabó sufriendo el accidente él mismo.

Con cada palabra, sentía que confesaba la traición. ¿Qué clase de cretino abandona a quien le salvó la vida? ¿Qué pensaría Amy de él ahora? En sus tres años de novios nunca se había sentido tan vulnerable, y se aferró al volante como para mantenerse erguido.

—¿Y por eso todo esto? —dijo Amy en tono casi casual, como si lo que acababa de decirle no fuera gran cosa.

—¿Cómo dices? —ahora el confundido era Jake. *¿Es que Amy no lo oía siquiera?*

—Te salvó la vida. Entonces, ¿qué? ¿Tenías una deuda con él o algo así? —preguntó ella.

La mente de Jake volvió a nublarse mientras trataba de entender lo que Amy le decía. *¿Es que no entendió la parte en que le dije que ROGER ME SALVÓ LA VIDA? ¿Qué le pasa?*

—¿Y si yo no lo hubiera ignorado? —se defendió Jake—. ¿Podría haberlo salvado?

—Mira, Jake. Sé que es difícil, pero tendrás que olvidarlo. No puedes hacer nada para revivirlo —y con eso, pasó el brazo sobre su hombro y apoyó la frente contra la de él—. Lamento que te sientas tan mal, pero creo que estás exagerando.

—¿Exagerando? —estalló Jake, apartándose para mirarla a los ojos—. ¿No oíste todo lo que acabo de decir? ¡Está muerto, Amy, y yo podría haber hecho algo para evitarlo!

—Bueno, no uses esto para atacarme, Jake. Si te importa tanto, ¿por qué me lo dices recién ahora? ¡Hace tres años que salimos!

La irritación de Amy se convertía en preocupación. Bajó la mirada:

—Siento como si ya no te conociera.

Jake tuvo que admitir que tampoco él estaba seguro de conocerse. ¿Qué podría decir? Era justamente lo que intentaba resolver en este momento.

Y entonces dijo, con voz queda:

—¿Vendrías conmigo a la iglesia algún día?

Amy levantó la mirada y clavó los ojos en el rostro de Jake:

—¿Estás hablando en serio?

18

UNA HORA MÁS TARDE Jake entró agotado en su habitación. No tenía certezas. Había tratado de explicarle a Amy la conversación con Chris, pero cuanto más le contaba, menos parecía entenderlo y su mirada se volvía cada vez más vaga. Amy tenía excelentes clasificaciones, y su nombre estaba en el cuadro de honor para todas las materias, pero lo había mirado como si le estuviera hablando en chino, con las cejas arqueadas y una sonrisita casi burlona. Le dijo varias veces que no estaba enojada con él, pero sus ojos decían otra cosa: se sentía traicionada y por eso Jake se sentía todavía peor.

Se echó en la cama, oliendo todavía a alcohol y al perfume de Amy. Ella le había dicho que le pediría a alguien más que la llevara a casa porque todavía no se quería ir de la fiesta. Y al verla caminar de regreso hacia donde seguía la diversión, casi pudo sentir cómo se rompían los lazos que unían sus vidas.

Estaba demasiado despierto como para dormirse, pero su mente no lograba concentrarse a causa de lo que había bebido. Jake se levantó y se sentó ante su computadora. Navegó por Internet, sin buscar nada en particular. No se fijó en los resultados deportivos. Entró en su página de MySpace y movió el cursor hacia la casilla de Buscar, ingresando un nombre como lo había hecho millones de veces ya. Pero esta vez, el nombre era diferente: Roger Dawson.

Volvió a sentir esos latidos de siempre en su cabeza cuando hizo clic en Buscar. Miró la pantalla con ojos febriles mientras el reflejo pálido le iluminaba las manos. Jake se preguntó en qué se había convertido su amigo de la infancia durante el tiempo en que no lo había estado viendo, y cómo había llegado a ese lugar en el que su única opción era el suicidio.

La pantalla mostró una lista con siete "Roger Dawsons". Jake los leyó en voz baja mientras iba bajando la mirada hacia el final de la lista. Pero el antepenúltimo le heló la sangre. El rostro que aparecía junto al nombre era inconfundible. Era Roger, que desde el ícono de la computadora miraba a Jake como si sus ojos fueran rayos laser que penetraban su alma. Sintió que el vello de los brazos se le erizaba, y comenzó a golpear el piso con los talones, con ritmo nervioso. Sintió que un sudor frío le bañaba la frente y la espalda.

Jake hizo doble clic en la foto de Roger y esperó a que se abriera la página, desesperado porque no quería ver el aviso de Privado. Incluso en el refugio de su dormitorio Jake sentía que estaba espiando por la ventana de Roger. Miró por sobre el hombro como para confirmar que estaba a solas en su cuarto. El reloj de su mesa de noche indicaba que era la 1:04 de la mañana. Se quedó mirando el reloj durante un rato, esperando a ver el 1:05. Le latía tan fuerte el corazón que parecía querer salirse de su jaula de culpa.

La pantalla se puso negra y se abrió la página de Roger. A primera vista no vio nada siniestro allí, pero ese era justamente el problema: no había nada. Era una página virtualmente desprovista de interacción humana, como un álbum de fotografías del colegio, sin siquiera una firma.

Jake hizo clic sobre las fotografías de Roger y encontró tres. Había una de Roger con su hermanita Rudie, en algún evento formal. Se veían contentos. ¿Qué había pasado entonces? En la foto siguiente Roger asaba hamburguesas sobre una parrilla. Y en la última, miraba a la cámara desde un sofá. Jake trató de recordar el rostro de Roger, de las millones de veces que se habían cruzado en la escuela como si fueran desconocidos. Pero no podía recordar nada. ¿Cuántas veces lo había mirado con esos ojos llenos de dolor, rogándole que lo ayudara, y Jake había pasado de largo sin verlos? Jake gimió y golpeó la cabeza varias veces contra el borde del escritorio.

Hizo clic en el perfil de Roger, para ver qué encontraría.

Detalles de Roger	
Estado:	Llámame cuando quieras
Estoy aquí para:	Los amigos
Orientación:	Derecho, como una tabla
Ciudad:	O-side
Cuerpo:	Ardiente
Raza:	Soy tu hermano
Religión:	Buscando
Signo:	Tauro
Mejores amigos:	
Hijos:	¡Tengo 17 años!
Estudios:	Estudiante secundario
Ocupación:	Artista

Mientras leía los datos Jake sonrió porque podía ver ese viejo encanto e ingenio de Roger en cada línea. Pero la casilla vacía que ni siquiera el fino humor de Roger podía llenar, fue algo que le dolió. Ese vacío dejó a Jake sin aliento, por el peso que conllevaba. *Si Roger hubiera tenido al menos un nombre para ingresar en ese espacio, ¿estaría vivo aún?* Jake deseaba, más que cualquier otra cosa, tener la oportunidad de viajar al pasado y hacer cosas que hubieran hecho aparecer su nombre allí, en esa casilla vacía.

Con manos temblorosas Jake hizo clic en la sección de comentarios, para ver qué habrían puesto sus compañeros de escuela. Después de un suceso tan trágico, seguramente habría muchísimas notas de parte de los que lamentaban su muerte. Aunque no lo conocieran, era uno de los que caminaban por sus pasillos, y se sentaba en sus aulas. Jake esperaba ver al menos algo... aunque fuera algo negativo con respecto al chico que se había matado con un arma en la escuela. Pero al bajar hasta el final de la página, no encontró nada.

Jake miró la lista de amigos de Roger. Incluso él, que no pasaba mucho tiempo en MySpace, tenía centenares de conocidos. Pero en la casilla de Roger solo había tres. La foto de uno de ellos, "Jonny Boy" le resultaba conocida, pero Jake no lo ubicaba del todo. Las otras dos eran chicas y Jake estaba seguro de que jamás las había visto.

Bajo la casilla de Amigos, casi vacía, Roger había subido parte de sus obras de arte. Había una en particular que le heló la sangre a Jake. Era la imagen de un hombre angustiado que levantaba los brazos con desesperación mientras su cuerpo se hundía en un piso de cemento fresco.

¿Qué significaba eso? *¿Era así como se sentía Roger?* Jake solo podía imaginar hasta qué punto esa imagen representaba la existencia de Roger, sin nadie que le diera una mano para salir de allí. Jake siguió pasando un dibujo tras otro, todos perturbadores porque el tema siempre era el mismo: desesperanza, aplastante angustia.

Por último, Jake volvió al principio de la página para ver si Roger tenía blogs. La entrada más reciente era del 17 de febrero, el día antes del suicidio. Jake sintió que le estallaba la cabeza, los latidos eran insoportables. *¿Es lo que pienso que es?* Nadie había visitado el sitio en las últimas tres semanas, y Jake vio que sería el primero en leer la nota de suicidio de su ex mejor amigo.

Sintió que se le revolvía el estómago y corrió al baño, esperando que su madre no oyera nada porque no quería que viniese a ver si estaba bien. El vómito se mezcló con sus lágrimas en el retrete. Luego, Jake quedó echado en el piso del baño, paralizado, ahogándose en su angustia. No estaba seguro de querer levantarse. ¿Habría alguna forma de seguir adelante, viviendo su vida y fingiendo que nada de esto había sucedido?

Después de unos diez minutos, Jake respiró hondo varias veces, y con desgano volvió a su cuarto. Con la vista nublada intentó fijar la mirada en la pantalla. Leyó las últimas palabras de Roger.

Blog de Roger	Día: 17/2	Estado de ánimo:
Última entrada: **17 de febrero** Enviar Mensaje Mensaje Instantáneo Enviar a un amigo Suscribirse		

Me siento muy solo. Como si fuera la única persona del mundo que se siente así, sin que a nadie le importe. No importa. Tal vez, porque yo no importo.

Estoy gritando, haciendo todo lo posible para que me oigan, pero el silencio es más fuerte que mis gritos.

Qué puedo hacer para que me oigan, más que destruir este mundo,

Romper y destrozar mi vida.

¿MORIR?

A veces me pregunto si estoy cada vez más vivo o más muerto. Y me pregunto si hay diferencia alguna.

La desesperación es peor que la frustración.

¿Es peor vivir que morir?

¿Es peor gritar que llorar como lloro?

Si destrozo lo que me rodea tal vez la gente empiece a entender. Quiero que alguien piense que no estoy loco, que alguien me entienda y me escuche y que no se enoje conmigo porque no estoy contento, porque no lo estoy.

No soy feliz.

Me siento atrapado en una vida que no me quiere, en un mundo donde soy el distinto. No encajo en ninguna parte, y nadie me entiende. Puedo gritar todo lo que quiera pero mis gritos se esfuman porque nadie sabe escucharme.

Tal vez, esto les demuestre algo.

El disparo del fatídico día volvió a resonar en la mente de Jake mientras leía el último renglón, una y otra vez. Lleno de preguntas cargadas de culpa, buscaba respuestas: *¿Quiénes son "ellos"? ¿Toda la escuela? ¿O un grupo en particular? ¿Una* *persona en particular? ¿Por qué, de todos los lugares posibles, eligió Roger el Corredor de los Mayores para su última declaración?* Seguro tendría que haber sabido que allí estaría Jake, antes de entrar a clase. *¿Era coincidencia que estuviera tan cerca de Roger cuando éste levantó el arma para matarse? ¿O fue todo un mensaje bien rotundo y directo para depositar la culpa en su ex amigo?* Con solo pensarlo, Jake sintió escalofríos que le recorrían todo el cuerpo. Extendió el brazo y tomando el cobertor de su cama, se envolvió para taparse la espalda. Temblaba. Imaginó la intensa angustia que había motivado a Roger a escribir esto. *¿Por qué no hubo alguien que lo ayudara antes de que fuera demasiado tarde?*

Pegó puñetazos en el escritorio y gruñó, furioso:

—¡Maldita sea! ¿Por qué no me lo dijiste?

Claro que Jake sabía muy bien por qué Roger no había acudido a él. Porque años antes, Jake había dejado bien en claro que ya no eran amigos. ¿Cuántas veces había intentado acercarse Roger? ¿Cuántas veces había sido Jake demasiado *cool* como para notarlo? Jake miró la solitaria fotografía de Roger en la parte superior de la página y luego, centró la mirada en su propio reflejo en la pantalla.

—Lo siento tanto, Roger —susurró mientras las lágrimas recorrían sus mejillas.

Volvió a los tres amigos de Roger y anotó sus nombres en un anotador: Cara Mervin, Sarah Sooners y Jonny García. Estaba seguro de que había visto al chico, pero no podía ubicar su cara y ya tenía la mente sobrecargada de preguntas. El alcohol que había bebido en la fiesta le estaba dando un terrible dolor de cabeza. Se acurrucó sobre la cama y decidió que la semana siguiente mantendría los ojos bien abiertos en la escuela para ubicar a "Jonny Boy". Si Jake podía encontrarlo, tal vez encontraría también algunas respuestas.

DOS SEMANAS DESPUÉS Jake y Amy entraban de la mano en el vestíbulo de entrada de la Iglesia New Song. Aunque Jake se veía entusiasmado por tener a Amy con él, ella se veía un tanto nerviosa. Su llamada telefónica de la tarde anterior, diciendo que lo acompañaría, casi lo hizo caer de la banqueta de la cocina. Pero Amy había dejado algo en claro: iría una vez y no prometía nada más que eso. Cuando dieron la vuelta hacia el salón del grupo de jóvenes, Jake tenía las manos mojadas de sudor. Sabía que la hora siguiente sería muy importante.

La vestimenta de Amy también le causaba incomodidad. Comparada con lo que se había puesto para la fiesta de hacía dos semanas, ahora vestía con modestia, pero al entrar en el vestíbulo Jake se dio cuenta con cierto dolor que había demasiada piel a la vista. Su falda, a mitad del muslo, no era tan corta como las que usaba siempre, pero Amy llevaba tacones de casi quince centímetros y aunque su top rosado cubría bastante, atraía las miradas de los chicos. Jake sabía que New Song era bastante informal, pero no quería llamar la atención por encima de los demás. Y cuando pasó a buscarla, pensó en decirle que se pusiera un suéter (porque podría refrescar), pero como era una mañana de 26°C, la verdad que no podía decirle algo así y sabía que si daba un paso en falso, lo arruinaría todo. Así que, mantuvo la boca cerrada y esperaba que la gente no la mirara.

Jake también intentó explicarle a Amy que aquí no se aplicaba esa moda de llegar un poco más tarde. Claro que ella estaba acostumbrada a entradas del tipo triunfal, por lo que llegaron veinte minutos tarde, cuando el servicio ya estaba avanzado. Jake dio un suspiro de frustración, pero debió admitir que él tampoco era demasiado puntual. Mientras se acercaban al salón oyeron la voz de Chris desde el corredor, y las risas de los jóvenes.

Abrieron las puertas dobles marrones que había al fondo del salón, y por instinto Jake soltó la mano de Amy. El salón olía a humedad y Amy se cubrió la nariz con la mano. Había llovido unos días antes y aparentemente había goteras en el techo.

Pasaron junto al retrato de Roger que había junto a la puerta y Jake sintió ese remordimiento al que ya casi se estaba acostumbrando. Amy ni siquiera pareció notar la foto, y buscó caras conocidas entre la gente. El salón estaba lleno, como la semana anterior, pero encontraron dos asientos en la última fila. Jake vio a Andrea en el frente, junto al chico al que le gustaban las madres. Por el rabillo del ojo vio a Danny y a Kelsi, cómodamente echados en un sofá, más absortos el uno en el otro que en lo que les rodeaba. Nadie pareció notar a Jake y Amy, y a Jake eso le pareció bueno.

Cuando más miraba a su alrededor, más incómoda se sentía Amy. Se subió el borde de su top hacia el cuello para que no se le vieran tanto los pechos, pero ahora se le veía el ombligo. Tiró de la blusa hacia abajo, y otra vez quedaron los pechos casi al descubierto. Se cruzó de brazos y se acurrucó contra Jake.

—Tendría que haberme puesto ropa más cubierta —susurró en el oído de su novio.

Jake nunca había visto a Amy tan quisquillosa con respecto a su aspecto. Era como si se hubiera puesto la ropa equivocada para una fiesta.

—No te preocupes. Estás bien —le dijo en tono seguro, sin mirar siquiera hacia ella mientras iban hacia los dos asientos vacíos.

Chris y otro estudiante estaban subiendo una mesa al escenario. Estaba cubierta con una sábana roja. Chris, mientras tanto, decía algo de un viaje a México en un futuro cercano.

Amy se aferró al brazo de Jake y se acercó tanto a él que casi quedaron ambos sentados en la misma silla. Escondió los pies bajo el asiento y tironeó de su falda para cubrirse las piernas. Miró su reloj por quinta vez, y dio un suspiro como de fastidio.

—Te ves hermosa —trató de consolarla Jake, temiendo que esta mañana ya estuviera empezando con el pie izquierdo. En el pasado, decirle que estaba hermosa era la solución para cantidad de situaciones incómodas. Pero ahora no surtió efecto. Se inclinó hacia delante tratando de dilucidar qué era lo que tan entusiasmado tenía a Chris.

Chris subió cuatro sillas al escenario.

—Bien. Ahora voy a necesitar cuatro voluntarios —anunció mientras caminaba de un lado a otro. Se detuvo en el centro del escenario y con una última mirada recorrió todas las caras. Al ver a Jake, esbozó una sonrisa.

—Este juego pondrá a prueba la hombría, la determinación y cordura de los participantes.

Señaló a cuatro ansiosos chicos del primer año que habían levantado las manos para que los eligiera.

—Matt, Arona, CJ, Mudge.

Mientras los nombraba, Chris les iba indicando sus asientos, tras la mesa cubierta con la sábana.

Varios de los jóvenes vieron a Jake y Amy cuando se dieron vuelta para ver a los voluntarios. Una chica le dio un codazo a su amiga, y poniendo los ojos en blanco, rieron al ver la ropa que llevaba Amy. Otra le dijo algo al oído a la que tenía a su lado, también con risita burlona. Dos o tres chicos la miraron de arriba abajo, hasta que notaron que Jake los estaba viendo. Amy se movió, incómoda, en el asiento y mantuvo la mirada en el escenario, pero sintió que todo su cuerpo se ponía tenso.

Dos de los chicos que estaban en el escenario se golpearon el pecho como salvajes, y el grupo comenzó a gritar y rugir. Jake apoyó la espalda en el respaldo de su asiento, aliviado al ver que ya no eran el centro de atención y deseando que Amy no le pidiera que se fueran. No todavía.

Chris siguió hablando:

—Esta es una carrera para ver quién puede beber más rápido... una lata de refresco.

Con gesto de mago quitó la sábana que cubría la mesa. Allí había cuatro latas de refresco. Jake rió para sí: así que, ¡en la iglesia había competencias de bebida! Tal vez ahora Amy se sintiera más cómoda. Los competidores y casi todos los demás dieron un gemido de desilusión. Aparentemente, el desafío no era todo lo que podría esperarse de Chris.

Pero éste continuó y dijo con voz ronca en el micrófono:

—Preparados... listos... ¡Oh, no! Olvidé decirles una de las reglas.

Los cuatro chicos quedaron paralizados con las latas de refresco a centímetros de los labios.

—Cada uno tendrá que quitarse una media y cubrir con ella la lata —rió Chris, aplaudiendo.

Como era de esperar, todos reaccionaron: algunos gritando, otros haciendo gesto de asco y algunos conteniendo el aliento. Jake gritaba en apoyo desde la última fila, mientras los chicos cubrían sus latas con las sucias medias.

La respuesta de Amy no podría haber sido más contraria a la de Jake. Puso los ojos en blanco y sintió náuseas, como si fuera ella quien tuviera que beber refresco colado con medias sucias. Jake rió y le cubrió los ojos con la mano, como protegiéndola. Y pasó su otro brazo por detrás del hombro de Amy, que pareció relajarse un poco. Jake sonrió, contento.

Ya en posición, los cuatro competidores se veían menos ansiosos por comenzar. Chris reinició la cuenta regresiva:

—¡En sus marcas! ¡Listos!... ¡Oh, esperen! —y levantando un dedo en el aire Chris sonrió mientras miraba a todos los presentes, aumentando la tensión del momento.

—Olvidé decirles la última regla —dijo en voz muy baja.

Un silencio de expectativa y asombro cubrió a todos mientras Chris se volvía hacia los cuatro voluntarios, que ya se veían pálidos. La última regla de Chris cayó como piedra:

—¡Pásenle su lata a quien tienen a la izquierda! —gritó en el micrófono.

Hubo gritos, aullidos y carcajadas incontrolables entre los del público, mientras los cuatro contrincantes intercambiaban sus latas como si fueran pañales sucios.

—¡Ya! —gritó Chris antes de que pudieran pensarlo dos veces.

Y al momento comenzó a sonar la música de la película Rocky. El más pequeño de los participantes se tapó la nariz y comenzó a beber su refresco, sorbiendo a través de la tela mojada de la media de su compañero. Como para que no lograra ganarles, los otros tres también empezaron a tragar refresco a más no poder, mientras todos los del público chillaban y reían. Con las cabezas echadas hacia atrás, como pelícanos, se les veía tragar y tragar. Las gargantas de los cuatro se hinchaban y deshinchaban a ritmo frenético.

Andrea, que estaba en la primera fila, apartó la mirada y al voltearse vio a Jake y Amy. Se levantó y fue hacia ellos, con una sonrisa de oreja a oreja.

—¡Vinieron! —los saludó, abrazando a Jake de costado.

—Andrea, te presento a Amy —dijo Jake un tanto incómodo. Trató de no verse demasiado entusiasta.

Andrea llevaba una nueva colección de brazaletes en la muñeca, que no hacían demasiado juego con su camiseta de colores brillantes. Extendió su mano hacia Amy para saludarla, y las pulseras tintinearon. Amy le respondió con un débil apretón de manos y una media sonrisa.

—Me alegro de veras de que pudieran venir —dijo Andrea, radiante.

Amy rodeó a Jake con su brazo, en ademán posesivo, y dijo con tono de pocos amigos:

—Le dije a mi novio que vendría a ver cómo era esto.

—¡Qué bueno! —sonrió Andrea un tanto incómoda y más apagada que de costumbre.

El momento de tensión se vio interrumpido por el sonido de una lata de aluminio contra la mesa. Todos se volvieron para ver quién había ganado. Chris levantaba la mano victoriosa del muchacho menudo. Los demás dejaron caer sus latas al ver que sus esfuerzos habían sido inútiles. Enseguida subió al escenario un equipo de chicos que retiró la mesa y las sillas, y enseguida todo quedó como siempre, listo para que la banda de estudiantes ocupara su puesto. El baterista empezó a tocar, y el público seguía el ritmo con los pies.

—Oh, cielos... tengo que irme... Me alegro de verlos —sonrió Andrea y miró a Jake a los ojos antes de correr hacia el escenario. Pero antes, Amy ya la había tomado del brazo para decirle algo al oído. Jake no pudo oír sus palabras, pero vio que a Andrea se le borraba la sonrisa y se le llenaban de lágrimas los ojos. Asintió, molesta, y corrió hacia el escenario aunque se la veía como descolocada.

—¿Qué le dijiste? —preguntó Jake con tono de enojo.

—Encantada de conocerte —respondió Amy, burlona mientras tomaba la mano de Jake y la besaba. Él retiró la mano y se puso de pie igual que todos cuando la banda comenzó a tocar una canción de rock. Vio de reojo a Danny, que salía del salón, tal vez para comer una dona o algún otro "bocado" de los que le levantaban el ánimo.

Todos aplaudían siguiendo el ritmo de la música, y a Jake le pareció loco pero hizo lo mismo, sólo para mostrarle a Amy tal vez que se tomaba todo esto en serio. La miró y vio que seguía sentada, de brazos cruzados, mirando con insolencia la silla que tenía delante. Jake sintió que se le tensaban los músculos del cuello y la espalda, molesto ante esta actitud, pero se concentró en la letra de la canción que aparecía en la pantalla que había detrás de la banda, decidido a no permitir que el callado capricho de Amy lo afectara. Leyó lo que todos iban cantando:

"Envíame, pero no sin tu poder, Señor,

Enséñame, porque no puedo hacerlo solo.

Úsame, como quieras usarme.

Envíame, pero no dejes que me vaya sin tu poder."

Jake no sabía muy bien qué quería decir todo eso. Pero sonaba bien. Le intrigaba este hábito que tenían los chicos de la iglesia, de cerrar los ojos y levantar los brazos mientras cantaban. No todos los hacían, pero Andrea sí, y con muchas ganas y toda intención. Le parecía peculiar, pero la verdad es que no era tan distinto a los recitales a los que había ido. Y Andrea se veía tan feliz, tan tranquila mientras cantaba junto al micrófono. Kelsi también levantaba las manos, pero en su caso todo parecía más actuado que real.

De repente Amy se puso de pie, y su blusa transparente rozó el brazo de Jake. Se inclinó y le dijo al oído:

—La chica de la derecha es drogona —señalando con un gesto a Kelsi. Amy sonrió por primera vez en toda la mañana, como si estuviera muy satisfecha de sí misma.

Jake pensó en Kelsi, en la fiesta de hacía dos semanas, con la camiseta de "Jesús es mi chico". *¿Cómo puede? ¿Sabe Chris de su doble vida? ¿Cuántos más de todos estos chicos están fingiendo?* Pero incluso con todas esas preguntas, Jake sabía que la fe de Chris era real, y estaba seguro de que la de Andrea también lo era. Además, ¿quién era él para juzgar? Por supuesto que no quería darle a Amy otra razón para criticar. Decidió no afirmar ni negar nada. Se encogió de hombros y siguió batiendo palmas al son de la música.

Danny Rivers volvió al salón, impulsado por la firme mano de su padre, el Pastor Mark. Era claro que Danny prefería estar en cualquier otro lugar, y Jake no pudo evitar sentir algo de

lástima por el chico. ¿Cómo será ser hijo del pastor? La relación de Jake con su padre era difícil, pero al menos éste le daba cierto espacio. Quizá las "actividades extracurriculares" de Danny eran su forma de mantener algún control sobre su vida, algo así como la razón por la que Jake había elegido Louisville.

Jake observó discretamente al Pastor Mark, tratando de ver cómo sería. El pastor miró a todos, como si contara la cantidad de asistentes. Más que sonreír, sólo llevaba una mueca de sonrisa en los labios, que se convirtió en cara de molesto y con el ceño fruncido, cuando vio a Amy. Jake apartó la mirada, como por instinto, pero pudo ver que el pastor negaba con la cabeza, en señal de desaprobación.

Los ojos de Danny también se habían posado en Amy, pero no había desaprobación allí. El Pastor Mark vio que su hijo miraba a Amy y le dio un codazo en el estómago. Lejos de sentir remordimiento, Danny le guiñó el ojo a su padre y avanzó junto a la pared del fondo hacia el sofá. Se echó allí y Jake pensó que lo mejor sería que el sofá se lo tragara entero.

Rodeó los hombros de Amy con el brazo, y vio que ella mantenía la mirada en el frente. Había algo en el escenario que captaba su atención. Jake vio que a la derecha de Andrea y Kelsi estaba la batería de la banda y que el pastor Mark seguía con los brazos cruzados, mirándola con desaprobación.

Amy entonces se volvió a Jake. Se veía dolida y ya no quería seguir allí.

—Esto es de locos. Vámonos —dijo con tono de urgencia.

Jake quería protegerla, pero no quería irse todavía. No habían llegado a la mejor parte. Chris estaba por hablar y Amy finalmente entendería por qué él quería realmente hacer este experimento.

—¿Qué dices? —preguntó, fingiendo no haber oído.

Amy tomó su bolso y dio un paso hacia la puerta, pero Jake la tomó del brazo. Ella se volvió para mirarlo. Le temblaba el labio inferior.

—¿Vas a llevarme a casa o no? —preguntó.

Casi no la oía, de tan fuerte que sonaba la batería.

—Todavía no —gritó, tratando de transmitirle que no quería defraudar a la banda. Sabía que si Amy se iba ahora, jamás volvería a este lugar.

—¡Qué bien! —dijo Amy y retiró su brazo. Se alejó decidida hacia la salida.

Jake miró al techo, exasperado, y luego recorrió el salón con la mirada para ver si alguien había notado lo sucedido. Todos parecían concentrados en la banda. Salió del salón y avanzó por el corredor buscando a Amy.

Ella ya estaba en el vestíbulo. Por las puertas de vidrio la luz del sol lo cegaba, de modo que solo podía ver la delgada silueta de Amy. Afortunadamente, estaban a mitad del servicio y no había nadie allí.

—¡Espera, Amy! —la llamó Jake, corriendo hacia ella.

La alcanzó cerca de la puerta del frente.

Amy tenía los ojos húmedos cuando se volvió para mirarlo.

—¿Por qué no me llevas a casa? —le rogó con tono frágil y frustrado. Se secó los ojos con el dorso de la mano.

—No —dijo Jake con suavidad. Se acercó a ella y la tomó de las manos.

—¿Que no? —dijo Amy soltándose y avanzando un paso más hacia la puerta.

—Vamos, acabamos de llegar —trató de convencerla Jake, acercándose a ella—. ¿Qué es lo que pasa?

—No voy a permitir que me juzguen —respondió Amy bruscamente, mientras señalaba el salón de jóvenes. Una lágrima más brotó de sus ojos y recorrió su mejilla.

—¿Quién? Nadie te juzga —objetó Jake. Pero sabía que no estaba diciendo la verdad.

Amy negó con la cabeza y miró el vestíbulo vacío.

—Jake —dijo en voz casi inaudible—. Tengo que decirte algo.

Su voz sonó débil y se mordió el labio mientras apartaba la mirada y se secaba los ojos inundados de lágrimas.

Jake se acercó a ella y le rodeó la cintura con las manos.

—¿Qué es? —e inclinó la cabeza para mirarla a los ojos.

—No me siento cómoda diciéndotelo aquí —contestó ella.

—¿No puedes esperar a que termine el servicio?

—No puedo —dijo Amy, negando con la cabeza.

Jake la soltó y le dijo:

—Sí, claro... esta vez no me engañas.

Ella lo miró con frialdad.

—No importa, entonces.

Nunca antes le había hablado en ese tono tan distante, frustrado, lleno de angustia, cansancio y derrota, todo al mismo tiempo. Amy se acercó y besó a Jake en la mejilla, dejando los labios allí por un momento. Esperó, como si tuviera que reunir coraje, y susurró:

—Adiós, Jake.

Se dio vuelta para irse, con la cabeza gacha y con los hombros caídos. Jake sabía que se suponía que ahora él correría tras ella. Pero estaba harto de eso. Ya volverá, pensó. Aunque mientras la veía desde atrás, sintió que todo había cambiado. Como si le hubieran cortado una parte del cuerpo.

—¿Amy? —dijo, casi sin fuerzas.

Amy no se detuvo.

JAKE PERMANECIÓ DE PIE ALLÍ, viendo cómo Amy se alejaba de él y de las puertas de la iglesia, como si fuera un espejismo que el sol de la mañana formaba en el vidrio. El vestíbulo quedó en silencio, excepto por la voz que desde el auditorio se oía a lo lejos. La cabeza de Jake no podía dejar de pensar, y trató de encontrarle sentido a lo que había pasado, echando una mirada a la sala. Se encontró volviendo hacia el salón donde estaban los demás, cada vez más lejos de Amy. Hacía unas semanas, este lugar era algo desconocido y extraño para él, pero hoy parecía un refugio seguro en medio del huracán.

Jake se detuvo en la entrada y de repente se dio cuenta del enorme significado que tenía la salida de Amy. Se sentó en una silla que había sobre la alfombra y apoyó la espalda y la cabeza contra la pared de atrás. Su mente era un torbellino de ideas: ¿Acababa de cometer el peor error de su vida? ¿Culpaba a Amy por lo de Roger, con tal de aliviar su sentimiento de culpa? ¿Sería demasiado tarde como para correr tras ella?

La voz de Chris se mezclaba con sus pensamientos: "... hicieron una encuesta para analizar cuáles eran los lugares en los que menos quería estar la gente. Entre las respuestas estaban la Dirección de Tránsito, el dentista y la oficina del director de la escuela. Pero ¿saben cuál era el lugar que ocupaba el primer puesto? La iglesia..."

¿Cómo llegaría Amy a su casa? ¿A quién llamaría?, se preocupaba Jake. No tenía muchas amigas. Las había abandonado bastante a lo largo de los años para pasar más y más tiempo con él. Su mamá siempre estaba demasiado ocupada, y la mayoría de los chicos solo pensarían en dormir a esta hora de la mañana. No querrían molestarse... excepto Doug.

Doug. Jake hizo una mueca de disgusto. Doug era su mejor amigo, pero Jake no podía confiar en él. Jake imaginó a Amy contándole sus penas a Doug, dejando a Jake como villano. Claro que Doug aprovecharía muy bien la oportunidad, en especial después del fiasco de la fiesta de hacía unas semanas. Jake podía imaginar a Doug, abrazando cariñosamente a Amy, que lloraba, mientras susurraba palabras de consuelo en su oído. Pero Jake lo conocía demasiado bien: sólo querría darle una cosa a Amy, y no era exactamente compasión y cariño. Jake apretó los dientes y apoyó con fuerza la cabeza contra la pared.

La voz de Chris interrumpió sus pensamientos: "... aburridos, juzgadores, hipócritas. A veces, podemos ser exactamente lo contrario a lo que enseña la Biblia."

Chris negó con la cabeza y se puso de pie, dejando su banqueta del escenario para mirar a su público con mirada llena de pasión.

"¡No es así como se supone que tenemos que ser! Este es un lugar donde se supone que no tienes que fingir que lo sabes todo, que estás perfectamente, que no tienes problemas. Un lugar donde puedes ser realmente tú, donde no te sientas juzgado..."

Jake se irguió y se acomodó. Parecía, una vez más, que Chris le hablaba directamente a él, como si pudiera leerle la mente. Se secó las palmas de las manos en los jeans, y siguió escuchando.

"No fue así en mi caso, les digo", siguió Chris bajando la voz hasta que casi susurraba. "Recuerdo la primera vez que estuve en la iglesia. Tenía diecisiete años. Mi padre era militar y acabábamos de mudarnos por séptima vez en seis años. Ya había perdido toda esperanza de hacer amigos. ¿Para qué? Si volveríamos a mudarnos. Luego, como de la nada, mi padre me dice que en esta nueva ciudad iríamos a la iglesia. Le dije que estaba loco... y loco quedé yo, por la cachetada que me dio."

"Bien, fui a la iglesia. Durante tres meses fui todas las semanas. Y me sentía como un leproso. Todo el tiempo que estaba allí nadie se sentó junto a mí, ni recordaban mi nombre, ni me incluían en su grupo..."

Jake imaginó a Amy sentada allí, incómoda, hacía solo unos minutos todos la miraban, pero casi nadie se animaba a decir "hola" siquiera.

"Años después conocí a Jesús en serio, gracias a mi compañero de cuarto de la universidad. Vi que Jesús hacía todo lo posible por estar con los marginados, los olvidados, los que están solos, los que son rechazados. Hacía todo lo que mi iglesia no hacía. Y juré que si volvía a asistir a la iglesia, haría exactamente todo lo contrario. Por eso estamos aquí. Sé que no somos perfectos. Y de hecho sé que tal vez hemos lastimado a mucha gente. Si así fue, les pido perdón. Pido perdón por no haberles mostrado al Jesús real..."

Jake sintió que se le aceleraba el corazón otra vez. *¿Por qué se había ido Amy? Si hubiera oído a Chris, ¡tal vez les habría dado otra oportunidad!* Al oír la historia de Chris, Jake lo admiró todavía más que antes. Había pasado muchas cosas en su vida, pero tomó la decisión de hacer algo al respecto. Chris tenía algo que Jake sabía que le faltaba... y lo quería.

Chris volvió a sentarse en la banqueta. Miró hacia la pared del fondo y su mirada se cruzó con la de Jake, como si hubiera sabido todo el tiempo que él estaba ahí.

—Esa es mi historia. ¿Cuál es la de ustedes? —le preguntó al grupo—. A todos nos han juzgado. A todos nos han maltratado. Pero quiero que se tomen treinta segundos en silencio y respondan esto: ¿A quién han juzgado ustedes, y qué harán al respecto?

Setenta adolescentes inclinaron la cabeza al unísono. Jake también lo hizo. Cerró los ojos y reflexionó en lo que había preguntado Chris. Era fácil señalar a los culpables, pero sabía que al menos había una persona allí que lo señalaba a él. Lo único en que podía pensar en ese momento era en Amy. Ella había dicho exactamente lo mismo: juzgar. *¿Podría haber hecho otra cosa? ¿La juzgué? ¿Qué quiso decir con "adiós"?*

Y otro pensamiento atormentó a Jake entonces. *¿Qué hay de Roger?* Jake lo había juzgado, absolutamente. Esa noche después del partido cuando estaban en primer año, lo había juzgado, decretando que Roger no era *cool*. Y lo había hecho una y otra vez, cientos de veces más. ¿Qué le había hecho Roger? Pero ¿qué podía hacer Jake ahora? *Roger está muerto. Y es por culpa mía.*

Las acusaciones eran como dardos en la conciencia de Jake, como flechas incendiarias en su corazón. *Merezco perder a Amy. Merezco perderlo todo.* Quiso acallar las voces que susurraban, pero vio que no provenían de su mente.

Porque como murmullo constante a su alrededor, resonaban susurros que provenían de todos los que estaban en el salón. Abrió los ojos. Allí estaba Chris, sentado aún en el escenario con los ojos cerrados, cumpliendo con el desafío que él mismo había planteado. Y en el salón, al menos un tercio de los estudiantes charlaban con quien tenían a su lado, durante lo que se suponía que era una "reflexión en silencio". Molesto, Jake trató de escuchar lo que decían.

—¿Viste el partido? ¡No soporto a Jackson! —decía un chico con cabello despeinado al que reconocía de la escuela. Estaba hablando con alguien de la última fila, a quien Jake no conocía.

—¡Oh! No deja de enviarme textos —se quejó otro que tenía el celular abierto y respondía a un mensaje.

Esto seguramente NO ERA lo que Chris esperaba. *¿Cómo puede quedarse allí sentado, soportando esta burla? ¿Qué les*

*pasa a todos estos tipos? ¿No oyeron lo que acaba de decir?
¿Soy el único aquí que lo toma en serio?*

—¡Y está tan bueno! —dijo una chica pecosa de cabello castaño, en tono demasiado alto, a su amiga que estaba en la fila de adelante.

—¿Qué? ¿Bromeas? ¡Qué asco! —interrumpió otra chica rubia llena de granos.

Jake miró a Chris para ver si hacía callar a estos tontos. Pero vio que permanecía con la cabeza gacha, y respiraba tranquilo. Sobre el sofá, del otro lado del salón, Jake vio que Danny le pasaba a Kelsi una bolsita de plástico que ella metió en su bolsillo trasero. Luego le dio a Danny unos billetes verdes. *¿Es verdad lo que ven mis ojos?*

—¿Y viste lo que llevaba puesto? —rió una chica con sus amigas, cerca de donde habían estado Jake y Amy rato antes.

Jake sintió que enfurecía, con esa furia que solía levantarse dentro de él cuando jugaba al baloncesto. Le hervía la sangre, y con la mirada recorría las caras de todos estos hipócritas. *No está bien esto, ni en la iglesia ni en ninguna otra parte.* Su corazón latía tan fuerte que pensó que acallaría las voces. Sentía que le estallaría la cabeza. Maldiciendo por lo bajo Jake hizo un esfuerzo por contener sus emociones porque su instinto le indicaba que no estaría bien hacer una escena aquí. Miró a todos una vez más. *¿Es que a nadie le importa?*

—¡MALDITA SEA! —gritó Jake levantándose de un salto.

Setenta cabezas giraron hacia donde estaba él, al fondo del salón. Todos quedaron atónitos. Un silencio ensordecedor reemplazaba los murmullos y chismorreos. Chris abrió los ojos al fin, y se veía tan sorprendido como los demás. Jake entrecerró los ojos y negó con la cabeza. Señaló al grupo con dedo acusador:

—¿Es que no oyeron lo que acaba de decir?

Todos permanecieron callados. Danny, en el sofá, sonreía con gesto burlón. Pero al menos, esta vez estaba atento a lo que pasaba.

Al instante, Jake lamentó haber estallado. En la cancha de baloncesto podía hacer esto, porque su talento hacía que la acción fuera predecible y su actitud siempre era confiada, *cool*. Pero aquí estaba en territorio desconocido y la idea de salir de allí sin decir nada ni siquiera se le había ocurrido. Tenía los pies como atornillados al piso, y sin querer hacerlo, notó que seguía hablando.

—Soy nuevo en esto de la iglesia, así que si estoy cometiendo un pecado o algo así, avísenme —añadió con voz más calma—. Pero ¿cómo diablos quieren cambiar algo si ni siquiera aquí pueden entender de qué se trata?

Su pasión aumentaba con cada palabra.

—Las palabras de Chris fueron tan sinceras, y como cinco segundo después ustedes parecen actuar como si nada hubiera pasado.

Jake hizo una pausa para recomponerse y luego continuó.

—Hoy vino mi novia. Y se fue... porque sintió que la juzgaban. Y nadie se dio cuenta siquiera.

Algunos bajaron la cabeza en ese momento. Jake se volvió, para mirar el retrato de Roger.

—Roger entró en la escuela y comenzó a disparar —se acercó y palmeó la pared junto a la foto, y algunos se movieron incómodos en sus asientos—. Conocía a Roger. ¡No estaba loco! ¿A nadie se le ocurrió preguntar por qué? Digo, ¿cómo fue que llegó a un punto donde su única opción era suicidarse?

Jake sintió que las lágrimas le quemaban los ojos, pero no se detuvo. Vio a dos chicos que habían participado del juego y que ahora estaban en la primera fila, sin medias.

—Hay gente que se mata, ¿y ustedes beben refresco a través de una media?

Chris se movió, incómodo, y se cruzó de brazos. Jake no había tenido intención de criticarlo, pero ahora ya era demasiado tarde como para disculparse.

—Me pregunto, ¿de qué sirve todo ESTO?... —e hizo un gesto para abarcar a todos— ¿de qué sirve si no los cambia a ustedes? ¿Qué es lo que hacen aquí?

Jake volvió a hacer una pausa. Estaba agotado de repente y ya no sabía qué decir. Pero todos seguían mirándolo fijo. Con cada segundo, Jake sentía que pasaba una hora mientras permanecía allí, inmóvil, seguro de que esta sería la última vez que vendría a esta iglesia o a cualquier otra, para tal caso.

Como no tenía ya nada para decir, se encogió de hombros y se dirigió hacia la puerta.

Pero la voz de Chris lo detuvo.

—¿Qué crees que tendríamos que hacer, Jake?

Hablaba con calma, sin una pizca de ira en la voz. Jake acababa de estropear su servicio en la iglesia, ¿y Chris le pedía consejo?

El problema era que Jake no tenía idea en absoluto. Después de todo, ¿quién era él para decirles lo que tenían que hacer? Él mismo no sabía qué hacer.

—No lo sé —farfulló.

Danny ahogó una risita, pero todos los presentes lo miraron con mezcla de enojo y desprecio. Andrea se levantó lentamente de su asiento en la primera fila y miró a Jake, dirigiéndose a todos en voz suave pero llena de esperanza.

—Podríamos pasar el tiempo juntos en la escuela —ofreció como respuesta.

Nadie respondió.

—¡Perdedora! —tosió una voz femenina desde el fondo. Kelsi estaba sentada junto a Danny, y escondió una sonrisa socarrona.

Chris se volvió y los miró disgustado. Pero ellos hicieron caso omiso y apartaron la mirada, nada más.

—¡Es una idea genial! —dijo Jake entonces, motivado por el entusiasmo de Andrea—. Tendríamos que almorzar todos juntos.

Andrea resplandecía de contenta. Los estudiantes empezaron a murmurar, y el murmullo se hacía cada vez más fuerte.

—Yo iré... —respondió Billy desde la segunda fila— si va tu mamá.

Hubo risas ante la frase que aliviaba la tensión.

—¡Si ni siquiera la conoces! —dijo Jake, guiñándole el ojo.

Los chicos comenzaron a hablar en grupos, tratando de analizar la locura de los últimos minutos, conversando sobre los planes para el almuerzo. Unas chicas se acercaron a Jake y lo abrazaron. Nadie se disculpó por no haberse acercado a Amy. Chris se unió a una de las conversaciones del otro lado de la sala. Cuando su mirada se cruzó con la de Jake, le sonrió y asintió con la cabeza.

Jake no pudo evitar una sonrisa. *¿Qué acaba de pasar?* Se preguntó, asombrado.

22

UNA HORA DESPUÉS Jake llegaba a casa con su camioneta. Estaba un tanto conmocionado. ¿En qué estaba pensando? Ya era suficiente con haber ido a la iglesia, pero ahora parecía que había cambiado a su novia por esta gente. Y como si fuera poco, iba a anunciarle a toda la escuela que era uno de ellos, al menos así parecía si dejaba a sus amigos para ir a almorzar con los de la iglesia. Y no sólo había prometido almorzar con ellos, ¡sino que la idea había sido suya! Cuanto más lo pensaba, peor se sentía, y eso le serviría como excusa para no ir al día siguiente. ¿Pero qué diría de él esa actitud? Acababa de criticarlos por su falta de compromiso, ¡y ahora estaba pensando cómo podría zafarse de esta!

Se resistió al impulso de llamar a Amy para contárselo todo. Tal vez fuera por obstinado, o por miedo. Pero más allá de eso, mantuvo el teléfono en su bolsillo trasero. Detuvo el auto, se apartó un mechón de cabello de los ojos, y salió de la camioneta. Tal vez podría calmar su alma jugando al Madden un rato.

Abrió la pesada puerta de entrada y oyó que la televisión de la oficina de su padre estaba sintonizada en el juego de los

Lakers. Cuando no trabajaba, su padre pasaba el día domingo encerrado en la oficina, con un paquete de seis latas de cerveza viendo deportes. El auto de su madre no estaba estacionado en la entrada del garaje. Habría salido de compras, un hábito que había adoptado para evitar el mal humor de su esposo si su equipo no iba ganando.

"Kobe Bryant intercepta el pase y retrocede sin oponentes a la vista...", anunciaba el relator cuando Jake pasó frente a la puerta de la oficina de su padre, sin hacer ruido y evitando las tablas del piso que crujían. Las conocía de memoria. Desde la oficina le llegaba el aroma de la Budweiser, y Jake frunció la nariz. Era un olor que siempre le había hecho sentir ganas de beber, pero hoy le daba dolor de cabeza. Jake subió las escaleras y estaba a la mitad, pensando que su padre no lo había visto.

—¿Jake? —oyó la voz de Glen Taylor.

Conocía ese tono de voz: su padre tenía algo que reprocharle. Se acercaba el momento de la graduación y los discursos y sermones de su padre se estaban volviendo más frecuentes. A cinco escalones del final, Jake se detuvo y pensó en sus opciones. Podía fingir no haberlo oído, pero con eso solo lograría que la conversación ocurriera más tarde y fuera todavía más larga. Sin ganas, bajó las escaleras y asomó la cabeza por la puerta de la oficina.

Glen Taylor llevaba puesto su suéter de Magic Johnson, ese que había comprado en los años ochenta. Ya había bebido cuatro latas. El olor a cerveza era más fuerte allí dentro. Jake abanicó la mano delante de su nariz para despejar el aire. Estaba seguro de que su padre sabía que él bebía, pero jamás habían hablado de eso. En el segundo año de la secundaria, Jake había tomado una de las latas de cerveza de su padre del refrigerador mientras veían juntos un partido. Y con eso había dado inicio a una serie de sermones sobre beber con responsabilidad.

Además de las latas de cerveza y una enorme bolsa de pretzels, no había nada desordenado en la oficina. Todo estaba impecable. En el estante superior, por encima del gran escritorio de madera caoba, había una prolija y larga fila de libros sobre propiedad inmobiliaria. El retrato familiar de rigor estaba junto a unos trofeos y plaquetas en el estante inferior. En el gabinete que estaba sobre la pared del costado, había un televisor de pantalla plana de 55 pulgadas, que solo salía a relucir fuera del horario de trabajo. En un rincón había una lámpara multicolor de Tiffany. Eso era todo. No había carpetas sobre el escritorio, ni anotador con números garabateados. En la vida de Glen Taylor todo estaba perfectamente ordenado. Como resultado, Jake había aprendido a mantener su cuarto bastante limpio, pero nunca a la altura de lo que su padre esperaba. En la religión personal de su padre, el orden y la limpieza estaban muy por encima de la bondad y la vida cristiana.

—Hola, Papá. ¿Cómo va el partido?

—Ganan los Lakers, con veintitrés —respondió su padre arrastrando un poco la lengua, y se recostó contra el sillón para beber las últimas gotas de la lata.

—¡Qué bueno! Bien. Me voy a hacer la tarea —mintió Jake tratando de evitar el discurso sobre la tarea escolar, que ya sabía de memoria.

—¿Quieres ver el partido? —dijo Glen moviendo la bolsa de pretzels en dirección a Jake—. Creo que hay unas latas de Coca en el refrigerador.

Aunque su padre podía ser bien pesado, Jake casi siempre aceptaba sus poco frecuentes invitaciones a pasar tiempo juntos.

—Sí, claro —y se encogió de hombros, mientras se acomodaba en un sillón. Extendió la mano para tomar un puñado de pretzels, asegurándose de que no cayeran migas en la alfombra preciosa y carísima.

Glen presionó Mudo en el control remoto y apartó la mirada de la televisión para mirar a su hijo. Jake sabía que el botón de Mudo siempre preanunciaba algo malo. No iban a ver el partido. Era una trampa. Jake se volvió a mirar a su padre, lamentándolo, y masticando sus pretzels lentamente mientras se aprestaba a oír el sermón.

—¿Tu madre me dice que fuiste de nuevo a la iglesia? —dijo Glen, con aspecto calmo.

Jake asintió, como si nada. No sabía bien qué era lo que vendría ahora. Se reclinó contra el respaldo de cuero y accidentalmente dejó caer un pretzel en su falda. Su padre no pareció notarlo.

—Son dos veces esta semana, ¿verdad? —indagó su padre, pero su voz sonaba a acusación.

Jake no se dejó engañar por las preguntas capciosas de su padre, pero tampoco quería meterse en líos. No ahora. Si no podía explicarle a Amy lo que rondaba en su cabeza últimamente, por supuesto no podría siquiera tratar de explicárselo a su padre. Con Glen Taylor, no había grises. Solo blanco y negro. El menor indicio de que Jake buscaba una relación con Dios haría que lo tildara de fanático religioso. Y por supuesto, Jake en este momento no podría soportar algo así.

Jake tomó el pretzel que se le había caído y se lo metió en la boca.

—La otra vez había ido al grupo de jóvenes —aclaró.

Estaba seguro de que el hombre no había puesto pie en iglesia alguna en las últimas décadas, y tal vez no lo hiciera desde el día de su boda.

Glen se recostó en su sillón con las manos detrás de la cabeza. Con un ojo seguía el partido de los Lakers, ahora en mudo, y con el otro miraba a su hijo. Trataba de parecer casual, pero Jake sabía desde hacía tiempo que jamás era así. Su padre tenía una opinión muy formada acerca de cada pequeño detalle en su vida. ¿Cuánto tiempo le dedicaba a la tarea? ¿Comía bien? ¿Dónde compraba gasolina? ¿A qué precio? ¿Cómo se cortaba el cabello?

—Hijo, no tengo nada contra un poquito de religión, pero ¿tienes tiempo para eso?

—¿Tiempo? —Jake no podía creerlo. ¿El rey de las prioridades equivocadas ahora le daba sermones sobre a qué dedicarle su tiempo? Jake se metió otro puñado de pretzels en la boca para no contestar de mal modo.

Glen tomó la quinta Budweiser y le dio un buen trago.

—Es tu último año —dijo con voz ronca y aturdida, como si Jake no lo supiera—. Y si tus calificaciones bajan, Louisville puede retirarte la beca. ¿Estás estudiando? —y dejó la lata sobre el escritorio para volver a recostarse con las manos detrás de la cabeza.

El olor de la cerveza nueva, mezclado con el aliento rancio de su padre, hizo que Jake sintiera sed de repente. Miró la última lata que seguía tranquilamente al borde del escritorio y se sintió tentado. Era casi como si todo formara parte del plan de su padre. Pero Jake se resistió a la tentación del momento e intentó mirar a su padre lo más fresco y tranquilo.

—Por supuesto, Papá —y poniendo las manos sobre los apoyabrazos, supuso que ya había terminado la charla.

—No te dejes estar, hijo —le advirtió Glen.

Quitó las manos de detrás de su cabeza y apoyó los codos en el escritorio. Se inclinó hacia delante, mirando a Jake a los ojos.

—Tienes que esforzarte para ser exitoso. Eso es lo que separa a los buenos de los grandes.

Recorrió la habitación con la mirada, como queriendo decir que esta linda oficina y su televisor de pantalla plana demostraban que tenía razón.

La intensidad de su mirada hizo que Jake ignorara por un momento su rancio aliento a cerveza.

—Tienes toda la vida por delante. No lo arruines —y con eso Glen mantuvo la mirada fija en Jake por un segundo más, para luego recostarse nuevamente y volver a dar volumen al partido. Jake aparentemente había cumplido con su parte, y su padre podía volver a ver la televisión habiendo cumplido con su deber paternal.

Jake había oído el discurso de "no lo arruines" al menos desde fines de la primaria. Lo detestaba. ¿Qué creía su padre que era? Rió por dentro, meneando la cabeza, listo para refugiarse en su cuarto.

—No te preocupes, Papá. No voy a defraudarte —y levantó los pulgares en señal de victoria. Glen apenas asintió, y mantuvo la mirada fija en el televisor.

El relator gritó, entusiasmado: "Los Kings corren en la 11-0, y faltan 2:03. Cualquiera puede ganar este partido." Glen se inclinó hacia delante, y terminó su Budweiser número cinco. Instintivamente extendió el brazo para tomar la sexta lata, mientras Jake salía de la oficina.

—Buena charla —murmuró Jake mientras volvía a subir las escaleras.

23

PARA CHRIS, últimamente los domingos parecían casi borrosos en una monotonía carente de sentido, como si fueran postes de teléfono que van pasando mientras vas por una ruta en medio del desierto. Este domingo por la mañana Chris le había pedido a Dios que le diera vida a las cosas con algo inesperado. Y Él lo había hecho: "Así es Dios, uno nunca puede saber qué es lo próximo que hará", les explicaba Chris a quienes quisieran escucharlo.

Cari había sido la más interesada en oír su relato. No había podido ir al servicio de la iglesia ese día porque le tocaba cuidar a los niños en la guardería, pero el lunes por la mañana ya sabía todo lo sucedido en detalle, como si hubiera estado allí. Cari había sido el termómetro de Chris a lo largo de su matrimonio, tanto en lo bueno como en lo malo. En estos últimos tiempos, Chris se había quejado del estado de la iglesia y la apatía de los estudiantes. Ya no se veía entusiasmado. Y a veces se disculpaba por descargarse con ella, pero era un tipo extrovertido. Cari conocía sus más grandes secretos y en ocasiones le recordaba que la pila de tierra que había en él alcanzaría para cubrir un cadáver.

La semana anterior se habían quedado conversando hasta la una de la mañana, debatiendo sobre si Chris seguía con su llamado a ser ministro de jóvenes. Ahora que había pasado los treinta, los estudiantes parecían cada vez más jóvenes, y él tenía cada vez menos paciencia. Pero esta mañana de domingo había sido distinta. Por mucho que se esforzara, no podía dejar de contarle a Cari cada detalle del servicio: cómo el chico nuevo se había parado para confrontar al grupo de jóvenes, directamente. También, cómo Chris en ese momento había estado pidiéndole a Dios que hiciera algo que captara sus mentes y corazones. Y cómo más de una docena de chicos se habían puesto de acuerdo para almorzar juntos en la escuela.

—¡Es como en el libro de los Hechos! —había exclamado Chris a las tres de la mañana, despertando a Cari que dormía plácidamente a su lado.

Ella trató de mostrarse enojada, pero Chris vio que sonreía cuando le dijo en voz baja:

—Creo que echo de menos esos postes de teléfono —antes de quedarse dormida otra vez.

Chris seguía cantando al entrar en la oficina de la iglesia para reunirse con Mark. No era una reunión programada. Pensó que tal vez Mark se hubiera enterado de la buena noticia y quisiera felicitarlo —o mejor aún— pedirle consejo. Pasó alegremente junto a Ruth, la secretaria de Mark, que trabajaba con él desde hacía más de diez años.

Chris extendió su puño hacia la mujer de sesenta años.

—Choca los cinco, Ruth —bromeó. La mujer chocó los nudillos con él y le guiñó el ojo.

Avanzó a paso ligero hacia la oficina de Mark. Era una oficina grande que estaba en una esquina, y su jefe le sonrió desde detrás de su enorme escritorio de roble. La oficina de Mark parecía una biblioteca, más que un lugar de trabajo. De las cuatro paredes, tres estaban cubiertas con centenares de libros que Mark había ido juntando a lo largo de sus veinticinco años como ministro a tiempo completo. Chris muchas veces había tomado prestado algún libro, apreciando la libertad de poder usar esa biblioteca como si fuera propia.

—Entra. Toma asiento —le dijo el canoso pastor, con un tono que no dejaba lugar a dudas.

—¿Todo bien? —preguntó Chris sentándose en el mullido sillón de cuero negro que siempre le hacía sentir como si estuviera en sesión de consejería. No creía que fuese intencional, pero la silla era más pequeña que la de Mark y Chris siempre sentía que estaba por debajo de él. Se enderezó, irguiendo la espalda para compensar parte de la diferencia.

Mark se inclinó hacia delante:

—Cuéntame acerca de lo de ayer.

Entonces, escuchó lo que Chris tenía para contarle, un resumen nuevo de lo sucedido mientras sonreía permanentemente.

—Fue asombroso. Maravilloso. Nunca vi algo así. Este chico nuevo...

—¿Jacob Taylor? —interrumpió Mark, con la mirada casi en blanco. La sonrisa de Chris aparentemente no era contagiosa.

Sin inmutarse, Chris siguió relatando su historia, de la única manera en que sabía hacerlo:

—Sí, ese chico. Jake. Es que...

Mark volvió a interrumpirlo.

—Mi hijo me informó que este Jake se paró en medio del servicio y que insultó a todos —y con eso, se reclinó sobre el respaldo y se pasó la mano por la barba pinchosa.

—¿Qué dijo? —reaccionó Chris.

¿Cómo podría haber dicho eso sobre lo sucedido? No había entendido nada. Chris se incorporó en su asiento e insistió:

—No. Quiero decir que no fue...

—¿No insultó, entonces? —preguntó Mark, y sus ojos azules penetraban a Chris desde su asiento encumbrado.

Chris exhaló. Él y Mark no siempre estaban de acuerdo en todo, pero esto era ridículo. Iba a pararse, pero decidió no hacerlo, y oró porque fuera solo un malentendido.

—No lo sé. Tal vez haya usado una o dos palabras inadecuadas, pero eso no...

Mark ya lo había interrumpido tantas veces que casi esperaba que lo hiciera ahora. Y así fue:

—Así que dices que los estudiantes pueden levantarse y maldecir o insultar todo lo que quieran y que ¿eso está bien?

Apoyando los codos sobre el escritorio que tenía delante, Mark esperó. A Chris se le ocurrieron un par de palabras que, si las decía, dejaría a Jake como frívolo, invalidando su participación. Y se mordió la lengua para callar. Si podía con la conducta de su hijito de tres años, también podría con esto. Se apoyó sobre su brazo derecho y respiró hondo para asegurarse de no decir nada que pudiera lamentar.

—No. Claro que no —concedió entonces—. Pero era la segunda vez que venía y por lo tanto, no sabría qué decir y qué no.

No puedo creer que estoy excusando la conducta de Jake, pensó Chris. Lo que tendrían que estar haciendo era tomar nota de lo que había hecho y conversar al respecto. Pero Chris estaba seguro además de que había oído a Danny decir cosas mucho peores, y más de una vez. Por supuesto que si decía eso, sólo estaría empeorándolo todo y lo que quería en este momento era que la conversación terminara sin que él perdiera los estribos.

—Por eso quería que nos reuniéramos —dijo Mark y sonrió por primera vez esa mañana. Chris había visto esa misma sonrisa, dedicada a miles de personas de la iglesia a lo largo de los años. Parecía tan sincera.

—No estoy molesto —le aseguró Mark—. Pero a nuestra iglesia no le va bien económicamente y la verdad es que no queremos que se vayan las familias.

Chris intentó asentir, en señal de que entendía, pero por dentro lo negaba todo con vehemencia. Se reclinó en su sillón.

Era claro que hoy, por mucho que se sentara erguido, no podría llegar a la "altura" de Mark.

Mark prosiguió:

—Estoy seguro de que este chico Jake es apasionado. Y eso me gusta. Pero ¿podrías informarle que aunque ese tipo de conducta esté bien en los vestuarios, no corresponde en la iglesia?

El pastor se reclinó en el sillón y se cruzó de brazos, como indicando que la conversación había terminado.

Chris no quiso ser pedante ni nada de eso, pero no pudo evitarlo. Con una risita un tanto fuerte, puso los dedos sobre el borde del escritorio de roble.

—Sabes... tal vez no deberíamos dejar que viniera ningún chico que no sea perfecto.

Mark frunció el ceño y apretó los labios, pero no se dignó a responder al comentario. Chris entonces se levantó del sillón de cuero, con gesto de disgusto y con mirada de furia, directo a los ojos de su jefe y gruñó:

—Que tengas un buen día.

Sabía que su día ahora se había arruinado.

EL CIELO AZUL Y DESPEJADO que por lo general seguía a la neblina para la hora del mediodía, este lunes estaba oculto sobre la Secundaria Pacific. Unos grises y oscuros nubarrones parecían a punto de estallar en tormenta sobre la escuela ubicada junto a la playa. A Jake no le habría importado. Es que si había charcos en el parque, no habría encuentro para el almuerzo de los chicos de la iglesia, y Jake estaba aterrado ante la idea de ese momento desde que había entrado esa mañana. Las nubes, sin embargo, parecían empecinadas en permanecer amenazantes, y no llovió una sola gota.

Sonó el timbre y los alumnos salieron de las aulas como un torrente de lava que busca el camino de la menor resistencia. Jake se dejó llevar por la corriente, y en su mente la turbulencia de ideas se asemejaba al cielo oscuro y tormentoso.

Ya sabía más o menos lo que sucedería. Durante el recreo de diez minutos entre la segunda y la tercera hora, le había dicho a Doug que no comería en el lugar habitual. Lamentablemente, su esperanza de que Doug no preguntara nada no había llegado a buen puerto. Después de indagar durante unos minutos, Jake finalmente tuvo que responderle que comería con los de la iglesia, y hasta invitó a Doug a unirse al grupo.

Pero Doug había enloquecido. Y si su reacción enfurecida indicaba de lo que vendría después, Jake entonces sabía que le esperaba un día muy largo.

Para colmo, Doug también se había burlado diciéndole que era un idiota por haber roto con Amy. *Como si fuera asunto suyo.* Jake sabía que tendría que haberla llamado la noche anterior. Pero habían estado saliendo durante tanto tiempo que, como siempre, supuso que todo se compondría en unos días. Además, no tenía ganas de escuchar los gritos y retos de Amy. *¿Por qué no dejo que las cosas se enfríen un poco?*, supuso.

Jake dio la vuelta a la esquina del Ala B, y vio el lugar donde iban a almorzar. La Secundaria Pacific estaba diseñada en forma de anfiteatro al aire libre. El gimnasio y el campo de deportes estaban en el extremo norte, y las oficinas administrativas se ubicaban al este. El Corredor de los Mayores conectaba ambas instalaciones con los edificios de la escuela, dispuestos hacia el sur y el oeste. Y en el centro había un sendero circular, que comunicaba entre sí a todas las partes de la escuela.

Dentro de este círculo, el parque estaba dividido en dos. Al norte había un área de césped, con una pendiente hacia el escenario al aire libre. Esta era la colina donde por lo general Jake y sus amigos pasaban su media hora de libertad, todos los días. Al sur estaba la cafetería y el área de almuerzo, con piso de cemento, donde Jake había visto a Andrea la semana anterior.

Después del fogoso discurso de Jake en la iglesia el día anterior, varios chicos (por sugerencia de Andrea) habían decidido cuál sería el lugar perfecto para almorzar: el centro del parque. Aunque en ese momento la idea le había parecido buena, ahora Jake se preguntaba si en realidad no estaba loco de remate. Le caía bien la rutina, algo cómodo, como un viejo par de calzoncillos. ¿Para qué había tenido que hacer este lío que le causaría incomodidad?

Pasaron junto a él unos chicos de primer año, con caras llenas de granos. Reían sobre algo que habían visto en televisión la noche anterior. El chico que estaba más cerca de Jake llevaba una bandeja de poliestireno con algo que olía a lasaña o algo parecido. Jake los observó mientras se acercaban a las mesas de picnic. Se veían despreocupados, y le hubiera gustado cambiar lugares con ellos. ¡Sería genial no tener que preocuparse por lo que pensarían los demás, o por proteger tu reputación!

A medida que el río de chicos lo iba llevando, Jake pensó en la posibilidad de huir y esconderse en su camioneta para no almorzar con ellos. No le vendría mal un poco de soledad, tomando en cuenta las opciones que tenía. Pero tampoco parecía lo mejor. Seguía sucumbiendo a su conciencia, de repente tan sensible (y además, un tanto molesta). No podía ser quien iniciara todo esto con el grupo de jóvenes para luego ni siquiera aparecer.

Avanzaba un tanto nervioso hasta el lugar del encuentro, y notó un rayito de esperanza en su mente. Al mirar a su alrededor, en un radio de seis metros, no vio una sola cara que pudiera reconocer del día anterior. *¿Y si no viene nadie? ¡Me habré librado del asunto!*

Sonrió débilmente ante la posibilidad, y entonces llegó Andrea y lo abrazó.

—¡Jake! ¡Viniste! —y sonrió, con expresión de alivio—. ¿Crees que venga alguien más?

Jake trató de parecer confiado.

—¡Seguro! —pero por dentro se sentía peor que antes. No había pensado en la posibilidad de que solo asistieran él y Andrea. Y si ayer Amy había estado molesta, esto le causaría convulsiones. Es decir, si todavía le importaba.

Jake y Andrea miraron a su alrededor, para ver si venía alguien más. Finalmente, se sentaron sobre el césped húmedo, un tanto incómodos. No podría haber sido más despareja esta pareja. Andrea llevaba trenzas y otra de esas camisetas teñidas tipo Batik, con una chaqueta de gamuza. Jake había visto fotografías de la época de hippies de sus padres, y se preguntó si Andrea les había robado esta ropa. Los jeans de siempre, la camiseta y la chaqueta de baloncesto del equipo con su nombre bordado a la izquierda, marcaban un enorme contraste con el aspecto de la chica.

Sentados y sin decir nada, comieron sus almuerzos, pero Jake sentía que los ojos de toda la escuela le perforaban la nuca. Y luego, como si fuera poco, se despejó el cielo por un momento y un rayo de luz iluminó su cara como si fuera un rayo láser. Jake se movió, incómodo. Desde tercer grado que no se sentaba en el suelo con las piernas cruzadas al estilo indio. Seguía orando para que llegara al menos uno más del grupo.

—No te sientas obligado a quedarte... si estás incómodo —dijo Andrea sin una pizca de incomodidad. Abrió el cierre de su mochila floreada y sacó una manzana.

—Es que olvidé traer una bebida. Creo que tal vez...

Andrea sacó dos refrescos de su mochila.

—Sabía que alguien lo olvidaría, así que traje dos —y con una sonrisa, le dio una a Jake.

Se dedicó entonces a comer su sándwich de atún en pan blanco, y le dio un enorme mordisco. Para una chica tan menuda, la verdad es que tenía buen apetito.

—Gracias —asintió Jake, abriendo la lata mientras observaba a Andrea engullendo su comida. Era lindo ver a una chica con buen apetito, una chica saludable.

Cuando Andrea notó que la observaba, miró a Jake con las mejillas infladas de comida y se limpió un poco de atún que le había caído en el mentón. Arqueó las cejas y agrandó los ojos, alegre, mientras sonreía con la boca llena al ver a alguien que venía por detrás de Jake. Jake se dio vuelta y vio que al menos diez chicos del grupo de jóvenes venían hacia ellos.

Estaba el chico afroamericano, Billy, el del chiste de las madres y que Jake ahora reconocía como uno del equipo de baloncesto del primer año. También estaban Natalie y Carla, las amigas de Andrea a quienes había conocido la semana anterior. Sonrieron muy educadamente y al unísono, y se sentaron en el césped. Luego dos hermanos, un chico y una chica, chocaron los cinco con todos. Cada pocos segundos, Jake se veía obligado a correrse hacia atrás para hacer lugar a un nuevo integrante del círculo. Enseguida se formó un grupo de unos veinte al menos, todos reunidos y ya ocupando parte del piso de cemento que había alrededor.

Andrea se ocupó de que todos se presentaran formalmente y Jake intentó recordar los nombres y las caras. Jamás había conocido a tanta gente nueva en tan poco tiempo, pero estaba genial. Hacía minutos, estaba obsesionado con lo que pudieran pensar los demás, pero ahora esa obsesión había quedado aplastada al ver que se estaba divirtiendo de veras.

Cuando Carla notó que un chico más joven llamado Karl no había traído almuerzo, todos le ofrecieron sándwiches, galletas, papas fritas, manzanas, más de lo que podría comer. Jake deseó haber traído comida de más para compartir, pero supuso que al chico no le iba a gustar que le diera su lata abierta de refresco.

Billy era el más gracioso, un comediante que enseguida hizo reír a todos a carcajadas al imitar a Jake durante su furibundo arranque. Se paró en medio del círculo y gritó: "Hay gente muriendo de hambre de este lado del círculo, ¡y ustedes beben refresco a través de una media!"

Jake no estaba del todo tranquilo respecto de su conducta del día anterior, y sintió que le ardían las mejillas. Pero cuando todos en el círculo empezaron a decirle "te amamos, Jake" y "estuviste genial", y chocaban los cinco con él, pudo calmarse. Billy se acercó con su enorme sonrisa y el puño preparado para chocar los nudillos. "Que te imiten es el mejor halago que puedan hacerte", susurró. Jake asintió y sonrió, contento.

Otra chica que caminaba sola por el parque atrajo la atención del grupo, y todos le pidieron que se les uniera. Jake vio que se le iluminaba el rostro al sentirse bienvenida, como si hubiera pertenecido al grupo desde el principio.

Se sentó hacia atrás y lo observó todo con ganas. Las risas, el compartir, la calidez que había aquí eran cosas nuevas para él. Se había esforzado tanto por hacerse un lugar en el círculo de elite de los populares de la Secundaria Pacific. Pero aquí, el único criterio era que estuvieses presente. Y no se divertía tanto desde que estaba en la primaria. Por primera vez en mucho tiempo Jake se olvidó de parecer *cool* y actuar como *cool*, y la verdad es que se sentía muy bien.

Mientras se acomodaba, echó un vistazo al lado norte del parque donde estaba congregado su grupito de siempre. Jake pudo distinguir a Amy, Doug, Matt, Tony y al resto de la banda, y aún desde lejos podía percibir que sentían asco y desprecio. Pero decidió ignorar su frialdad. Sabía que no había ni uno entre ellos que estuviera dispuesto a juntarse con sus nuevos amigos, ni muerto. Pero seguiría invitándolos de todos modos. Si supieran lo que estaban perdiéndose, tal vez querrían venir.

En la mitad del almuerzo llegaron Kelsi y Danny de la mano, acompañados por sus amigos drogones de siempre. El grupo de Jake fue muy amable y amistoso, y casi acosaron a Kelsi y Danny para que se les unieran. Pero estos dos apenas si hicieron un gesto de reconocimiento, con risas escondidas y poniendo los ojos en blanco. Jake ahora iba entendiendo un poco más de todo este asunto: tal vez sí había en el grupo de jóvenes algunos que fingían, pero no lograban estropear a todo el resto.

Clyde Will se acercó al grupo del almuerzo durante su habitual ronda de patrulla, y se detuvo un momento para apreciar al grupo tan heterogéneo que se había sentado en el centro del parque. Cuando su mirada se cruzó con la de Jake, le pareció que estaba algo confundido, pero luego lo vio sonreír, con su habitual sonrisa de hombre rudo.

Jake siguió a Clyde con la mirada y entonces notó a un estudiante que estaba sentado a solas allí cerca, en una de las mesas de picnic. El chico llevaba una sudadera negra con capucha, de modo que Jake no podía verle la cara. Tenía un cuaderno sobre la falda, que miraba atento. Jake no supo bien por qué, pero sintió que algo lo impulsaba a ir a hablarle.

¿Por qué no? La verdad, estaba haciendo todo tipo de cosas fuera de su zona de comodidad, de modo que miró a los que estaban en el círculo, todos sonrientes, todos dando y recibiendo aceptación. Tal vez ese chico solitario necesitara algo de acción, algo de todo esto.

Con soltura, Jake se levantó y cruzó hasta donde estaba el desconocido de la capucha. Cuando estaba a cinco metros de él, se le cruzó un pensamiento que lo aterró: *¿Y qué le digo?* Jake estaba acostumbrado a que se le acercara la gente, pero esto era muy distinto. Era él quien tendría que iniciar la conversación. ¿Qué podía decirle a este chico? "Este... ¿eres un solitario?", o "¿Quieres que seamos amigos?".

Jake ensayó un par de saludos medio tontos en su mente. Sus pies avanzaban en tanto su mente seguía buscando qué decir. Finalmente, cuando estaba a unos treinta centímetros de la mesa, el chico levantó la vista y lo miró a los ojos.

Entonces Jake lo reconoció. Esos ojos eran inconfundibles. Era el chico que había aparecido esa noche en la fiesta disfrazado de hechicero. Ese del que se había burlado cruelmente Doug. El que lo había mirado a los ojos en ese momento. ¿Reconocería la cara de Jake?

—¡Hola! —dijo Jake, aunque se le trababa la lengua, y se sentó frente al chico de la capucha.

Su cabello despeinado le caía sobre los ojos, que tenía que entrecerrar porque el sol estaba asomando ahora y le daba de frente.

—Hola —respondió el chico casi con un gruñido mientras volvía a bajar la mirada al dibujo que tenía sobre la falda. Eran figuras oscuras, siniestras, y su lápiz le agregaba cabello a una de ellas, en trazos rápidos. Era una chica a quien perseguía otra figura envuelta en una capa. El chico pareció percibir que Jake lo observaba y cubrió con el brazo la página para dedicarse a terminar la lasaña que tenía sobre el plato de poliestireno de la cafetería. Pinchó la comida con el tenedor, aplastando la pasta hasta que chorreó salsa roja por el costado.

Jake reunió coraje y se inclinó hacia él.

—Estoy almorzando con mis amigos por allí, y pensamos que tal vez te gustaría comer con nosotros.

El chico dio un vistazo al grupo, que seguía charlando y riendo en el parque. Luego volvió a mirar a Jake, con cautela, como si esperara alguna broma cruel. Volvió a fijar la vista en sus dibujos.

—La verdad es que tengo que terminar esto —murmuró.

Jake tamborileó con los dedos sobre la mesa y se puso de pie. No estaba acostumbrado a invitar a la gente, y mucho menos a que rechazaran una invitación suya.

—Bueno, eh... solo quería saludarte. Soy Jake —y extendió su mano hacia el chico.

—Lo sé —dijo él sin levantar la vista.

Jake entonces retiró la mano ofrecida y la metió en su bolsillo. Pero entonces, de la nada, el chico anunció con voz queda:

—Soy Jonny García.

Esas tres palabras fueron como un puñetazo en el estómago de Jake. Le vino a la mente la fotografía en MySpace de Roger.

—¿Eras amigo de Roger? —preguntó, casi sin aliento.

Jonny levantó la cabeza, como sorprendido, y con expresión de miedo. Asintió lentamente, y dejó el lápiz sobre la mesa. Se miraron un momento, sin decir nada.

—Hola. Soy Andrea —dijo la voz alegre y conocida detrás de Jake.

Jake se recuperó enseguida y sonrió como si hubieran estado hablando del clima o algo parecido.

—Te presento a mi nuevo amigo, Jonny —dijo.

Andrea extendió su mano para saludarlo, y esta vez Jonny respondió.

—¿Vienes a comer con nosotros, o no? —preguntó, sin vueltas.

—Jonny tiene tarea —respondió Jake por él.

Pero Andrea ignoró a Jake y esperó que Jonny respondiera. Jonny entonces ayudó a Jake en esta:

—Sí. Tengo un examen.

—Bueno, estaremos aquí todos los días —sonrió Andrea señalando al grupo mientras se alejaba, casi bailando.

A solas con Jonny de nuevo y sin saber bien qué hacer, Jake decidió irse también, aunque estaba seguro de que no lo haría con tanta gracia como ella.

—En serio —aseguró—. Cuando quieras, ven a comer con nosotros.

Con la mirada en blanco, Jonny no dijo nada y entonces sonó el timbre que ponía fin a esta hora de almuerzo tan inusual.

JAKE EN REALIDAD nunca se tomaba un descanso después de la temporada de baloncesto. Porque siempre había formas en que podía mejorar su juego. Y además su padre le recordaba al menos una vez por semana que lo que le faltaba en altura y velocidad tendría que compensarlo trabajando más duro que todos los demás. Así que, desde el noveno grado, cuando decidió dejar todos los demás deportes, perfeccionar su destreza y habilidad en el baloncesto se había convertido en un compromiso, los 365 días del año. Corría y se tomaba el tiempo como en una carrera, antes de ir a la escuela, para mejorar su resistencia. Levantaba pesas después de la escuela para aumentar su fuerza, hacía unos cien tiros libres al día para mejorar su consistencia, y estudiaba el reglamento y las movidas del juego hasta que casi podía encontrar cada página a ciegas.

Pero en estas últimas semanas, no había pensado mucho en el juego que tanto le gustaba. No era que hubiese perdido su pasión por el baloncesto. Es que en estos días había cosas más importantes que requerían de su tiempo. Se dijo, con toda lógica, que después de años y años de esfuerzo, se había ganado estas cortas vacaciones. Hasta le había presentado la idea a su entrenador, que apoyó su sugerencia de tomarse un descanso antes de empezar a prepararse para jugar en la universidad. Por su puesto, tenía que estar bien en forma para cuando llegara el momento de mudarse a Louisville para las prácticas de verano.

Pero en este momento, Louisville era lo que menos le preocupaba. El origen de su mayor dolor provenía de los 108 Kg. que trataba de levantar, en un rincón del salón de pesas de la Secundaria Pacific. Bajó las pesas lentamente hacia su pecho, respiró hondo y luego, con todas sus fuerzas, volvió a levantarlas para las últimas dos repeticiones. El pequeño salón de pesas retumbaba con el ruido de la música de heavy metal, a todo volumen, y además todo olía a sudor de adolescentes. Aunque todo eso no molestaba a Jake. Al esforzarse por última vez, después de una hora de levantar pesas, sus pectorales pedían un respiro, como si gritaran, y las venas de sus antebrazos parecían a punto de estallar. Un ansioso chico de primer año llamado Bobby, defensa en el equipo, lo vio desde atrás y lo alentó con su voz de púber. Jake tuvo ganas de reír, pero sabía que si lo hacía se podría fisurar una costilla.

Con enorme esfuerzo levantó la barra hasta extender del todo los brazos. Inhaló y exhaló dos veces más, y luego bajó la barra despacio para levantarla por última vez. Sus nudillos, blancos, sudaban. Tenía el flequillo completamente mojado, sobre la frente. Con la barra sobre el pecho, Jake cerró los ojos y apretó los dientes, mentalizándose para esta última y dolorosa hazaña.

Por encima de su cabeza, percibió que algo sucedía. Abrió los ojos y vio que Doug empujaba al chico de primer año a un lado para hacerse lugar porque iba a comenzar con sus ejercicios. Jake ya no podía concentrarse, y le temblaron los brazos. La barra parecía clavada a mitad del recorrido y el peso vencía a Jake. Éste se alarmó y miró hacia Doug como pidiendo ayuda. Pero el chico sólo sonrió al ver la dificultad de su amigo, y permaneció allí, con las manos detrás de la espalda. Jake luchaba, en pánico, atrapado bajo el peso que no podía volver a levantar. Pasaron unos cinco segundos que parecieron una eternidad, y entonces Doug se acercó, como si nada, y tomando la barra la colocó sobre el soporte.

—¿Qué demonios? —gritó Jake, sentándose. La mezcla de furia y agotamiento le quitaban el aliento.

Doug rió y palmeó la mejilla de Jake, como si fuera un niñito.

—¿Qué? ¿Te permiten decir "demonios"?

Jake se levantó de un salto y apartó bruscamente la mano de Doug. Se le acercó desafiante y gritó:

—¡Podría haberme roto una costilla! —y pasó junto a su "amigo", dándole un empujón con el pecho.

—Llora, chico, llora —contestó Doug con risa burlona, como siempre. Su ventaja en altura, de doce centímetros, hacía que mirara a Jake desde arriba.

—¿Qué te pasa? ¡Estoy haciendo ejercicio aquí!

Los demás ya se habían dado cuenta de la creciente tensión y rodeaban a los compañeros de equipo para que dejaran de discutir.

Pero la sonrisa socarrona de Doug se vio reemplazada por enojo y le gritó en la cara a Jake, escupiendo mientras pronunciaba cada palabra.

—¿Tienes tiempo para eso? ¿No tienes que ir al club cristiano o algo de eso?

—¿Qué te importa? —trató de apartarlo Jake.

Él y Doug no habían arreglado las cosas desde ese juego del ping pong de cerveza hacía más de dos semanas. Jake le había dejado varios mensajes en el celular, pero Doug no había contestado nunca. Y el nuevo arreglo a la hora del almuerzo no había ayudado a que se reconciliaran.

En ese momento llegó Matt, que se interpuso entre ambos. Pero los dos lo miraron con furia y tuvo que retroceder. Doug apuntó con su dedo al sudoroso pecho de Jake, como reforzando cada palabra, y le dijo en un susurro amenazador:

—Desde que te hiciste religioso, de repente ya no tienes tiempo para tus amigos.

Rió, burlándose de Jake.

En cierto sentido, era así. Jake había tratado de invitarlos a que se le unieran en este viaje, pero todo había caído en saco roto. Jamás había tenido intención de herir a nadie, pero sabía que sus recientes decisiones tendrían consecuencias, y que más que nada afectarían a Amy y a Doug.

—Los invité a almorzar con nosotros todos los días —intentó razonar Jake.

Doug meneó la cabeza y salpicó sudor de su cabello mojado. Se rió con sarcasmo.

—¿A nosotros? Jake, hemos sido mejores amigos desde el equipo de fútbol del sexto grado. Siempre tiene que ver contigo. Jake Taylor, rey del baile de promoción. Jake Taylor, el jugador más valioso. ¡Sabes que es cierto!

Jake permaneció callado. ¿Qué se suponía que debía decir? "¿Lo siento, por ser más popular y talentoso que tú?" Doug era el que siempre buscaba ser el centro. De todos modos, ¿quién era él para estar predicando lealtad? El rumor que corría en la escuela era que Doug y Amy ya estaban enganchados, y apenas había pasado una semana desde que él y Amy habían peleado. ¿Qué clase de amigo hace algo así? Jake lo miró, furioso, y cerraba y abría los puños que mantenía al costado de su cuerpo. No quería ir hacia ese lado, pero si Doug no se cuidaba, Jake iba a golpearlo y duro.

Como en un duelo, se miraron sin que ninguno de los dos decidiera la siguiente movida. Finalmente Doug se dio vuelta bruscamente y se alejó, dando un empujón que tiró a Jake sobre el banco de pesas. Jake se levantó de un salto y le dio un empujón por la espalda, tirándolo contra la pared espejada. El cuerpo de Doug golpeó el espejo y lo rajó de arriba abajo. Y mirándose el brazo, vio que tenía un corte de cuatro centímetros en el tríceps derecho. Al ver que caían unas gotas de sangre, Doug mostró los dientes en una malévola sonrisa, y una mirada de furia silenciosa heló su expresión. Sabían que no tenían que pelear en la escuela, pero Jake se preparó para el próximo golpe.

Con la mano izquierda, Doug tomó a Jake por el codo y susurró lo suficientemente fuerte como para que todos oyeran:

—Adivina... ¿quién se la meterá a Amy esta noche?

Los ojos de todos iban de Doug a Jake. Todos esperaban la respuesta de éste, mientras contenían la respiración. Las palabras de Doug habían sido peor que un puñetazo, y Jake sintió que no podía respirar. Se inclinó hacia delante, cerrando los puños sin poder controlarse. El odio le salía por los poros. Había soportado a este idiota durante mucho tiempo ya. ¿Cuánto más se suponía que tendría que aguantar?

Los dedos de Jake se tensaban cada vez más, y Doug insistió con la provocación:

—Vamos, chico de la iglesia. ¿Qué vas a hacer al respecto?

Ahora, Jake temblaba de pies a cabeza, pero siguió resistiéndose a pelear. Sabía que lo mejor sería alejarse, y ya. Pero quería lastimar a Doug. Quería hacerlo.

Finalmente Doug se encogió de hombros en gesto de no importarle nada, y guiñando el ojo dijo:

—Creo que es hora de que ella esté con un hombre de verdad.

Jake abrió los puños y señaló con el dedo el rostro de Doug, con gesto hostil.

—No lo hará. ¡Ella es mejor que tú!

¡BAM!

Fue el choque entre el puño sudoroso de Doug contra la cara de Jake, que lo echó hacia atrás, sobre los que estaban observando. Jake enseguida hizo ademán de responder con otro golpe, pero Tony lo retuvo mientras Matt y otro chico del equipo se adelantaban para mantener alejado a Doug. Los dos luchaban por soltarse, mientras el brazo de Doug seguía sangrando, igual que la nariz de Jake.

Muy lentamente, el enojo de Jake fue diluyéndose y sintió el cuerpo cansado. Con un tirón de los brazos, se zafó de los que lo retenían. Fue a tomar la toalla que había dejado junto al banco de pesas, e intentó parar la sangre haciendo presión con ella contra su boca. Todos lo miraban mientras iba camino a la salida y le tiró a Doug su toalla manchada de sangre. Pasó furioso por la puerta, golpeándola con el cuerpo. Debió contenerse cuando Doug replicó como despedida:

—Bien. Haz eso. ¡Sigue caminando, Taylor!

La puerta se cerró tras Jake con un clic, y él maldijo por lo bajo, pateando un bote de basura que había junto a la puerta, en la acera. Avanzó furioso hacia el estacionamiento, impulsado por la ira. La fresca brisa marina de la tarde hizo que un escalofrío le recorriera la espalda, pero no pudo refrescar su espíritu. No había tenido una pelea de puños desde fines de la primaria, y en esa oportunidad, había sido por un videojuego. Rasgó parte de su camiseta y se taponó la nariz mientras pellizcaba el entrecejo para que no sangrara más. Debía verse horrible, seguramente.

Cuando tocó el frío metal de la manija de la portezuela de su camioneta, recordó que su padre había instalado un llavero extra cuando se la regaló en su cumpleaños número dieciséis. Pero no podía recordar dónde lo había dejado. Buscó bajo el parachoques delantero, y no la encontró. Tal vez se haya caído ya, supuso con temor. Pero aunque no creía poder encontrarla, siguió recorriendo el reborde inferior del parachoques hasta que sus dedos tocaron la cajita negra imantada. Su cara, ahora hinchada, se iluminó con una sonrisa.

Jake bajó las ventanillas y salió echando chispas del estacionamiento de la Secundaria Pacific, con música de rap a todo volumen. El rapero escupía palabras de protesta y rimas feroces referidas a las señales de los tiempos o algo parecido, y Jake dejó que la ira de la canción fluyera por su cuerpo. Se reclinó contra el apoyacabezas y el ritmo de la música lo llenó mientras conducía hacia su casa, a toda velocidad.

Fue extraño entonces que notara al chico de la capucha que caminaba solo por un lado de la calle. Pero más extraño fue lo que le llamó la atención: el chico llevaba unos seis o siete libros contra su pecho, mientras avanzaba a paso lento. Cuando

Jake pasó junto a él, pudo verle la cara y lo reconoció enseguida: era Jonny. Por impulso, Jake detuvo su camioneta a unos metros del atribulado muchacho.

—¡Jonny! —gritó Jake por la ventanilla abierta. Pero no hubo respuesta. Estaba a unos metros nada más. *¿Cómo es que no me ve?*, se preguntó Jake.

Jonny seguía caminando, como si nada.

Jake puso el freno de mano y salió de la camioneta. Tenía las piernas entumecidas, pero corrió hasta donde estaba el chico.

– Hola, ¿quieres que te lleve? —gritó Jake.

Jonny se dio vuelta, asustado, y se le cayeron algunos libros. Se miraron por un momento y Jonny parecía estar evaluando la situación. Debajo de su capucha, Jake vio dos cables blancos que iban de sus orejas a sus bolsillos. Eso explicaba la indiferencia de Jonny cuando lo llamó. El chico se quitó uno de los auriculares y miró a Jake unos segundos más, antes de decir:

—Pero... ¡estás sangrando!

Jake se tocó el labio. Había olvidado que seguramente se veía terrible. Se agachó para levantar los libros de Jonny y explicó, con cara seria:

—Sí, pero la chica peleaba muy bien.

Jonny rió apenas, y luego se arrodillo para levantar los libros.

—Deja. Yo lo hago, no te molestes —y apartó a Jake para levantar los últimos dos libros. Extendió la mano para tomar los que había levantado Jake, pero él los retiró hacia atrás y se dio vuelta para ir hacia la camioneta.

—Deja que te lleve —ofreció de nuevo.

Jonny no hizo nada mientras Jake ponía sus cosas en la caja de la camioneta. Con una sonrisa un tanto forzada a causa del dolor, Jake abrió la puerta del lado del acompañante.

—Vamos, sube —ordenó, tratando de acallar la ira que seguía latente dentro de él después de la pelea.

No quería asustar al chico, pero iba a llevarlo en la camioneta, aunque Jonny no quisiera.

—No tienes por qué... —protestó Jonny, sin acercarse a la puerta abierta.

—Quiero hacerlo.

Jake dejó abierta la puerta y se dirigió rápido hacia el lado del conductor.

Jonny subió a la camioneta, dudando un poco todavía mientras mantenía los últimos dos libros a salvo sobre su falda. Aunque medía más de un metro ochenta, era bastante menudo y delgado, por lo que el tapizado del asiento casi ni se arrugó cuando se sentó.

Jake volvió a ajustarse el cinturón de seguridad, y Jonny le indicó cómo ir hasta su casa. Iban en silencio. Jake no tenía un plan, solo había algo dentro de él que le había hecho detenerse y llevar al chico a casa. ¿Qué tendría que hacer ahora?

—¿Qué le pasó a tu cara? —preguntó Jonny, rompiendo el silencio.

Jake se miró en el espejo retrovisor por primera vez y casi frena de golpe. No le extrañó que Jonny no quisiera subirse al auto con él. Tenía la cara hecha un desastre, hinchada y llena de costras de sangre. Su labio tenía sangre seca, la nariz estaba todavía taponada con la tela sucia que había arrancado de su camiseta, y su pómulo derecho parecía un tomate por estallar.

—Solo me sangraba la nariz —mintió Jake, asintiendo como si nada.

—Hace juego con tus pantaloncitos cortos —respondió Jonny, mirando al frente.

Jake se miró los pantaloncitos, que también hacían juego con su camiseta ensangrentada y rota. Rió con ganas e hizo gesto de chocar los nudillos con Jonny, que instintivamente levantó las manos para cubrirse la cara y se golpeó la cabeza contra la ventanilla, como si se estuviera defendiendo de un ataque. Jake se miró la mano y vio que también estaba sucia de sangre seca. Enseguida la retiró y volvió a tomar el volante.

—Uh... lo siento —dijo Jake.

Pasó otro momento de incómodo silencio y Jonny dijo entonces:

—¿Tú conocías a Roger?

Seguía con los ojos fijos en la calle, hacia el frente.

Había tomado por sorpresa a Jake, quien vaciló un segundo y dijo:

—Sí, crecimos juntos en el mismo barrio. Pero en los últimos años yo no le hablaba mucho.

—Oh —respondió Jonny.

Otra vez, silencio.

—Me metí en la página de MySpace de Roger y vi tu nombre ahí. ¿Eran amigos? —Jake aprovechó su turno para hacer preguntas.

Jonny miró a Jake por primera vez desde que había subido a la camioneta. El mechón de cabello oscuro caía sobre sus ojos.

—Jugábamos videojuegos. No en persona. En línea por Internet —y acomodó el mechón caído bajo la capucha negra. Tenía un rostro inocente. Y ojos de color verde oscuro, inquietos, que cada tanto se centraban en los de Jake, pero no por mucho tiempo.

—¿Y sabías que iba a... bueno... eso? —indagó Jake. Era extraño estar sentado junto a alguien que supiera algo de Roger.

Fue casi un susurro lo que salió de la boca de Jonny.

—Juro que pensé que no era en serio.

—¡Lo sabías! —exclamó Jake, tratando de no sonar demasiado duro.

Jonny no se puso a la defensiva.

—Vi algunas cosas que escribió.

—¿Y no le dijiste a nadie? —Jake estaba levantando la voz otra vez. Es cierto que ya estaba alterado desde la pelea, pero no podía evitarlo.

—Yo... no sabía. No pensé que iba a... lo juro —Jonny se cubrió la cara con las manos, y golpeaba suavemente su cabeza contra la ventanilla.

Jake lo observó sin hablar. Sentía empatía y alivio a la vez. Todo el tiempo había alguien más en esta escuela suya que cargaba con la culpa de la muerte de Roger, como él.

—Lo siento. No estoy enojado contigo —dijo Jake con suavidad—. Solo quiero saber qué pasó.

Jonny señaló el parque de casas rodantes donde vivía, a la derecha. Jake dobló hacia la entrada. Por su mente pasó la página de MySpace de Jonny, que solo había mirado durante un segundo después de leer la nota de suicidio de Roger. Pero ahora, la veía con toda claridad, aunque mentalmente. Era una página oscura como la de Roger, pero aquí no había ninguna nota que le contara al mundo entero que pensaba matarse. ¿Era ese el mismo camino que estaba tomando Jonny ahora? De repente, Jake se sintió desesperado por ayudar.

—¿Alguna vez pensaste lo que pensaba Roger? —quiso saber.

Jonny lo miró, entrecerrando los ojos y con una sonrisa triste.

—Yo no pienso ir armado a la escuela, si es que te refieres a eso.

—No. Decía si...

—Yo no soy Roger —y con eso, Jonny señaló su casa. Era una casa rodante vieja y con la pintura descascarada, rodeada de malezas. A un costado había una hamaca tendida desde la casa hasta un árbol que no parecía poder sostener absolutamente nada. De las paredes de la casa emanaba un negro paisaje de moho y humedad.

Jake detuvo la camioneta en la entrada de autos, que estaba vacía. Jonny se bajó de inmediato. Jake comenzó a retroceder, frustrado por haber estropeado la oportunidad.

—¡Espera! —gritó Jonny con los brazos extendidos hacia la caja de la camioneta donde estaban los demás libros. Jake pisó el freno y el brazo de Jonny golpeó contra el parabrisas trasero. Se le corrió la manga de la camiseta y quedó con la muñeca pegada al vidrio.

Jake quedó atónito. La piel morena de Jonny estaba cubierta de cicatrices largas y profundas. Había algunas ya bastante antiguas, pero otras definitivamente eran recientes. Todo sucedió como en cámara lenta: sus miradas se cruzaron. Jake quiso decir algo con desesperación, hacer algo. Jonny se bajó la manga, tomó los libros y se dio vuelta para entrar en la casa. Jake lo vio avanzar titubeante hacia la puerta, abrazando los libros contra su pecho.

Jake había visto una película en la que una chica con depresión se cortaba, pero jamás había visto tan de cerca, en un caso tan personal, los resultados de tal acción. ¿Qué se suponía que debía hacer? ¿Contárselo a alguien? ¿Fingir que no había visto nada? Antes de tomar conciencia de lo que hacía, Jake detuvo la camioneta y se desajustó el cinturón.

—¿Dijiste que te gustan los videojuegos? —le gritó desde la camioneta.

Jonny se detuvo en el último escalón de la entrada a la casa rodante. Se dio vuelta y lo miró, entrecerrando los ojos contra los rayos del sol poniente, y asintió lentamente.

—¿Tienes videojuegos buenos? —le dolía muchísimo sonreír, pero por primera vez en todo el día se sentía bien.

Jonny asintió de nuevo y se quedó esperando a Jake, que caminaba hacia la casa.

JAKE HABÍA HECHO ALARDE de ser experto en el juego de *Halo 3*, pero después de que Jonny le ganara cada movida durante tres horas, le pidió que tuviera misericordia. En todos esos años de jugar baloncesto, jamás había oído decir tanta basura. Su nuevo amigo era comiquísimo, y parecía que su boca no había venido con el filtro estándar con que nace el resto de la humanidad, además de que no le llevó demasiado tiempo al chico emo abrirse realmente para hablar de todo tipo de cosas. Durante uno de sus breves descansos, Jonny le había mostrado a Jake la decrépita casa rodante en que vivía, y una larga descripción de por qué y cómo sabía que el lugar estaba embrujado. Jake no pudo seguir muy bien toda la explicación, pero sí estaba seguro de que la mente de Jonny era un lugar complejo. Todavía sentía los dolores causados por el puñetazo de Doug, y con ello se sintonizaba de a ratos con el interminable comentario de Jonny.

Cuando se dio cuenta de que había pasado el tiempo, notó que por la ventana rota de la casa rodante se veía la noche. Entonces, dejó que su personaje muriera a manos de alguno de los de Jonny, por centésima vez, y le agradeció el haberlo invitado a jugar. En verdad, el chico parlanchín de primer año ni siquiera le había ofrecido un vaso de agua. Jake tuvo que pedirle finalmente que le mostrara dónde podía lavarse la sangre de la cara. Imaginó que Jonny no estaba muy acostumbrado a recibir visitas. Notó que durante las tres horas en que estuvo allí, la madre de Jonny no había llamado ni venido en ningún momento.

Para cuando Jake llegó a su casa, eran más de las ocho. Sabía que tendría que haber llamado a su madre para avisarle que no llegaría para cenar, pero supuso que sería mejor pedir perdón antes que permiso.

Por primera vez en mucho tiempo, miró largamente su casa y notó el enorme contraste con la de Jonny. La sala de Jonny estaba llena de cosas, con una alfombra sucia y muebles polvorientos, en una mezcla de estilos. Pero la casa de Jake era espaciosa, con muebles exquisitos, y todo estaba impecable. Toda la casa rodante de Jonny habría cabido en la nueva cocina remodelada de los Taylor, con su desayunador rediseñado para que entrara mejor la luz del sol por las ventanas hechas especialmente a medida. Por lo general Jake daba por sentado el lugar donde vivía, pero ahora cayó en la cuenta de que era realmente afortunado. Realmente disfrutaba del fruto del esfuerzo de su padre.

Entró a la cocina, con paso cansado. Su madre estaba limpiando los mármoles de granito negro con una de esas Esponjas Milagrosas que vendían en los canales de compras de la TV. Miraba fijo la pantalla plana de 27 pulgadas instalada sobre el microondas. Ty Pennington, del programa *Extreme Makeover Home*, le entregaba a una madre soltera emocionada las llaves de una casa mientras el ómnibus se alejaba de su nueva mansión. Pam tenía los ojos llorosos mientras fregaba mecánicamente las superficies ya brillantes. Siempre estaba limpiando.

—Hola, mamá —la saludó Jake desde la puerta de la cocina.

—¡Oh! —dijo ella, dando un respingo. Se secó los ojos con el delantal—. Soy un desastre. Este programa es una repetición —y dejando el delantal miró a Jake por primera vez.

—¡Jake! ¡Cielos! ¿Qué te pasó? —dijo mirando horrorizada la cara hinchada de Jake, poniendo la mano sobre su mejilla para verlo más de cerca.

—¡Ay! —gritó Jake porque el producto de limpieza que tenía ella en las manos le causaba ardor.

—¿Quién te hizo esto? —quiso saber su madre, a punto de romper en llanto.

—Doug.

—¿Tu amigo Doug?

—Es una historia larga —intentó evitarla Jake, dejando su mochila sobre el granito negro para buscar las sobras de la cena en el refrigerador. Sabía que su madre tenía buenas intenciones, pero no tenía ganas de conversar sobre el asunto. Además, ella no era buena para enfrentar la dura realidad. Jake lo había aprendido tantísimas veces durante su niñez al verla sonreír a pesar de los problemas que tuviera. Esa era la solución de su madre: ahogar los problemas y sonreír todo el tiempo.

—Bueno, ¿y dónde estuviste? —dijo ella, siguiéndolo hacia el refrigerador, de donde sacó un recipiente con enchiladas frías que calentaría en el microondas.

Jake tomó el cartón de leche y tomó directo de allí. Luego sacó una Gatorade y la destapó.

—En casa de un amigo —respondió, mientras iba al compactador de basura para echar allí el cartón de leche vacío—. ¿Y Papá dónde está?

Pam se apoyó contra el fregadero junto a Jake y puso su brazo sobre los hombros de su hijo.

—Por favor, la próxima vez, llámame.

Jake bebió otro trago de Gatorade, sin tomar cuidado de no salpicar la impecable superficie de granito. Antes de que pudiera disculparse, Pam ya había tomado una servilleta de papel para limpiarlo.

—Te llamó una chica Andrea. ¿Quién es? —quiso saber, mientras le entregaba un papel con el número que había dejado junto al teléfono de la cocina.

—¿Por qué tiene que trabajar siempre hasta tarde Papá? —preguntó Jake, cambiando de tema mientras con el tenedor se llevaba un bocado de enchilada a la boca.

Con los años, se había dado cuenta de que para evitar problemas, en lugar de decir "No es asunto tuyo", era mejor cambiar de tema con su madre. Ella por lo general, dejaría el tema a un lado para contestar su pregunta.

—Supongo que tiene mucho que hacer en la oficina —y tomando la esponja siguió limpiando.

Jake estaba seguro de que todo había quedado limpio, pero para su madre limpiar era lo que el baloncesto era para Jake: un escape terapéutico. Jake la había visto ventilar sus frustraciones con su padre, millones de veces, por alguna manchita imperceptible en la alfombra. Tomando la esponja con ambas manos, Pam miró a Jake de nuevo:

—Hace rato que no veo a Amy.

Era una afirmación cargada de significado. Había pasado ya una semana desde su beso de despedida. La había visto en la escuela día tras día, pero a pesar de las muchísimas miradas cruzadas, ninguno de los dos había hecho nada por acercarse al otro. Al principio, supuso que como ella era quien se había ido, tenía que ser ella quien volviera. Pero ahora, con Doug en escena, todo había quedado en la nada. Tendría que aceptar lo obvio:

—Rompimos —dijo Jake mientras seguía comiendo.

Pam se dio vuelta y lo miró a la cara.

—¿Qué? ¡Oh! Me gustaba esa chica. Te hacía bien —y con expresión de pena, se veía como si hubiese sido ella la que había terminado la relación. Tomó el plato de Jake, que todavía estaba masticando su comida, y lo lavó.

—No es para tanto —mintió Jake—. Creo que es como una pausa, un impasse. Ya lo arreglaremos.

Era más fácil negar, que explicar las cosas.

—¿Qué pasó, amor? —dijo ella mientras echaba detergente en el plato y esperaba a que saliera agua caliente del grifo.

Jake se apartó para que su madre pudiera lavar con comodidad. Miraba su mochila cargada, que había dejado sobre la mesa, con contenido que significaba varias horas más de vigilia y estudio antes de poder caer rendido en la cama.

—No lo sé. Ya lo arreglaremos. Tengo tarea —dijo. Y tomó la mochila mientras iba hacia las escaleras.

—¿Hablamos de esto más tarde? —rogó su madre con tono de frustración. Desde el primer escalón Jake la oyó suspirar, vaciar el resto de Gatorade en el fregadero, y tirar la botella en el bote de reciclado.

JAKE FINALMENTE CERRÓ el último libro un poco antes de la medianoche. No le quedaban tantas horas de sueño como querría. La charla de una hora con Andrea, también le había restado tiempo para dormir.

A la mañana siguiente, avanzaba lentamente por el parque de la escuela, llevando gafas de sol que supuestamente cubrirían su ojo morado. Pero no podía cubrirse el labio hinchado, por supuesto.

Al pasar por la sala de pesas para tomar su bolso (que sorprendentemente estaba intacto, con la billetera dentro todavía), salió al Corredor de los Mayores. Siempre se había reído de los chicos que eran demasiado *cool* como para quitarse las gafas dentro de la escuela, pero ahora era él quien las llevaba puestas. Casi podía sentir las risas de los que pasaban junto a él. Pero eso no era nada comparado con la sorpresa que le esperaba en su armario.

Una cosa era enterarse de que su ex mejor amigo y su ex novia estaban juntos, pero verlo con sus propios ojos fue algo que no esperaba. Después de dejar los libros, cerró la puerta de su armario y vio que Amy le daba a Doug un vaso de café y un beso en la mejilla. Estaban a pasos de donde estaba Jake. Hasta hacía dos semanas, el café y el beso eran para Jake. ¡Qué rápido lo había reemplazado Amy! Abrazada al cuello de Doug, su camiseta se levantaba y se le veía el ombligo con el arete. Jake sintió que enloquecía. Pero trató de no mirarlos, aunque le fue imposible. Doug entonces le dio a Amy un beso en la boca y ella protestó, con esos gritillos que dan las chicas cuando en realidad les gusta. Jake estaba seguro de que sabían que él estaba allí. Y eso era lo peor.

Jake deseaba no haber cerrado la puerta del armario, porque así podría cerrarla ahora de un golpe para expresar lo que sentía. Lo único que podía hacer era irse de allí. La charla de anoche con Andrea en cuanto a mantener una actitud positiva estaba perdiendo su efecto, y todavía no había sonado siquiera el primer timbre de entrada. Cuando volvió a mirarlos, tratando de verse fresco y calmo, su mirada se cruzó con la de Amy, que parecía estar observándolo mientras él se alejaba. Apuró el paso y dobló la esquina hacia la clase de inglés del Sr. Gil.

—¿Te enteraste de que Chris está en problemas? —dijo arrastrando las palabras Danny, interrumpiendo sus pensamientos de furia. Rodeó los hombros de Jake con el brazo y sonreía, como si fueran viejos amigos.

Danny era otro de los tipos con los que a Jake no le interesaba estar, pero con tanta gente por evitar, le era imposible evadirlos a todos. En ciertos aspectos, Jake despreciaba a Danny todavía más que a Doug. Por lo menos, Doug no fingía ser algo así como un santito cuando estaba con determinadas personas.

—¿Qué dices? —dijo Jake tratando de verse lo más desinteresado posible. Echó una mirada a su tarea de inglés, zafándose sutilmente del brazo de Danny.

Pero Danny no iba a ceder.

—Cuando maldecías y todo eso —rió—. ¡Estuvo genial!

Para Jake, toda la vida de Danny parecía una mentira, así que, ¿por qué estaría diciendo ahora la verdad? Sin embargo, descubrió que sí le molestaba el enterarse de que Chris pudiera estar en problemas. Danny tenía que estar equivocado. Jake se detuvo a medio camino para mirarlo a la cara, allí entre toda la gente que iba y venía por el corredor. El olor del porro que la colonia no lograba eliminar le brotaba a Danny por la piel, y Jake se sintió molesto.

—Te has llenado de porro —dijo bruscamente, apartando la cara para respirar aire limpio.

—Lo digo en serio —retrucó Danny, con mirada de satisfacción.

Jake no podía creer que estuviera hablando de esto con él.

—A mí no me dijo nada.

—Claro que no —respondió Danny con sorna, y Jake casi podía imaginarlo retorciéndose las puntas de un bigote de villano—. La estrella del deporte viene a nuestra iglesia y Chris no querría arruinarlo ahora.

Jake quería irse. La colonia y la personalidad de Danny le causaban tanto asco que casi tenía arcadas. Si tan solo el padre de Danny supiera en qué se había convertido su hijo. *¿Cómo podía caer el fruto tan lejos del árbol?*

—¿A qué te refieres? —dijo con tono de exigencia.

—Ya vi como es esto. Es así como funcionan estos tipos —y palmeó el hombro de Jake como si le estuviera haciendo un favor. Luego, se fue tan rápido como había llegado. Jake lo vio irse y sintió que le invadía un frío que lo inmovilizaba.

En su mente repasaba las imágenes de Doug y Amy, como si fuera una escena de la película de la semana. La historia de Danny caía entonces como bomba para interrumpir sus pensamientos. A Jake le costó muchísimo permanecer en clase esa mañana. En pocas semanas había perdido a su novia y a su mejor amigo, y ahora posiblemente fuera responsable de que un buen tipo perdiera su empleo. Y por supuesto, estaba también lo de Roger. ¿Se le pasaría alguna vez? ¿Y si seguía el consejo de Amy y lo olvidaba todo? ¿Funcionaría?

Estaba impaciente porque llegara la hora del almuerzo. El timbre sonó y Jake pudo dejar sus pensamientos a un lado. Tomó sus libros y se dirigió a su nuevo lugar de paz: el centro del parque con su extraño y heterogéneo grupo de nuevos amigos.

El círculo se había convertido en una mezcla de todo tipo de chicos que buscaban un lugar amigable donde almorzar. Allí se reunían los punks, los skaters, los más formales, los deportistas y los nerds, además de varios otros a los que era imposible clasificar con alguna etiqueta. Jake dejó caer su mochila en el piso de cemento y emitió un gemido, bien fuerte. Antes de que pudiera sentarse siquiera, lo rodearon cantidad de caras con expresión de compasión.

—¿Estás bien, Jake? —preguntó Andrea mientras le pasaba la bolsa de Doritos que iba dando la vuelta al círculo.

Jake sonrió y tomó una papa frita.

—He tenido días mejores —confesó en voz baja porque no quería que todos oyeran su queja.

Billy apareció por el otro lado y tomó un puñado de papas.

—Ya sabes lo que dicen siempre.

—¿Qué dicen? —preguntó Jake con una sonrisa, esperando una frase graciosa de las típicas de Billy.

—A veces eres el perro... y otras veces la boca de incendios —la risa de Billy era contagiosa.

Cuando Billy se dio vuelta para ir hacia el otro lado del grupo, Jake le tocó sus rastas nuevas.

Ahora había al menos cuarenta estudiantes sentados en círculo, todos conversando, todos aceptando y sintiéndose aceptados allí. Jake había pensado que este grupo de almuerzos no duraría más de una semana, pero aquí estaban, y cada día las relaciones se hacían más fuertes.

—¿Quiénes son todos estos tipos? —dijo entonces riendo al ver cantidad de caras nuevas.

—No lo sé. Pero ¿no es genial? —rió Andrea.

Jake se dio vuelta porque alguien le tocaba el hombro. Era Jonny, que con la cabeza tapaba los cegadores rayos de sol. Llevaba la capucha y el bloc de papel, como siempre. Jake se levantó enseguida para saludarlo, sabiendo que lo más probable era que todo esto le resultara dificilísimo al chico. Vio que Jonny se veía aliviado cuando chocó los cinco con Jake y se sentó en el lugar que le había hecho a su lado. El círculo se hacía cada vez más grande.

—¿No tienes tarea hoy? —le preguntó en tono alegre.

Incluso con todas las cosas terribles que había soportado hoy, no pudo contener la sonrisa. Presentó a Jonny a todos los que estaban en el grupo, uno a uno. Jonny no se mostraba como el parlanchín que Jake había visitado la noche anterior. Pero para cuando estaba a punto de terminar la hora del almuerzo, Jake vio que su nuevo amigo les explicaba a otros la posibilidad real de que varios profesores de la Secundaria Pacific fueran vampiros. Hubo algunos que lo escuchaban interesados, y añadían sus opiniones en cuanto a cuáles eran los que se alimentaban de sangre humana.

Al menos por el momento, el dolor de haber perdido a Amy ya no parecía tan difícil. Jake sabía que lo más probable era que lo estuviera observando, ahora con este grupo de gente de quienes él se burlaba antes. Pero no le importó. Al ver a Jonny hablando de la diferencia entre vampiros vegetarianos y carnívoros, sintió que en el fondo acababa de suceder algo realmente genial. Este no era uno de sus mejores días, pero de repente, vio que tampoco era el peor de todos.

DESPUÉS DEL PRIMER ALMUERZO de Jonny con el grupo, Jake había sentido que el círculo bullicioso seguramente había espantado a Jonny. Hasta había pensado una disculpa para más tarde. Pero Jonny lo asombró al preguntarse de qué se trataba eso del grupo de la iglesia. Jake con gusto ofreció llevarlo, y prometió llegar un poco antes para poder jugar otro rato al *Halo*. Jonny aceptó con entusiasmo.

Jonny caminaba detrás de Jake, sintiéndose inseguro y asustado. Estaban por entrar en el salón de jóvenes. Al ver la foto de Roger, se detuvo y se mordió el labio.

—¿Roger venía aquí? —preguntó casi en un susurro, fijando la mirada en la cara de Roger.

Jake estaba un poco más adelante, y se volvió hacia el retrato.

—Vino una sola vez —respondió en voz baja— Y dejó su huella, te digo.

Las primeras veces que Jake había venido al grupo de jóvenes también había tenido que detenerse ante la foto. Porque después de todo, Roger era el responsable de que él estuviera aquí, a decir verdad.

Después de unos momentos de silencio, Jake rodeó los hombros de Jonny con su brazo y lo hizo dar vuelta para ver a todos los que estaban en el salón. Incluso para Jake fue una sorpresa porque había caras nuevas en todas partes, chicos que al igual que Jonny se habían hecho amigos en el círculo del almuerzo.

Aunque Jonny era divertido y hablador en privado, ahora parecía querer que la tierra lo tragara. Jake veía que su nuevo amigo se ponía cada vez más ansioso mientras le presentaba a todos estos desconocidos, uno tras otro.

—Bueno, de todos los demás nombres podrás olvidarte. Pero no de este tipo. Es Chris —explicó Jake mientras se abrían paso entre los nuevos asistentes, camino hacia el escenario. Chris estaba ordenando unas hojas en el atril, pero dejó de hacerlo apenas se acercaron, para saludar al chico nuevo.

—¡Qué gusto conocerte, Jonny! —exclamó mientras extendía su mano para saludarlo—. Si vienes con Jake, por asociación ya eres *cool*.

Jake ya había oído a Chris decir lo mismo al menos a cinco personas. Pero siempre lo hacía reír. Antes de que Jonny pudiera contestar, apareció Andrea entre la multitud.

—¡Oh cielos, Jonny! ¡Viniste! —exclamó mientras se acercaba para darle un gran abrazo—. ¿Recuerdas mi nombre? ¿De la escuela?

Tenía los brazos recubiertos con unas serpientes de bronce en forma de brazaletes, desde el codo casi hasta las axilas. Iban bien con su atuendo: un vestido largo, como un sari, con un estampado tribal que envolvía su cuerpo en color café.

—Eres Andrea —dijo Jonny con voz ronca. Pero sonreía y tenía las mejillas coloradas.

Cuando Andrea lo abrazó, se le corrió la capucha y vieron que tenía el cabello negro aplastado como si fuera una capucha más. Jonny parecía otra persona sin esa capucha. Vestido de negro siempre se veía muy oscuro y misterioso, e incluso se dejaba puesta la capucha cuando jugaba videojuegos en su casa. Ahora, su postura era más erguida, y casi se veía cómodo, con una chispa de alegría en los ojos. Andrea lo llevó hacia otro grupo de chicos. Jake rió al ver que Jonny aceptaba un abrazo de oso de parte de uno de los jugadores de fútbol, pero permanecía duro y rígido.

Se volvió hacia Chris, que también observaba y reía.

—No sé cómo lo lograste. Este lugar ha cambiado, gracias a ti —comentó mientras recorría el salón con la mirada.

Era cierto. Incluso con todas esas caras nuevas, había un espíritu de comunidad. Cuando algún chico o chica entraba en el salón y no tenía a nadie al lado, enseguida acudía un grupo de compañeros a darle la bienvenida. Los viejos sillones ya no estaban. Los habían reemplazado con sillas, así que ya no existía ese rincón para los que se apartaban. Había risas, pero también conversaciones emotivas y también una que otra lágrima por allí. Lo que se veía era la vida, la vida real, sin interrupciones.

Jake absorbió el elogio de Chris. A lo largo de los años lo habían felicitado y elogiado muchísimas veces por sus aportes en la cancha, pero esto era diferente, mejor, algo con más importancia y sentido. Le picaba la garganta, como si estuviera atorado. Jake no era del tipo sentimental, excepto con Amy, y prefería mantener su espacio. Pero en este momento sintió que le invadía una ola de gratitud, y no pudo contenerse. Abrazó por primera vez a este pastor de jóvenes.

Chris también lo abrazó y palmeó su espalda mientras decía en voz baja:

—Te quiero mucho, muchacho.

Jake buscó en su mente algo para decirle. No recordaba que un hombre le hubiera dicho esas palabras.

—Gracias —dijo finalmente, esforzándose por no llorar.

Y por encima del hombro de Chris, Jake vio entrar a Danny. Todo el día había estado pensando en su extraña afirmación de la mañana, y ya no pudo aguantar más. Se volvió a Chris con expresión seria.

—¿Recuerdas ese día en que les dije de todo a todos? —tartamudeó con voz casi inaudible—. ¿Te causé problemas por eso? —metió las manos en los bolsillos y con la punta del pie se puso a juguetear con la alfombra.

Chris se llevó la mano al mentón, como si buscara una respuesta.

—Bueno, Jake. La iglesia me despidió.

—¿Qué? ¿En serio? —estalló Jake—. Pero si fui yo quien dijo todo eso, y en realidad no dije malas palabras. Tal vez alguna palabra fuerte, pero en serio, podría haber dicho cosas peores, como... —dijo en tono frenético.

—¡Jake! —lo interrumpió Chris mientras apoyaba su mano en el hombro del chico con toda ternura—. Es un chiste, chico.

Puso los ojos en blanco y rió con ganas.

—¿No te despidieron? —preguntó Jake, mucho más calmado ahora.

—No. Estaba bromeando —respondió Chris, sonriendo—. Jake, hace mucho que hago esto y cuando esa mañana te pusiste de pie, fue lo más grande que haya visto. No te preocupes por mí.

Jake contuvo el aliento y echó la cabeza hacia atrás, como si el enorme peso invisible que lo agobiaba cayera al suelo.

—Ahora tengo que empezar con esto, pero más tarde quisiera que me expliques cómo es que ciertas palabras caen en la lista A y otras en la lista B —dijo Chris con una sonrisa mientras tomaba el micrófono.

Fuera cierto o no lo que había dicho Danny, ahora ya no parecía tener importancia. Por primera vez en su vida Jake sentía que alguien estaba de veras de su lado. Claro que sus padres probablemente hicieran lo que fuera por él, pero Chris era diferente. De alguna manera, en estas pocas semanas, habían formado un vínculo que no sentía con nadie, desde su niñez.

Chris golpeó el micrófono con el dedo para que todos le prestaran atención.

—¡Holaaa! —dijo con voz impuesta, interrumpiendo las vivaces conversaciones de cientos de chicos y chicas que estaban en el salón.

Se corrió la visera Adidas hacia un lado y luego probó el micrófono.

—Hola, hola, uno, dos, tres... ¿Funciona esta cosa? —y luego dijo un par de cosas graciosas.

Jake se bajó del escenario de un salto, y se dio vuelta para decirle algo más.

—¿Chris?

Chris lo miró mientras seguía canturreando cosas locas...

—¿Sí? Uno, dos, tres, hola, hola ¿qué pasa, chico? —y cubrió el micrófono con la mano por un segundo mientras miraba a Jake con ojos llenos de compasión.

—No tienes idea... —a Jake se le quebró la voz—. Tú y Dios son todo lo que tengo.

Y se dio vuelta para unirse a los demás.

La reunión del grupo de jóvenes terminó a las 8.30, pero Jake, Jonny y Andrea salieron de la iglesia casi a las 9.15. La tarea escolar no era algo que hiciera que salieran corriendo a casa después de las reuniones, y a los chicos les gustaba quedarse un rato en el salón. De hecho, si Chris no apagaba las luces para que salieran, lo más probable sería que todos se quedaran allí hasta la medianoche.

Había sido una reunión maravillosa. Hubo un ejercicio que se llamaba Afirmación, donde cada uno formaba pareja con alguien desconocido y tenían un minuto para darse aires hablando de sí mismos. Era algo difícil de hacer, pero luego, el compañero tenía que subirse a una silla y gritar en voz alta todo lo que el otro le había dicho de sí mismo. A Jake le había tocado como compañera una chica china muy tímida, una estudiante de intercambio que venía por primera vez. Jake no había entendido del todo su inglés porque la chica no lo hablaba muy bien. Pero después de haberla avergonzado diciendo a los gritos todo lo bueno que ella le había contado, la chica lo abrazó. Y casi se desmaya de vergüenza cuando ella proclamó ante todos los presentes que a Jake "le gustaba jugar con sus bolas".

Jake se había prometido no sacarle los ojos de encima a Jonny, pero luego vio que era difícil porque el chico paseaba por todas partes, charlando con todos y parecía estar pasándola mejor que Jake, haciendo amigos con todo el mundo. Después de lo que le había dicho Andrea, no volvió a ponerse la capucha y Jake se preguntó si seguiría llevando mangas largas. Sabía que no podía decirle a nadie lo que había visto bajo esas mangas. Pero se preguntaba cuántas de las personas a las que veía cada día ocultaban algo.

Después de la reunión, los tres se subieron a la camioneta de Jake. Lo más lógico habría sido que Andrea, la más menuda, se sentara en el medio, pero ella quería sentarse junto a la ventana, con lo cual Jonny quedó entre ella y Jake. Jonny lo tomó bien, porque ¿cómo iba a decirle que no a una chica tan simpática y linda?

Por alguna razón, ahora que estaban apretados, no conversaban demasiado. Miraban hacia delante, y la radio llenaba el silencio. A Jake no le importó. Para él, era un momento de calma después del constante ruido y locura de cientos de adolescentes todos dentro de un salón tan pequeño. Tal vez, cuando llegara a casa haría unos tiros al aro y con eso, podría ordenar sus ideas.

La voz de Jonny interrumpió la quietud.

—¿Con qué frecuencia se afeitan las piernas las chicas? —preguntó, como al pasar.

Jake y Andrea se miraron.

—¿Qué? —exclamó Jake, asombrado.

Andrea intentó ocultar la risa, porque no sabía si Jonny lo preguntaba en serio o no. Pero no pudo contenerse, e hizo ruido por la nariz.

Jonny no entendía qué era lo que la hacía reír.

—Es algo que siempre quise saber —dijo con toda calma, pero su franqueza provocó otra carcajada.

Jake bajó su ventanilla para que entrara aire fresco. Tampoco él conocía la respuesta. Jamás se le había ocurrido preguntárselo a Amy, pero si lo hubiera hecho, seguramente no habría valido la pena correr ese riesgo porque Amy habría pensado que la estaba acusando de tener piernas peludas. Ahora que lo pensaba, tal vez esa información podría ser valiosa. Se volvió a Andrea, única autoridad en la materia en este momento:

—En serio, ¿cada cuánto lo hacen?

Andrea se quedó mirándolos como sin saber si hablaban en serio o no. Luego de un momento contestó:

—Bueno, todo depende de la chica.

¿Qué clase de respuesta es esa?, pensó Jake. Trató de ocultar su interés mirando por la ventanilla, pero por si acaso, permaneció atento para ver si obtenía más información.

—Eso supuse —dijo Jonny simplemente, sin sonreír siquiera.

Jake suspiró y meneó la cabeza, divertido y asombrado a la vez ante la compleja simpleza de Jonny. Pensó en explicarle cómo mantener una conversación socialmente aceptable, pero eso era como si tuviera que decirle a Picasso que pintara solo dentro de las líneas, así que decidió mantener la boca cerrada.

Se hizo silencio dentro de la camioneta. Seguramente, todos estaban pensando en las piernas de las mujeres. Jake había leído en un libro que en toda conversación se produce un incómodo silencio al menos una vez cada siete minutos, y él en particular usó ese tiempo para no ceder a la tentación de tocarle la pierna a Andrea. No era tanto porque se sintiera atraído, sino por cómo funciona la mente masculina.

Afortunadamente, fue Andrea quien rompió el silencio.

—Hablando de eso... ¿se divirtieron hoy?

Miraba a Jonny, y al romper la calma también desvió la atención de Jake.

—Siempre trato de evitar las grandes reuniones —confesó Jonny mientras se acercaba mucho más a Andrea que a Jake—. Supongo que me incomodan, o hacen que sienta timidez. Pero me alegro de haber ido.

—¿Te da vergüenza por lo general? —preguntó Jake mientras iban por la céntrica avenida Oceanside hacia la casa de Andrea.

Jonny rió como si fuera a contar alguna historia, pero no dijo nada. Se quedó con una sonrisa pintada en la cara como si hubiese contado un chiste.

La camioneta llegó a una luz roja y se detuvo junto a un convertible de color rojo lleno de lindas chicas universitarias. Jonny miraba al frente, perdido en sus pensamientos. Y a Jake se le ocurrió una idea. Sabía que por la inseguridad de su nuevo amigo, si hacía una broma se estaría arriesgando, pero no pudo resistirse. El brazo de Jake estaba apoyado sobre el respaldo del asiento, así que tocó el hombro de Andrea y le hizo un gesto para que ella se agachara.

Ahora podía ver a las chicas por la ventana. Por lo tanto, Jake rodeó con su brazo el hombro de Jonny y lo acercó más hacia él. Jake miró a las dos rubias del asiento trasero del convertible, y asintió con una sonrisa enorme. Ellas rieron al ver a Jake y Jonny sentados en la camioneta, abrazados.

Jonny notó a las chicas y les sonrió. Hasta estuvo a punto de saludarlas con la mano. Se volvió a Jake y susurró:

—Oye, creo que a esas chicas les gusta...

Jake miró a Jonny como coqueteando con él y lo abrazó más fuerte, atrayéndolo hacia sí.

—Jake, amigo, ¿qué estás...? —exclamó Jonny tratando de zafarse mientras lo miraba, horrorizado. Miró a Andrea como pidiendo ayuda, pero ella estaba escondida, agachada en el piso de la camioneta. Jonny miró entonces a las chicas del auto, que los señalaban y reían.

—No, no. ¡No es lo que piensan! —les gritó justo cuando la luz del semáforo cambiaba a verde—. No somos... ¡hay una chica con nosotros! —y tironeaba de la ropa de Andrea mientras el convertible avanzaba—. ¡Andrea, levántate! Piensan que... —gritó Jonny.

Andrea no podía controlar la risa. Jonny tironeaba de su ropa, pero era demasiado tarde. El convertible se había ido.

Finalmente, Andrea se levantó y Jake retiró el brazo. Los dos rieron con ganas.

—Me ganaron en esta —admitió Jonny con una débil sonrisa.

Andrea le palmeó el brazo.

—Jonny, eres tan lindo y simpático.

Jonny se acercó más a Andrea, dejando un buen espacio entre él y Jake.

—No te ofendas, hermano, pero no eres mi tipo —bromeó. Y luego agregó—: ¿Crees que esas chicas querían algo con nosotros?

—Sí, seguro Jonny —dijo Jake de muy buen humor, haciendo un gesto con la mano.

—Dobla a la izquierda aquí, en Shadowridge —indicó Andrea.

Shadowridge era el barrio más rico de Oceanside. Cada una de las casas parecía un castillo, con vista panorámica al océano. Las propiedades de mayor valor tenían su propia playa. Jake pensaba que su familia tenía mucho dinero, pero evidentemente, los que vivían en Shadowridge estaban en un nivel totalmente diferente. A juzgar por la ropa de Andrea jamás se le habría ocurrido que viviera aquí. Echó una mirada a Jonny, hipnotizado ante la hilera de mansiones. Jake tuvo que admitir que el lugar donde vivía Jonny parecía un corralito más que una vivienda.

La esplendorosa casa de Andrea estaba al final de una callecita adoquinada, flanqueada por arbustos iluminados, y con una fuente de agua. Andrea no parecía dar importancia al tamaño y magnitud de su casa cuando le dio las gracias a Jake por llevarla y se disculpó con Jonny por la broma. Jake y Jonny quedaron atónitos.

—Andrea, tu casa es fantástica —tartamudeó Jake.

Andrea asintió, sin entusiasmo, mientras mantenía abierta la puerta con el brazo.

—Es una casa grande. Demasiado grande.

—Podríamos intercambiar, si quieres algo más chico —sugirió Jonny.

Andrea cerró la puerta y les habló por la ventana.

—Bueno, si con eso pudiera pasar más tiempo en la misma habitación que mis padres, lo haría en un segundo nada más.

Ya no sonreía como siempre. Se encogió de hombros, con cierta apatía.

Jake no sabía qué decirle. Quería devolverle el afecto que ella le había ofrecido al consolarlo en estas últimas semanas. Pero no pudo decir nada. Lo único que le salió fue:

—Lo lamento.

Andrea volvió a encogerse de hombros.

—La vida no es perfecta. Por eso amo a Dios —y volvió a sonreír con dulzura mientras los despedía con la mano y avanzaba por la entrada de autos de su mansión.

Los dos chicos no se hablaron durante unos minutos mientras salían del barrio. Jake admiraba a Andrea desde antes, pero ahora estaba seguro de que la chica era un ángel. Tendría que preguntarle a Chris sobre ella.

—Tienes muchos amigos —dijo Jonny en medio del silencio mientras Jake cruzaba las vías que separaban el barrio de Andrea y el de Jonny.

—También tú los tienes, ahora —contestó Jake un tanto distraído porque pensaba en Andrea. El fresco aire de la noche le hacía sentir frío y levantó la ventanilla.

—Sí, es cierto —consideró Jake, hizo una pausa y luego agregó—, creo que Roger se habría divertido esta noche.

Ahora, el incómodo silencio no se debía tanto al no saber qué decir, sino a la tristeza de ambos.

Después de dejar a Jonny en la entrada de su casa, que ahora parecía nada comparada con la de Andrea, Jake se quedó sentado allí durante unos minutos pensando en Roger. Jonny tenía razón: Roger se habría divertido. La culpa ahora se había suavizado en remordimiento, pero aún así, golpeó el volante con los puños.

—¡Roger! —gritó, deseando poder volver atrás en el tiempo.

Arrancó el motor y encendió la radio para ahogar sus pensamientos. Había un grupo que Jake no conocía, que cantaba una canción con letra que hablaba del amor a primera vista. Trató de cantar en voz alta, bien fuerte. No sirvió.

AUNQUE LA TRANSICIÓN DE JAKE a su grupo de amigos completamente nuevos era un giro inesperado en este último semestre de la escuela secundaria, resultaba ser algo que lo renovaba y refrescaba, como esas mezclas de jugos de frutas del tipo kiwi-mango-lima, o fresas y duraznos. Era cierto que al perder la amistad con Doug, Matt, Tony y los otros sentía tristeza, y Jonny García no era *cool* como Doug Moore. Pero al menos, era real. Y tanto Jonny como Billy podían ganarle a Matt como comediantes, seguramente. Ninguno de sus nuevos amigos aparecería como "Candidato favorito para..." en el anuario. Es más, tal vez ni siquiera estuvieran sus fotos aparte de aparecer en la sección general. Pero estas amistades eran las más auténticas que había tenido Jake en su vida, y nunca se había reído tanto como ahora. Después de estas pocas semanas, Jake podía decir con toda franqueza que prefería su nueva vida a la antigua, en todos los aspectos menos en uno: Amy.

Jake esperaba que lo que sentía por ella se disolviera como había sucedido con tantas otras cosas que antes le parecían importantes. Pero nada más lejano en la realidad porque le parecía ver a Amy abrazada a Doug en casi todas las esquinas de la escuela, y lo que sentía comenzaba como negación, pero se iba transformando en ira y frustración. Aunque le dolía tanto ver juntos a Amy y Doug, lo peor era no verla a ella. Su rostro era la última imagen que tenía Jake en mente al dormirse cada noche, y todos los días anhelaba estar con ella. Amy parecía haber podido olvidarse pronto de Jake, pero para él era imposible.

A Jake lo mataba el hecho de convertirse en solo un nombre en la larga lista de chicos que no habían llegado a ser todo lo que Amy quería, un nombre más que ella tachaba en su lista de compras. Durante sus más de tres años con Amy, ella le había dicho muchísimas veces que él era diferente, pero al verla besándose con Doug, en verdad lo de diferente no parecía significar nada en absoluto. Aunque quería recuperar a Amy, también quería romperle la cara a Doug. Sabía que esa no era la respuesta, pero al imaginar a Doug sin rostro sentía un alivio momentáneo.

Aunque sentía angustia por lo de Amy, también notó que ahora sonreía más que antes. Ya no había nada predecible pero en lugar de sentirse nervioso por eso, todo parecía más excitante. Como cuando Clyde, el Sr. Rudo, sorprendió al grupo del almuerzo —cada vez más numeroso— con cantidad de sándwiches de casi cuarenta centímetros de largo. O como cuando Jake y veinte de sus nuevos amigos hicieron tal bochinche durante un torneo de ajedrez y se divirtieron tanto. Jake jamás se había enterado de que hubiera un equipo de ajedrez en la escuela, pero se había divertido como nunca alentando a uno de los de su grupo para que pudiera llegar a un jaque mate (o como fuera que se llamara eso). Habían llevado letras D bien grandes en cartulina y se habían formado en hilera, con las letras en alto y cantando "Defensa", mientras el contrincante se concentraba pensando su siguiente movida. Ambos equipos quedaron tan sorprendidos por la cantidad de público que hubo que traer más sillas desde otras aulas.

Y también, estaba esa vez en que todos se reunieron para la torta de cumpleaños de Billy. La torta estaba decorada con enormes labios rojos hechos de azúcar, y el mensaje decía: "Tu mamá está buena." Antes de que Andrea pudiera terminar de repartir las porciones, se desató una batalla de torta y todos quedaron cubiertos con pastel y azúcar. Por primera vez en mucho tiempo Jake obtuvo una nota de llegada tarde porque todos decidieron quedarse a limpiar el desastre que habían dejado.

Se sentía a salvo en presencia de Andrea, Jonny, Billy y los demás, mucho más que cuando estaba con sus amigos de baloncesto. Había una libertad innegable para poder ser como era, sin tener que preocuparse por si decía algo que sonara estúpido, y no tenía que aparentar ser otra cosa. Todos los días al menos una o dos personas se aparecían con un amigo nuevo, y el grupo ahora tenía como cien estudiantes. Docenas de personas a las que Jake había ignorado en la escuela durante años, ahora se consideraban amigos suyos. Y el aspecto que más le gustaba de cada día era la hora del almuerzo, cuando caminaba entre la gente y saludaba a todos. Había adoptado la frase *"cool* por asociación" que usaba Chris, y la usaba todo el tiempo. También practicaba esa cualidad que tenía Andrea para poder llegar más profundo cuando parecía que alguien necesitaba más que un simple "hola". Y había aprendido de Jonny a que no le importara tanto lo que pudieran pensar de él.

Pero tal vez, la sorpresa más grande había sido la facilidad con que empezó a creer en Dios. No hubo una cosa o un momento en particular que hicieran que creyera. Pero una noche, sentado en el estacionamiento con Chris, todo se ordenó perfectamente, como si las fichas cayeran en su lugar. Siempre había creído que Jesucristo era el hijo de Dios, pero nunca había entendido qué era o por qué importaba tener una "relación" con él. Después de ver a Chris, a Andrea, Billy y tantos otros viviendo su fe en comunidad, supo que él también quería eso.

Una semana más tarde Jake estaba metido hasta la cintura en las heladas aguas del Océano Pacífico. Chris estaba junto a él, y también una tonelada de amigos que lo alentaban desde la playa. Fue bautizado entonces, uniéndose oficialmente a la familia de Dios y anunciándoles a todos que daría lo mejor de sí para que se cumpliera el plan de Dios en su vida. Apenas Chris lo hundió en el agua, todos entraron para salpicarlo y jugar. Hubo abrazos y juegos durante al menos diez minutos, tiempo en que su cuerpo se adaptó al frío del agua mientras su corazón sentía el calor de tanto amor. Supo entonces que estos abrazos en el agua eran una tradición del grupo después de cada bautismo, pero que en el caso de Jake habían agregado el juego de tirar al otro y hacerlo caer.

Jake sintió entonces que había llegado a su hogar.

JAKE SE SENTÍA SÚPER cada vez que estaba con los de la iglesia, pero todo eso se acababa apenas entraba en su casa. El hecho de que fuera a la iglesia no había ayudado mucho a la situación de su hogar. Había invitado a sus padres a su bautismo, esperando que eso les ayudara a entender. Pero al igual que con la temporada de baloncesto, ellos estaban demasiado ocupados con lo suyo.

Jake le contó de su frustración a Chris, que le aconsejó que respetara y honrara a sus padres aunque no lo merecieran. Claro que era más fácil decirlo que hacerlo. Jake se había propuesto avisarles a sus padres cuando volviera tarde, diciéndoles dónde iba y hasta se quedó en casa un par de noches sólo para ver televisión con su madre. Pero a ella parecían interesarle más los personajes de ficción que veía en la pantalla, en lugar de su propio hijo. Jake sentía que su casa era un campo de batalla donde la acción no acababa nunca. A veces, entrar por la puerta era como invadir las playas de Normandía y otras, sentía que estaba en medio de la Guerra Fría. Incluso cuando sus padres no estaban en casa, la tensión que dejaban allí era evidente.

Al entrar en la casa la noche después de su bautismo, Jake enseguida clasificó el momento como la noche de la Segunda Guerra Mundial. Porque podía oír los gritos de ambos desde su dormitorio en el primer piso, como si pelear a puertas cerradas lograra ocultar lo que pasaba. Jake se apoyó contra la puerta de entrada, dispuesto a dejar todo eso detrás, pero algo hizo que se quedara escuchando un rato más.

—¡No hemos terminado de hablar! —oyó que decía su madre con firmeza.

—¿Por qué vuelves siempre a este tema cuando tengo que ir a una reunión? —respondió su padre, poniendo la culpa sobre ella.

—¿Otra reunión? ¿En serio? ¿A las nueve de la noche? ¡Vamos, Glen! ¡No soy estúpida! ¿Cómo se llama?

—¿Cómo te atreves a acusarme de eso cuando trabajo tan duro para ti?

Allí estaba. Era la frase que Jake conocía de memoria.

—Bueno, y ¿qué quieres que piense, si no? —Pam parecía estar quedándose sin fuerzas.

—¡Ni siquiera puedo discutir esto contigo! ¡Ya me haces llegar tarde! —Glen abrió la puerta del dormitorio bruscamente.

—No te atrevas a salir por esa puerta... —dijo ella con un último esfuerzo.

Pero Glen la ignoró. Tomó su portafolios, que estaba junto a las escaleras, y las bajó furioso. Iba como tromba a la puerta de la casa. Fue entonces que notó que Jake estaba apoyado contra su vía de escape y quedó helado, mirándolo sorprendido. Jake lo miró con furia y se apartó de la puerta.

—¿Recién llegas, Jake? —preguntó en tono hosco.

Jake asintió con resentimiento.

—¿Oíste todo eso? —preguntó con voz más acusadora que de disculpas.

—Sí, lo oí, Papá —disparó Jake en respuesta.

—¿Qué? Una pequeña discusión. Tu madre a veces se pone demasiado nerviosa.

Jake meneó la cabeza. Su madre se había acercado al pasamanos de la escalera. Tenía los ojos colorados y un pañuelo de papel en la mano derecha.

—Jake, en serio. Está todo bien. Solo fue un pequeño desacuerdo —dijo suavemente.

Lo estaba haciendo otra vez. Siempre cubría el campo de batallas con un colchón de plumas. Era igual que su padre. Ambos se negaban a reconocer que las cosas, claramente, no estaban tan bien que digamos.

Glen, todavía apurado, se acercó a la puerta y le dio una cachetadita a Jake.

—No te preocupes por nosotros, hijo —dijo muy calmo—. Solo preocúpate por lo tuyo. Tengo que irme ya.

Jake se corrió apenas, obligando a su padre a pasar de costado por la puerta entreabierta. El hombre avanzó rápido por el sendero de entrada hacia su Porsche rojo, que estaba frente a la casa.

—No vale la pena, Papá —le gritó Jake a su padre mientras éste abría la portezuela del auto para irse quién sabe durante cuánto tiempo. Glen hizo un gesto con la mano en señal de despedida, casi como al pasar. Entró en el auto y salió a toda velocidad sin mirar atrás. Jake se volvió hacia su madre, pero ella ya no estaba junto al pasamanos.

Dio un suspiro. *Bienvenido a casa.*

El bolso de Jake cayó pesadamente sobre el piso del dormitorio. Jake se echó en la cama. Permaneció allí durante un momento, sin moverse para nada, tratando de ordenar sus pensamientos. *¿Son todas las familias así?* Sus padres parecían tener una vida perfecta: una casa grande, autos lindos y todos los lujos que puedas imaginar. Pero Jake sabía que su vida no era perfecta. Estaba casi seguro que, de no ser por él, se habrían divorciado hacía tiempo ya. Empezó a notar que peleaban cuando estaba por terminar la primaria, y las peleas se hacían más feas con los años. Jake les había sugerido incluso que vieran a un consejero, pero lo habían mirado como diciendo que debía disculparse por ello. Porque ir a ver a un consejero equivalía a admitir que tenían problemas, y eso era algo que el matrimonio no quería perder: la fachada, las apariencias de perfección. Jake no pudo evitar la risa.

Miró a su alrededor, paseando por el cuarto con la mirada. Tenía un armario lleno de ropa cara, de marca, y la puerta corrediza de vidrio que daba a su balcón privado. Vio el sistema de entretenimiento que le habían regalado sus padres. Valía miles de dólares lo que había allí. En ese momento mientras estaba en su cama mirando cómo giraban las aspas del ventilador y echaban sombras sobre las paredes, no pudo sentir que esos regalos fueran símbolos del amor que sentían por él. De hecho, estaría dispuesto a regalarlo todo con tal de tener una familia normal, si es que había algo así. Empezó a entender exactamente lo que había querido decir Andrea cuando la había dejado en su casa después de la reunión de jóvenes, un par de noches atrás.

Miró el reloj de su mesa de noche, esperando que los números pasaran de 7:58 a 7:59 y luego a 8:00 PM. Pensó en llamar a Andrea, pero en realidad no tenía ganas siquiera de tomar el teléfono. Luego miró su mochila. Dentro estaba la tarea de física, que no se iba a resolver por sí misma. Sus ojos recorrieron las paredes, donde los afiches de Louisville no lograban levantarle la moral. Sus sueños de ir allí eran grandiosos, pero le exigían demasiado. *¿Y si no llego a cumplir con sus expectativas?*

Jake sintió que su cabeza estaba por estallar. Pegó puñetazos contra el colchón. Se levantó, tomó su balón y corrió escaleras abajo para salir a la calle, donde hizo picar el balón contra el pavimento. El baloncesto, como siempre, le ofrecía mucho. Era el escape que tanto necesitaba. No el baloncesto ante miles de personas que esperaban ver si fracasabas o lograbas un triunfo, sino este baloncesto, cuando nadie estaba viéndolo. Así que Jake avanzó por la calle para ir a la cancha de su barrio.

Jugó, pasando el balón a la derecha, a la izquierda, con tiros al aire, saltos, tiros libres y demás jugadas que aliviarían su angustia. Sudó mientras pasaba por todas las emociones que le provocaban las preguntas que surgían en su mente.

Extrañaba mucho a Amy. Echaba de menos esos momentos en que charlaban de cualquier cosa, de nada en particular: los padres, las preocupaciones, las frustraciones, lo que fuera... Últimamente la estaba pasando genial con Andrea, pero ella no compartía con él esa historia que tenía con Amy. Amy sabía escuchar (sabía... tiempo pasado). También le había dado esperanzas siempre. Y lo entendía... Pero *¿por qué no podía entenderlo ahora? ¿Por qué no le daba tiempo para que pudiera resolver las cosas? ¿Por qué se había apurado para estar con Doug? ¿Cómo pudo hacerme esto?* Si el ejemplo de sus padres era modelo de relación, ¿para qué molestarse entonces?

Pero entonces recordó a Chris. Por lo que se veía, Chris y Cari seguían amándose mucho, incluso después de varios años de matrimonio. Los había visto mirándose desde extremos opuestos del salón en varias ocasiones, cuando creían que nadie los veía. Jake había visto que caminaban de la mano y que Chris no podía terminar una conversación telefónica con ella sin decirle "Te amo". Chris siempre hacía alarde de lo linda que era su esposa, y para él el tiempo con su familia era una prioridad. Su hijito Caleb era, tal vez, el niño más lindo y simpático del planeta y aunque no lo malcriaban con juguetes y cosas compradas, sí lo mimaban muchísimo. A Jake nunca le habían atraído mucho los niños pequeños, pero desde la aventura en el Costco, Caleb le había tomado cariño y no podía negar que era un sentimiento mutuo. Al menos, ese afecto no podía ser fingido. Si era posible con los Vaughn, entonces para otros también podía serlo. *Si Chris supiera cuánta esperanza depende de su matrimonio*, pensó Jake mientras hacía otro tiro de 9 metros, el séptimo sin interrupción.

Mientras seguía tirando el balón y aliviando la tensión, Jake percibió que su conversación consigo mismo no era como siempre. Era más como si lo que dialogaba en su cabeza fuera con alguien más, y ya no se sentía totalmente solo. Era como si hubiese alguien escuchando todo lo que tenía en mente, todas sus preocupaciones. *¿Esto será orar?* Rió para sí mientras volvía a tirar otra vez desde la esquina de la derecha. Con solo pensarlo, se le erizaba el vello de los brazos. Registró entonces en su mente un recordatorio: le preguntaría a Chris si Dios jugaba baloncesto.

Estaba descansando un poco después de tanto ejercicio, cuando notó un auto conocido que estacionaba en la entrada de garaje de la casa frente a la cancha. Quedaron silenciados todos los pensamientos que habían estado surgiendo uno tras otro en esa hora. El Toyota Camry color plata era un modelo más nuevo que el que había usado la madre de Roger cuando eran pequeños para llevarlos a tantos partidos, cumpleaños y noches de dormir en casa de amigos. Pero supo de inmediato quién era la persona que conducía. Porque aunque había visto el mismo auto docenas de veces durante años, sin prestarle atención siquiera, hoy cruzó la calle.

Esther Dawson se bajó del auto. Se veía cansada, como si le demandara un esfuerzo. Abrió el baúl para sacar las bolsas de las compras. Jake la había visto por última vez en el funeral, y no había podido pronunciar ni una sola palabra de consuelo o disculpa. Ahora, bajo la luz del farol de la calle, Jake observó a esta mujer agotada que llevaba la primera tanda de bolsas hasta la puerta de entrada. Llevaba puesto un traje de oficina oscuro y zapatillas Nike de tenis de color blanco, el atuendo perfecto para una secretaria de escuela. Jake recordaba los años en que ella los llevaba, a él y a Roger, a la escuela los sábados por la mañana cuando tenía que trabajar allí, y usaba su llave maestra para dejarlos jugar al balón en el gimnasio. Ahora, al verla entrar en la casa, Jake corrió hacia allí y esperó junto al baúl abierto. Echó el balón hacia el jardín y levantó las bolsas que quedaban.

—¡Jacob! —exclamó la Sra. Dawson, muy contenta de verlo cuando volvía hacia el auto—. Oh, no te molestes —dijo, señalando las bolsas sobre las que caían las gotas de sudor de Jake.

—Hola, Sra. Dawson —dijo Jake en tono alegre como si siempre se encontraran así—. No me molesta para nada.

—Quédate a comer unas galletas, al menos. ¿Te gustan los dulces todavía? —y sonrió, aunque tenía la voz cansada.

—Claro que sí —respondió Jake, haciendo caso omiso de las horas de tarea escolar que le esperaban en su dormitorio. Si Física había esperado hasta ahora, ¿qué importarían unos minutos más?

Jake sintió que le invadía una ola de pena y tristeza cuando entró en la casa donde había pasado tanto tiempo durante su infancia. No había vuelto desde esa fatídica noche después del juego de baloncesto, en que había elegido salir con Amy en lugar del plan que tenía con Roger. Las paredes seguían pintadas de color beige, pero la alfombra del piso ya no estaba, y había madera. También había muebles nuevos, dispuestos de manera diferente en la sala de entrada. Claro que todo olía igual. Jake respiró hondo e inhaló el inconfundible aroma del pan recién horneado. La Sra. Dawson hacía la mejor masa agria y los recuerdos de él y Roger comiendo almejas en los canastos de pan hecho en casa los días de lluvia volvieron a su mente, vívidos y conscientes. Los Dawson siempre habían sido muy buenos con él.

Entró en la cocina y dejó las bolsas sobre el mármol de la mesa. Dondequiera que mirara se sentía invadido por los recuerdos, como cuando él y Roger se levantaban temprano un sábado por la mañana para ver dibujos animados en la sala de los Dawson; las noches de viernes con refresco de raíces y crema helada, jugando al Monopoly; los fuertes construidos en la sala con todas las mantas, sábanas y almohadas que pudieran encontrar en la casa; y las innumerables cenas, con toda la familia reunida alrededor de la mesa. Y aunque el Sr. Dawson los abandonó cuando Roger estaba en el sexto grado, la madre de Roger siempre había dejado una silla extra junto a la mesa para que Jake supiera que en todo momento había un lugar con su nombre allí. Más de una vez Jake se había aparecido en la puerta de los Dawson sin aviso previo, con su bolsa de dormir y un cepillo de dientes, durante alguna de las tormentosas peleas en la casa de los Taylor. A veces, ella se quedaba levantada para conversar con él. En otras ocasiones, sencillamente abría la puerta y él se echaba, agotado, en la cama que había arriba de la de Roger.

Jake respiró hondo otra vez y trató de dejar de pensar tanto. La Sra. Dawson sirvió dos vasos de leche y luego sacó un paquete de Oreos dobles. Su madre se negaba a comprarlas porque decía que no eran saludables, pero la madre de Roger siempre tenía de esas galletas.

Le entregó a Jake uno de los vasos y fueron a sentarse en el sofá de la sala, único mueble que no había sido reemplazado por otro más nuevo. Ubicó las galletitas sobre la mesa ratona y tomó dos para comerlas. Jake abrió su Oreo y sostuvo las dos partes en las manos, sin poder tragar. Volvió a armar la galleta con cuidado, la miró durante un segundo y luego la sumergió en su vaso de leche.

Sobre la mesa ratona había un viejo álbum de fotografías con una etiqueta: "Roger: 4to. grado – 8vo. grado." Jake pasó los dedos por la cubierta, casi con miedo de mirar dentro.

—Oh, sí, a veces me gusta dar un paseíto por la calle de los recuerdos —dijo la Sra. Dawson con una triste sonrisa mientras levantaba el álbum—. ¿Quieres pasear conmigo?

Y puso el álbum sobre las rodillas de Jake.

Jake levantó la cubierta con delicadeza. Las primeras dos páginas estaban llenas de fotografías escolares de Roger. En todas, tenía la misma expresión: una gigante sonrisa. Jake tomó otra galleta y la comió de dos bocados mientras miraba, cautivado.

La Sra. Dawson dio vuelta la página y frente a Jake estaba la foto de los dos chicos el primer día del quinto grado. Estaban uno al lado del otro, abrazados. Por algún motivo habían pensado que era *cool* ponerse la misma camiseta naranja brillante que habían usado en un campamento ese verano. Jake se quedó mirando la fotografía. Era el resumen perfecto de su infancia juntos: dos chicos inseparables.

—Sé que allí era realmente feliz —dijo muy resuelta la Sra. Dawson.

Sin duda, había llorado muchísimo, pero esta noche Jake podía ver que prefería centrarse en los buenos recuerdos. Intentó hacer lo mismo, pero al dar vuelta cada página se hundía cada vez más en la pena y la depresión. La señora siguió pasando las páginas y de repente, Jake sintió que le faltaba el aire al verse en una foto con Roger en la habitación del hospital después del accidente. Los dos sonreían y Jake abrazaba a su mejor amigo, que mostraba su pierna enyesada.

Ese accidente tendría que haber sido conmigo. El auto debía haberme arrollado a mí, gritaba la conciencia de Jake.

—Ese yeso era su escudo de honor —anunció la Sra. Dawson meneando la cabeza, mientras daba vuelta la página como había hecho con las demás.

¿Cómo podía tratar esto con tanta calma?, pensó Jake. *¿No sabe lo mucho que importa esa foto?* O tal vez lo supiera y por eso la había pasado.

—¿Por qué no te quedas con esta? A Roger le gustaría que la tuvieras —le decía la Sra. Dawson, sacando una linda foto de los chicos vestidos con su uniforme de fútbol

—Gracias —dijo Jake en un susurro. No había hablado en varios minutos.

—¿Podría darme la foto del yeso? —preguntó con timidez.

Ella le apretó la mano y luego, con dedos temblorosos sacó la vieja fotografía de debajo de la cubierta plástica. Jake la sostenía con delicadeza, porque no quería mancharla ni dejar marcas de dedos. La vida en esa época era tan simple. ¿Qué había pasado? Pero ya sabía la respuesta... Había pasado que se hizo popular. Había pasado Amy. Habían pasado fiestas, amigos más *cool* y en nada de eso estaba incluido Roger. Si tan solo pudiera volver atrás...

La Sra. Dawson interrumpió sus pensamientos otra vez.

—Jake, gracias. Te echaba de menos.

Habían llegado a la última página del álbum, ella volvió a dejarlo sobre la mesa ratona, y cerró los paquetes de galletitas a medio comer.

Jake no podía dejar de mirar el yeso y la sonrisa de Roger. Le temblaba la mano y sentía un nudo en la garganta.

—Sra. Dawson —balbuceó—. Lamento no haber sido mejor amigo para Roger. No... no sabía que...

Ni siquiera podía mirarla a los ojos. La señora se volvió a Jake y tomó la mano temblorosa del chico. La foto cayó al piso. Cuando Jake se inclinó frente a ella para levantarla, la mujer le tocó el hombro y lo miró a los ojos.

—Ninguno de nosotros lo sabía. Y yo era su madre. Él era mi hijo —susurró.

Caían lágrimas de sus ojos, y ella intentó recomponerse mientras Jake apartaba la mirada. Por mucho que sufriera él, no era nada en comparación por lo que estaría pasando la mujer. Ya había sufrido el abandono de su esposo, y ahora había perdido un hijo. Por impulso Jake abrazó a la Sra. Dawson, como si quisiera compensar el patético abrazo que le había dado en el funeral. Permanecieron abrazados, en duelo por su pérdida mutua, durante varios minutos.

Fue en ese abrazo que se le ocurrió una idea a Jake. Después de contársela a la Sra. Dawson, ella con todo gusto le prestó varios de los álbumes de fotos de Roger. Aunque Jake no había estado allí en el momento de mayor necesidad, la vida de su mejor amigo no caería en el olvido.

Sentado en su dormitorio a las 2 de la mañana, y con el libro de física sin abrir todavía, Jake escaneó una pila de fotos que guardó en su computadora. En la pantalla estaba la página de MySpace de Roger. Y con letras grandes junto a la foto de Roger en el último año de la secundaria, Jake había escrito "Haz que mi vida importe". Incluso si nadie entraba jamás en la página, el simple ejercicio transformaba el nubarrón de culpa de Jake en una pasión ardiente por no dejar que nadie más cometiera el mismo error.

31

POR LO GENERAL, si Jake no dormía sus ocho horas normales, terminaba como zombi al día siguiente. Pero hoy el peso que había estado cargando durante semanas, se había reducido a prácticamente nada. Estaba tan entusiasmado por el nuevo sitio Web que se quedó hasta casi las cuatro de la mañana para terminar con lo de Física. Pero nadie habría podido adivinar que solo había dormido dos horas. La parte más difícil del día fue no contarle a nadie sobre su proyecto, porque estaba decidido a solo esperar y observar a ver qué pasaría. Iba a dejar que el sitio hablara por sí mismo.

Después de Física (donde sacó 16 sobre 17 puntos en la tarea), Jake se encontró con Jonny fuera de la clase de biología de primer año y juntos se dirigieron hacia el lugar del almuerzo en el parque de la Secundaria Pacific. Jonny había cambiado drásticamente en todos los aspectos durante las últimas semanas. Atrás habían quedado los días en que vestía siempre la sudadera con capucha negra. Ahora, se veía como cualquier otro chico, con sus jean y su camiseta. Y no porque Jonny quisiera ser uno más. Tenía cosas que volvían loco a Jake, pero también la capacidad de hacerlo reír como nadie. Lo que había comenzado con un gesto de Jake para ser amable, se había convertido en la amistad más genuina que hubiera tenido Jake desde Roger.

Jake se puso contento cuando vio que Jonny empezaba a llevar mangas cortas. Más que una respuesta al calor, esto representaba un cambio en la perspectiva de Jonny, y demostraba que las cicatrices sí pueden sanar. Jake y Jonny estaban unidos en un nivel más profundo a causa de Roger, y podían compartir su tristeza y lamentos además de los chistes y los lindos recuerdos que tenían con él. Se hacían bien mutuamente.

Mientras caminaban juntos por el parque, Jonny iba hablando del riesgo de las mutaciones genéticas del virus de la gripe y de cómo podía llegar a convertir a nuestras mascotas en bichos gigantes como las Tortugas Ninja. Jake sonreía y le seguía el juego, preguntando cosas como qué habría que darles de comer, si alimento balanceado u otra cosa, y si comprar una tortuga sería buena inversión dadas las circunstancias. No era que Jonny creyera en todo esto, sino que le encantaba explorar todas las posibilidades.

De repente, Jonny dijo:

—¿Te parece bien llevar ropa interior con estampado de corazones?

Nada de lo que dijera Jonny podía sorprender demasiado a Jake, pero esta sí que no la esperaba.

—¿Qué? —dijo por lo bajo Jake, esperando que se diera cuenta de que había preguntas que no debían hacerse en voz alta.

Pero Jonny no iba a darse cuenta de eso. Se levantó la camiseta y tiró hacia arriba del elástico de sus calzoncillos, que tenían lindos corazones de color rosado.

—Mi madre los compró ayer en liquidación —explicó hablando fuerte mientras tiraba más y más del elástico—. Espero que no fueran de segunda mano —y su rostro expresaba verdadera preocupación ante esta posibilidad.

Jake echó una mirada a un grupo de chicos que andaban en patineta, y que empezaban a reír. Le bajó la camiseta a Jonny tan rápido que se le cayeron algunas lentejuelas.

—¡Cuidado! ¡Mis lentejuelas!

Jake rodeó el hombro de su amigo con el brazo y rápidamente lo alejó del público, que iba sumando más y más chicos.

—Oye, ¿qué sucede allí arriba? —bromeó Jake mientras en chiste estrangulaba a Jonny y golpeaba su cabeza como llamando a la puerta. Cuando más corregía a Jonny, más veía que no le importaba lo que dijeran los demás, ni cómo se veía ante ellos. Era una hazaña que Jake todavía no podía lograr.

—¿Qué sucede dónde? —preguntó Jonny con inocencia mientras se zafaba de las manos de Jake y se frotaba el cuero cabelludo.

Jake sólo meneó la cabeza y sonrió.

Cuando cruzaban el centro del parque, Jake vio que Danny y Kelsi se dirigían hacia donde estaba su grupo de drogones, ocultos bajo la escalera. Los observó e imaginó qué sentirían, envueltos en su nube de euforia química. A lo largo de los años Jake había fumado uno que otro porro, pero ahora todo ese asunto le parecía asqueroso: esconderse con un grupito en algún lugar de la escuela, encender un rollito de papel para chupar humo, esperar esa euforia que siempre era pasajera. Jake sabía que lo que realmente le daba entusiasmo era su nuevo grupo de almuerzo. Eso no era pasajero. Era algo que te acompañaba todo el tiempo.

—¿Esos no están en el grupo de jóvenes? —preguntó Jonny, interrumpiendo sus pensamientos.

—See... bueno, algo así —admitió Jake, mirando a Jonny nuevamente.

—Pero tú te ves muy distinto a ellos —comentó su amigo, como al pasar.

No tenía idea de que sus palabras eran el mejor elogio para Jake. No le hacía falta una respuesta, pero Jake contestó de todos modos:

—Todavía estoy tratando de resolver todo esto.

Después de todo, habían pasado dos meses nada más desde que Jake estuviera en la posición de Jonny, diciendo cosas parecidas. Los chicos pasaron ante un cartel grande que anunciaba el primer baile en pijama, que sería pronto. El Club Social de la Secundaria Pacific parecía haberse quedado sin ideas. Jake descartó la idea de ir, pero Jonny se detuvo y leyó el cartel con atención. Luego miró a Jake, un tanto inquieto.

—¿Qué pasa? —preguntó él.

—¿Alguna vez invitaste a una chica? —quiso saber Jonny.

—¿Te refieres a una cita? —quiso saber Jake, hablando en voz baja como si se tratara de información secreta.

Jonny asintió. Seguía mirando fijo a Jake.

—Sí, una o dos veces —respondió Jake, y sonaba como experto en la materia.

En verdad, solo había invitado a Amy, y eso después de que ella diera el primer paso. Pero no veía necesidad de añadir tales detalles a la conversación en este momento.

Jonny miró hacia abajo durante un momento, pensativo.

—¿Crees que Andrea vendría conmigo? —murmuró finalmente.

—¿Andrea? —repitió Jake, asombrado.

Lo primero que pensó fue que Andrea no tenía nada que ver con el estilo de Jonny. Pero en realidad, tenía sentido. Por naturaleza era afectuosa, y lo más probable era que fuese la primera chica que le prestara atención a Jonny. Mientras Jake evaluaba todo esto, la cara de Jonny se había puesto blanca como un papel, y parecía que se había olvidado de respirar. Jake entonces le dio una palmada en la espalda. Después de todo, lo que necesitaba Jonny no era alguien que le dijera que fuese realista, sino un compañero.

—¿Tienes ya una estrategia de juego? —le preguntó, guiñando el ojo y con una sonrisita cómplice. Ya tenía algunas ideas.

Jonny negó con la cabeza.

—No. ¿Qué es una estrategia de juego? —preguntó, como pidiendo disculpas por su ignorancia.

Apoyando el codo sobre el hombro de Jonny, Jake puso su cabeza junto a la de su amigo mientras caminaban lentamente hacia donde estaba el grupo del almuerzo.

—Mira —dijo Jake sonriendo como un gurú—. Si puedes lograr que se sientan valiosas como el oro, se convierten en masilla en tus manos.

Jake frotó sus manos una contra otra y luego señaló a Jonny, para remarcar lo que decía. —Y te digo, amigo mío, que tengo la idea perfecta para ti.

De nuevo, la sonrisa inocente de Jonny. Le brillaban los ojos.

—Está bien... pero, ¿estarás allí?

—Por supuesto —dijo Jake, irguiéndose bien alto. Luego, con un dedo contra las costillas de Jonny, añadió—, por supuesto que no. Tendrás que volar solo en esta. Pero te ayudaré a prepararte.

Habían llegado al lugar de reunión para almorzar y Jake vio que Jonny se sentaba junto a Andrea con cara de entendimiento. Ella lo abrazó, tal vez sin siquiera imaginar lo que le sucedía por dentro al sentir los brazos de ella alrededor de su cuello. O tal vez sí lo supiera. Jake sonrió, imaginando las posibilidades.

32

DING DONG

El sonido del timbre resonó en toda la casa de Andrea. Sobre el escalón de la entrada había un gran bloque de hielo con un martillo apoyado a un costado. Temblando de miedo, Jonny retrocedió unos pasos, corriendo para ocultarse tras un prolijo arbusto, un escondite perfecto desde donde podría observarlo todo sin que lo vieran.

Había pasado gran parte de la tarde con Jake, preparando este plan. Jake le había dado un 100 por ciento de garantía respecto de que Andrea quedaría blandita como arcilla en sus manos. Jonny quería esperar un poco, pero Jake le había dicho que cuanto más tardara en invitarla a salir, más difícil sería.

Jonny espió de entre las hojas y se secó las manos sudorosas en sus jeans. De repente, oyó unos pasos y se abrió la enorme puerta de roble, a solo tres metros de su escondite. Contuvo el aliento y volvió a secarse las manos.

—¿Qué es esto? —dijo una voz desconocida, mucho mayor que la de Andrea.

Jonny temblaba, y se irguió apenas para poder ver por encima del arbusto. Allí, de pie, había una versión mayor de la chica de sus sueños. Era la madre de Andrea.

Levantó el martillo y Jonny dio un respingo. Se apoyó contra las ramas espinosas del arbusto, jadeando de nervios y reprochándose por lo bajo. Cerró los ojos y se acurrucó como si fuera un balón, como si esperara una explosión.

—Estúpido Jake. Mejor que no se trate de una broma —murmuró—. Juro que le romperé el parabrisas con ese martillo.

Pero la madre de Andrea se dio vuelta hacia la casa.

—Andie, ¿tú sabes lo que es esto? —gritó hacia dentro de la mansión.

Jonny oyó entonces la risa de Andrea y se levantó un poco para espiar. Allí estaba, con ese lindo top de puntillas que había llevado a la escuela. Pero ya no tenía las botas de vaquero. Sus piecitos estaban descalzos, pisando los mosaicos helados de la entrada. Jonny suspiró y se relajó un poco, pero volvió a secarse las manos en sus jeans, ahora empapados.

—¡Vamos a ver! —y tomando el martillo de las manos de su madre, dio un fuerte golpe al bloque de hielo.

Jonny abrió los ojos al ver que volaban trocitos de hielos por todas partes y quedaba a la vista el contenido del bloque. Después de otro golpe titánico, todo el hielo se partió y quedó una linda margarita sobre el felpudo de la familia Stephens.

En ese momento, Jonny respiró hondo y empezó a erguirse. Pero luego, dudó. Jake le había explicado con toda claridad que la flor marcaría el momento en que tenía que salir del escondite y hablar. Pero la madre de Andrea seguía allí, en la puerta, observando todo. Le temblaban las piernas cuando finalmente salió detrás del arbusto y avanzó por el camino de entrada. Sacó instintivamente una tarjeta pequeña de su bolsillo trasero y empezó a leerla mientras Andrea levantaba la flor con toda ternura.

—Hmmm... ahora que rompimos el hielo, ¿qué te parece si te invito a salir? —recitó Jonny, nervioso y con los ojos fijos en la tarjeta.

La madre de Andrea lo miró con curiosidad. La verdad es que su presencia no era de ayuda para que Jonny dejara de temblar.

Silencio.

Uno...

Dos...

Tres...

Parecían tres años en lugar de tres segundos. Con los brazos a los costados Jonny volvió a respirar hondo. Arrastraba un poco el pie izquierdo como si estuviera preparándose para darse vuelta y salir corriendo hacia la calle.

La madre de Andrea le dio un suave codazo a su hija, y la chica dijo:

—¡Oh! ¡Qué dulce! —y con una risita añadió—. Eh... ¡claro que sí!

Jonny sintió que se le aflojaban los hombros y las manos, mientras Andrea sostenía la margarita blanca como si fuera un bebé. Tenía todavía el martillo en la mano derecha. Y su mamá, a su lado, sonreía también.

—Bueno, entonces... ¡vamos! —dijo Jonny dándose vuelta enseguida.

—¿Ahora mismo?

Andrea miró a su mamá, que se veía sorprendida también. Pero la Sra. Stephens asintió, dando su aprobación, y dijo:

—Solo quiero que vuelvas para las diez.

La sonrisa de Andrea se diluyó apenas cuando retrocedió un paso nada más y dijo:

—Voy a buscar mis zapatos.

Su voz sonaba alegre, y entró corriendo en la casa.

La Sra. Stephens se volvió abruptamente hacia Jonny, y ya no sonreía.

—¿A dónde vas a llevar a mi hija?

Jonny miró la tarjeta automáticamente, como si allí estuvieran las palabras que necesitaba. No había nada de eso, y se quedó mirando fijo a la señora.

—Solo iremos a dar un paseo caminando —dijo Andrea, que estaba detrás de su madre ahora, con un par de sandalias en la mano.

Jonny sonrió, mostrándose ansioso por dar su acuerdo a tan oportuna sugerencia.

Sentado en su camioneta, unas casas más allá, Jake no podía oír lo que decían. Pero al ver que Andrea volvía con las sandalias en la mano, encendió el motor y se alejó discretamente. Ahora Jonny podía solo.

Jonny y Andrea caminaron despacio por el muelle de Oceanside, cada uno con su cono de helado de una de las heladerías cercanas. La casa de Andrea solo estaba a unas siete cuadras de la playa, de modo que sin auto las opciones eran el muelle o... el muelle, en realidad.

Tocó las monedas del vuelto que tenía en su bolsillo. Jake le había prestado veinte dólares y Jonny le había entregado con mucho orgullo al empleado de la heladería el dinero para pagar por los dos helados, como si estuviera haciendo lo que tiene que hacer el novio de una chica.

Pero toda su confianza se veía un tanto empañada por el lío que estaba haciendo. Mientras caminaba, el helado se derretía y chorreaba por su mano. Ya era bastante incómodo caminar mientras lamía el helado, pero además tenía que seguir a Andrea y mostrar que le interesaba su conversación. Empezaron a hablar sobre las tiendas donde se encontraban verdaderas gangas, y se limpió la boca con la manga para borrar el bigote de helado que se le había formado. Miró a Andrea por sobre su cono, que se veía muy diferente. Su helado de fresa estaba prolijo, armado, y ella lo lamía con elegancia como una profesional mientras lograba mantener una conversación fluida e interesante. Jonny meneó la cabeza, impresionado.

Caminaron por el puerto de Oceanside donde había hileras de barcos y lanchas amarrados frente a un bar y un restaurante con parrilla. Detrás, se veía el atardecer sobre el Océano Pacífico. Había parejas felices de todas las edades que caminaban de la mano por la estrecha rambla. A Jonny le temblaban un poco los dedos y quiso darle la mano a Andrea, pero la retiró antes de que ella se diera cuenta. Todo el tiempo se rascaba la cabeza, como si estuviera rastrillándose el cerebro para poder decir lo correcto, o como si se olvidara lo que ella acababa de decir porque estaba nervioso con el lío que había hecho con su helado.

—¿Quieres sentarte? —preguntó la dulce Andrea, rompiendo el vigésimo tercer momento de silencio de la tarde.

Jonny asintió y se sentó en un banco de madera junto a una anciana dormida que se había puesto una bolsa de basura a modo de poncho. Andrea era menuda, pero no podría caber entre ambos. Jonny miró sin saber qué hacer, porque la anciana despertó.

—¿Y si nos sentamos aquí, donde podremos entrar los dos? —rió Andrea mientras se sentaba en otro banco a un par de metros de allí. Palmeó el asiento con la mano, invitándolo a sentarse.

Jonny sonrió, un tanto avergonzado. Saludó con la mano a la anciana, todavía somnolienta y con un hilo de saliva que le caía de entre los labios. Se sentó junto a Andrea, del otro lado de la acera. Ella había dejado suficiente espacio para él, pero Jonny se sentó tan cerca de Andrea que sus hombros y sus rodillas se tocaban. Andrea sonrió y movió apenas las piernas mientras comía el cono del helado.

—¿Te gusta tu helado? —preguntó Jonny mientras seguía con la mirada a un grupo de surfistas que llevaban sus tablas por la playa.

—Ya me lo preguntaste cuatro veces —rió Andrea dándole un suave codazo en el estómago. Señaló las migas rojas en el helado granizado de Jonny—. Jamás había visto que alguien trajera sus propias chispitas a una heladería.

—Es que siempre me encantó el tocino —rió él, nervioso, mientras sacaba del bolsillo un frasquito y echaba un poco más sobre su helado—. ¿Seguro que no quieres probarlo? —preguntó.

Jake le había desaconsejado llevar el tocino, pero Jonny se negaba a ir a ninguna parte sin su "condimento" favorito. A juzgar por la enorme sonrisa de Andrea, vio que podía ponerse todo lo que quisiera con confianza.

Andrea meneó la cabeza y cubrió lo que quedaba de su helado con la mano, negándose amablemente a que Jonny le echara tocino encima. Jonny bromeó, haciendo que le echaba un poco sobre la falda. Al ver hacia abajo vio que tenía las mangas sucias de helado e instintivamente se las levantó para ocultarlas. De repente, Andrea dejó de reír.

Estaba mirando su muñeca: la misma que se había cortado con una hoja de afeitar durante años, y la misma donde había hecho tajos nuevos semanas atrás cuando su madre había llegado borracha a casa y durante media hora le gritó, después de un día bastante malo en la escuela. Jonny no se había cortado más desde que había conocido a Jake y Andrea durante ese almuerzo, pero las cicatrices horizontales de la muñeca todavía se veían con claridad.

Andrea se acercó y acarició las cicatrices con sus dedos menudos y delgados. Jonny quedó congelado. A ella no parecían importarle las cicatrices. Más bien, se veía muy en paz. Tocó las cicatrices con suavidad, mirándolas fijo. Jonny se bajó las mangas enseguida y le apartó la mano.

Andrea dijo entonces muy suavemente, y más en serio de lo que Jonny la hubiera visto hablar jamás:

—Sabes... yo antes también me cortaba.

Jonny apartó la mirada instintivamente porque le había caído un poco de helado en la otra mano. Pero abrió los ojos y quedó boquiabierto.

—¿Tú? —susurró.

Ella asintió.

—Mis padres se divorciaron cuando yo estaba en el octavo grado. Yo creía que era culpa mía.

Miró a Jonny con compasión, como conociendo bien lo que él sentía.

—Eso fue antes de conocer a Dios —continuó Andrea— Él me salvó la vida.

Andrea le levantó la manga delicadamente y Jonny no se lo impidió. Luego cubrió la muñeca con sus dedos, tapando las cicatrices.

—Las cicatrices sanan, ¿sabes? —dijo con voz cálida.

Lo miró a los ojos. Andrea tenía ojos castaños. A Jonny ya no le temblaron las piernas, y no apartó la mirada esta vez. Se inclinó hacia delante, entrecerrando los ojos, y con los labios sucios de helado en gesto de beso.

Andrea levantó la mirada y enseguida puso su helado bajo la cara de Jonny. Como en cámara lenta, la nariz de Jonny se metió justo en el helado de fresa, y la bola cayó sobre la falda de Andrea. Asustado, Jonny se echó hacia atrás, y entonces su helado también cayó sobre la falda de Andrea. Allí quedaron las dos bolas de helado, derritiéndose lentamente sobre la falda de jean, mientras Andrea y Jonny se miraban, horrorizados.

—¡Oh, Jonny! Pensé que éramos amigos, nada más. Lo siento tanto... —dijo ella casi sin aliento.

Miró el desastre que tenía en la falda y trató de sacarse el helado con las manos. Jonny, asustadísimo, tomó el helado con la mano y lo volvió a poner en su cono. Andrea echó su cono en un bote de basura que había detrás del banco, y se limpió la falda con una servilleta de papel ya sucia y arrugada. Jonny trató de ayudarla, limpiándole la ropa con las manos pegajosas y sucias.

—No... eh... está bien, Jonny —dijo ella, y apartó la mano de él.

Ambos permanecieron allí, sin moverse, mirando hacia el frente durante lo que pareció una eternidad. Jonny seguía allí, con las manos sobre las rodillas, temiendo mirar a Andrea.

Observó un yate que salía del puerto lentamente, como si deseara poder irse lejos a una isla desierta, donde pudiera morir de hambre.

Se oía el ruido de los grillos, los segundos pasaban, y por las manos de Jonny corrían las gotas del helado derretido de chocolate y vainilla. Volvió a mirarse las chispas de tocino que tenía pegadas en los nudillos. ¿Qué podía hacer? Encogiéndose de hombros, miró su helado casi derretido del todo, e instintivamente sacó la lengua y lo lamió con gusto.

DESPUÉS DE VER QUE JONNY lograba la cita con Andrea, Jake se sintió muy orgulloso de su joven protegido. Al mismo tiempo, tenía que admitir que también él quería tener con quién pasar la noche del viernes.

Se detuvo en el gimnasio de camino a su casa. Desde la pelea con Doug, Jake prefería ejercitarse y levantar pesas en el gimnasio de la YMCA. Le gustaba más la sala de pesas de la Secundaria Pacific, por conocida y pequeña, pero no valía la pena enfrentarse a Doug otra vez. Tendría que soportar el gimnasio lleno de hombres de mediana edad vestidos con calzas, ahora que faltaba tan poco para partir hacia Louisville.

Así, mientras la mayoría de sus amigos pasaban el fin de semana en la fiesta del momento, Jake levantaba pesas y descargaba su agresión en el banco. El hierro frío contra las palmas de sus manos servía de compañía de viernes por la noche, mientras repetía la rutina de abdominales, laterales, oblicuos y demás. Una hora después, salía con su camioneta hacia la casa de los Taylor, sintiéndose cansado, pero bien.

Hasta que vio a Amy.

Allí estaba, sentada a solas en el cordón de la acera de su casa. Llevaba puesta la chaqueta del equipo de Doug, y un vestidito rojo que a Jake siempre le había encantado. El Jeep negro de Doug estaba estacionado a uno o dos metros de ella, pero no se veía a su dueño. Jake miró a su alrededor, para asegurarse de que no estuviera.

Jake estacionó su camioneta y salió, vacilante. Lo invadió una ola de emociones al acercarse a Amy. La cara de ella tenía dos manchones negros, donde las lágrimas habían disuelto su maquillaje para pestañas. Cuando Jake se acercó, pudo detectar el bien conocido olor a alcohol mezclado con perfume.

—Amy, ¿estás bien? —preguntó Jake mientras se sentaba tentativamente junto a ella. Amy no objetó.

—Te eché de menos en la fiesta —balbuceó ella sin dejar de mirar la alcantarilla.

—Hace más de un mes que no voy a una fiesta —le recordó él.

—Lo sé.

Jake miró la chaqueta de Doug. Era casi idéntica a la suya, con los mismos escudos y prendedores de campeonato, menos dos que era motivo de orgullo para Jake: un emblema que no era de su escuela, y un escudo de Mejor Jugador de la liga. La única diferencia que esta noche notó, sin embargo, eran las cuatro letras que lo insultaban desde el bordado del frente: D-O-U-G. Jake hizo una mueca.

—¿Dónde está Doug?

—En la fiesta. Probablemente borracho o inconsciente ya —dijo Amy con una risa burlona, indiferente. Le mostró las llaves de Doug—. Robé su auto.

Jake no pudo evitar reír. Los dos permanecieron sentados, incómodamente en silencio. No era una noche fría, pero Jake se estremeció por la brisa fresca contra su ropa deportiva empapada de sudor. Pero aún en esa quietud, se sentía bien al estar cerca de Amy otra vez. Fuera cual fuera la razón por la que había venido esta noche, Jake estaba agradecido.

Eventualmente, Jake la miró por un momento. Ella le devolvía la mirada, como si hubiera estado esperando que él girara la cabeza para mirarla. Fue la primera vez que estaban tan cerca desde aquel día en que ella le había dicho adiós en la iglesia. El corazón de Jake latía con fuerza, esperando a que Amy hablara.

Y entonces, ella dejó caer la bomba.

—Jake, estoy embarazada —dijo con voz quebrada.

Jake sintió como si un puño gigante le hubiera pegado en el estómago, y quedó sin aliento. Estudió el rostro de Amy, esperando que dijera algo. Pero ella no decía nada. A Jake le ardían los ojos y se inclinó hacia delante para que ella no lo viera llorar. Sabía que Amy esperaba una respuesta, pero lo único que pudo balbucear fue:

—¿Estás segura?

Ella asintió lentamente, y dijo en voz más baja que antes.

—Este mes no menstrué. Me hice cuatro de esos análisis caseros. Estoy segura.

La ira que Jake sentía hasta entonces hacia Doug no era nada comparado con la furia que ahora se levantaba en su interior. Jake y Amy casi siempre se habían cuidado para asegurarse de que no sucediera algo como esto. Y en pocas semanas, Doug había llegado para aprovecharse de ella. ¿Por qué viene a decírmelo, a refregármelo en la cara? Jake sintió que quería destrozar algo, o a alguien, y cerró el puño. Con los nudillos blancos y los tendones del brazo tensos y abultados, solo podía ahogar el grito que surgía de su pecho y se anudaba en su garganta. Quería matar a Doug.

Y luego, como si estuviera leyéndole la mente, Amy lo miró directamente a los ojos.

—Es tuyo, Jake —dijo con voz débil.

Jake volvió a quedar sin aliento, como si le hubiera pegado una fuerza invisible.

—¿Qué hay de Doug? —tartamudeó.

—Nosotros... nunca... —susurró Amy, apagada.

Jake puso las manos sobre sus rodillas y se inclinó hacia atrás, recostado contra el frío pavimento tratando de encontrarle sentido a todo esto. Era un alivio para él que Doug y Amy no hubieran... pero eso no le quitaba el peso a la situación. Resopló con la fuerza de un ventarrón, sin poder expresar con palabras nada inteligente.

—Wow... ¿y lo sabe tu mamá? —dijo torpemente.

Amy se levantó y dio unos pasos.

—Mamá me mataría —chilló, llena de pánico—. Tenía mi edad cuando me tuvo a mí. No sé cuántas veces me advirtió que tuviera cuidado —y se pasó la mano por las mejillas, desparramando más maquillaje de ojos por su piel tersa y suave.

Jake sintió que todo daba vueltas, como si un meteoro lo llevara por el espacio. Si no se calmaba, todo se derrumbaría en su interior. Quería decir algo pero solo pudo pronunciar:

—Wow...

—Sí, ya dijiste eso —respondió Amy, más recuperada ahora—. Mira, es más de lo que queremos enfrentar en este momento, así que he decidido que no lo tendré. Solo quería que lo supieras.

—¿Eso es todo? —dijo Jake levantándose para mirarla—. ¿No es algo que tenemos que decidir JUNTOS? —y avanzó un paso hacia ella, bajando el volumen y tono de su voz.

—¿JUNTOS? ¡Jake! No nos hemos hablado en un mes y pronto te irás a Louisville —retrucó Amy en voz tan alta que hasta los vecinos podían oírla. —Tomarás el bolso ese con el logo del pajarito, y seguirás adelante con tu vida... más de lo que lo hiciste hasta ahora.

—Pero, ¿qué hay de...? —empezó a decir Jake, pero luego lo entendió.

¿Es que no vendrá a Louisville, entonces? Secretamente había estado esperando el día en que volverían a estar juntos en la universidad, a cientos de kilómetros de Doug y de todos los

otros problemas. Dio un paso atrás, tratando de entenderlo todo.

—Jake, ¡no voy a tener este bebé! —exclamó Amy, haciendo caso omiso a la pregunta de él. Sacó las llaves del Jeep de su bolsillo y comenzó a jugar con ellas en la mano.

—No es que quiera decirte qué debes hacer, pero es mi...

—No es decisión tuya —dijo Amy pasando bruscamente junto a él al dirigirse hacia el Jeep.

—¡Amy! ¡Espera! —rogó Jake, avanzando de un salto hacia ella.

Amy giró sobre sus talones. Su rostro era un callado grito de resentimiento. Jake la seguía hacia el auto.

—Amy, creo que esto es algo de lo que tenemos que hablar —dijo con voz calma, pero firme.

Amy negó con la cabeza y se dispuso a abrir la portezuela del auto.

—Es mi cuerpo, Jake. Y mi futuro —sentenció.

Jake puso su mano suavemente sobre el hombro de Amy.

—Lo sé. Pero no quiero que te apresures.

—¿Sabes lo que me pasará si conservo al bebé? —preguntó ella, ignorando su gesto de afecto mientras abría la puerta y subía al Jeep.

—¿Qué?

—¿Alguna vez viste a una mujer embarazada? Es difícil de ocultar —exclamó Amy, amargada. Y luego susurró—: No me hagas esto, Jake.

Amy soltó el freno de mano y el auto avanzó, con la portezuela abierta. Jake se acercó un poco más, y apoyó la mano en el respaldo del asiento. Dijo en voz muy suave:

—¿Qué hay del bebé?

Amy trató de cerrar la puerta, pero Jake la detuvo y apartó su mano de la manija.

—¡Genial! —gimió ella entre sollozos—. ¡Hazme sentir peor todavía!

Encendió el motor, con la puerta todavía abierta, y puso primera mientras le echaba una mirada llena de odio a Jake. —Supuse que todo esto de la religión te haría más comprensivo, pero veo que me equivoqué.

Era la gota que rebalsaba el vaso. Jake retrocedió y soltó la puerta, sin saber qué hacer. No quería pelear con Amy. Deseaba conversarlo con ella, nada más.

—Espera, Amy, lo lamen... —susurró.

Amy cerró dando un portazo y gritó por la ventanilla:

—¡Déjame sola, Jake! ¡Aléjate!

El auto salió a toda velocidad y Jake quedó solo en la acera.

—Amy, lo siento —dijo en voz de ruego por lo bajo mientras observaba cómo se alejaba y daba vuelta a la esquina.

Como envuelto en una neblina de confusión, Jake caminó lenta y pesadamente hacia la puerta de entrada de su casa. Quería refugiarse en su dormitorio. Al menos allí no podría estropear nada con nadie. Daría lo que fuera por poder tener otra oportunidad respecto de los últimos quince minutos, pero aún así, no sabía bien qué otra cosa podría haber hecho.

Antes de que tocara el picaporte, la puerta se abrió y vio que su madre estaba allí parada, como helada. Tenía los ojos colorados porque había estado llorando. En una mano sostenía una maleta pequeña de color marrón, y en la otra, un pañuelo entre dedos temblorosos.

—¿Mamá?

Jake la miraba como si la envolviera la niebla y ella le sonrió apenas y luego pasó junto a él, dirigiéndose a su BMW, estacionado en la entrada de autos. Jake se corrió para permitirle el paso.

—Mamá, ¿qué pasó?

Ella lo miró por un momento y luego volvió para ponerle la mano en el hombro. Le besó la frente con ternura, pero sin decir palabra, volvió a su auto.

—¡Mamá! ¡Espera! Dime qué pasó —pedía Jake, aunque casi deseaba no oír nada. Sus padres ya habían tenido muchísimas peleas, pero jamás había visto que alguna resultara en algo como esto. La mirada de total resignación en los ojos de su madre lo asustó.

Su mamá lo miró, como si fuera a decirle algo. Pero no dijo nada, y con las lágrimas rodando por sus mejillas, abrió la puerta trasera del auto y metió su maleta dentro. Luego se subió, y desde el asiento delantero dijo con voz ronca por la puerta todavía abierta:

—Amor, en este momento no puedo.

Cerró la puerta, pero antes de que se trabara dijo en voz baja:

—Estaré en lo de la tía Judy.

Jake permaneció de pie en la entrada de autos de su casa, sin saber qué hacer, por segunda vez esa noche. Vio cómo su madre retrocedía hacia la calle y se alejaba luego por el mismo camino por el que se había ido Amy momentos antes. Al ver que desaparecían las luces traseras cuando dio vuelta a la esquina, la confusión y tristeza de Jake se convirtió en ira. Con Amy era él la raíz del problema, pero con su madre sabía exactamente quién tenía la culpa.

—¡Papá! —gritó mientras entraba en la casa dando un portazo. Entró en la sala hecho una tromba, y desde allí fue a la oficina de su padre. Tras el enorme escritorio de caoba, Glen estaba sentado en la oscuridad, sosteniendo un vaso medio vacío en una mano y una botella casi vacía de Jack Daniels junto a él. Estaba hecho un desastre, totalmente despeinado. La corbata estaba en el piso y sobre el escritorio había desparramado el contenido de su portafolios.

—¿Qué le hiciste a mamá? —preguntó Jake, más acusante que por indagar, mientras miraba a su padre desde arriba porque se había colocado detrás del escritorio.

Su padre dejó el vaso y se inclinó hacia delante. Se pasó las manos por el cabello, pero evitaba mirar a Jake a los ojos.

—Esta vez se enojó mucho —balbuceó con voz ronca de ebrio.

—¿Qué pasó? —preguntó Jake acercando su rostro al de Glen mientras se apoyaba sobre el escritorio. Ahora Jake estaba del otro lado del paredón de fusilamiento y no tenía ánimo de mostrar compasión alguna.

Glen se tomó unos minutos antes de hablar. Luego, pronunció con la voz quebrada:

—Tu madre me pescó con otra mujer.

Desvió la mirada para no ver la condenación en los ojos de su hijo, y volvió a echarse en su carísimo sillón de cuero.

—¿Qué cosa? —gritó Jake.

—Quiere que me vaya de casa.

Esas palabras fueron como si le golpeara en el estómago una enorme bola de hierro, de las que se usan para derribar edificios. Sentía que no tenía nada dentro. Dio unos pasos hacia atrás y quedó apoyado contra el marco de la puerta.

—¿Cómo pudiste?

—No lo sé... pero es un camino de doble sentido, no soy solo yo —trató de defenderse su padre, aunque no muy efectivamente.

Jake miró a su padre, asqueado. El hombre que siempre tenía todas las respuestas, ese que se sentía con derecho y deber de darle ilimitados consejos, incluso ahora trataba de echar parte de la culpa a su madre. Era patético.

—¿Cuánto hace ya? —a Jake le hervía la sangre de solo pensar en su padre con otra mujer. La idea de que se divorciaran nunca le había parecido gran cosa, pero le daba asco pensar en que su padre durmiera verdaderamente con otra mujer.

—Un año y medio. Pero ya habíamos cortado. Decidimos hacerlo. Intenté decírselo a tu madre, pero no quiso escucharme.

¿Cómo se atreve a hacernos esto?, pensó Jake, y luego recordó que cuando era pequeño siempre había querido ser como su papá cuando fuera grande. Ahora, en cambio, quería pegarle.

—No te puedo creer, ¿sabes? —dijo Jake escupiendo las palabras mientras hacía volar por el aire todos los papeles que había sobre el escritorio—. ¡No quiero verte ahora! —y con el dedo índice a centímetros de la nariz de su padre, se quedó allí, enfrentado a él, transmitiendo en ese pequeño espacio todo el odio que sentía.

Sin embargo, después de un minuto, Jake quedó vencido por el agotamiento. Dejó caer la mano al costado del cuerpo y con un gesto de cansancio se volvió hacia la puerta.

—¡Jake! —le gritó su padre, enojado, desde el escritorio.

Jake se detuvo bajo el umbral, negándose a darse vuelta para escuchar las últimas palabras de su padre.

—Lo siento, hijo... No fue mi intención herir a nadie.

Jake meneó la cabeza y dijo:

—Ya es demasiado tarde para eso.

Subió las escaleras a zancadas, dejando a su padre sentado en la oficina mientras sus pasos resonaban en la casa vacía.

Jake no durmió mucho esa noche, ni la siguiente, ni la siguiente a esa. Permanecía en la cama, decepcionado y preguntándose cómo había llegado a caer tan bajo su vida. Apretaba la almohada entre sus puños pensando en sus padres, y luego ahogaba su llanto en ella, gimiendo al pensar en Amy.

¿Cómo pude ser tan estúpido?

¿Cómo permitieron que sucediera esto?

¿Cómo pudo hacer esto Papá?

¿Qué tengo que hacer para arreglar las cosas con Amy?

¿Por qué no me devuelve el llamado Mamá?

¿Llamo a Amy? ¿O no debo llamarla?

Su mente daba vueltas todo el tiempo, persiguiéndolo y con pausas dedicadas a las imágenes de Amy con Doug, que lo atormentaban. También, imágenes de su padre con una desconocida, y hasta de Jonny con Andrea.

Las horas pasaban muy lentamente, sin respiro, a excepción del loco ritmo de su estéreo y la tediosa monotonía de la televisión. Encerrado en su cuarto a oscuras, Jake no tenía percepción de la diferencia entre el día, la noche, el día nuevo... Ni siquiera fue a la iglesia, y fue la primera vez que se ausentaba desde que había empezado a ir. El fin de semana pasó muy despacio, y para el domingo a la noche Jake se sentía como piltrafa.

34

POR FIN LLEGÓ LA MAÑANA DEL LUNES y Jake caminaba pesadamente por el estacionamiento de la Secundaria Pacific, confundido. Le pesaban los libros como si fueran pesas de cincuenta kilos. Y aunque no tenía ganas de estar en la escuela, los dos días de encierro en su habitación casi le habían parecido como si estuviera preso. Su mente ahora quería distraerse de la historia de horror en la que se había convertido su vida. Hasta la molesta voz de la Sra. Holmes en la clase de física sería mejor que las voces que lo acosaban en su cabeza. Se vio reflejado en una ventanilla de auto. Se veía terrible. Esa mañana se había puesto una camiseta y un par de jeans, sin peinarse ni lavarse los dientes. Cualquier cosa que implicara más esfuerzo que respirar, ahora le parecía insignificante, agotador.

Jonny apareció corriendo desde atrás, y lo sacó de su estupor letárgico.

—¡Jake! ¡Jake! —dijo tironeando de su camiseta—. ¡Tengo problemas, y enormes!

Jake sonrió mecánicamente y siguió caminando. Problemas enormes... era la moda de esa semana. ¿Qué problemas podía tener Jonny? Tal vez había olvidado otra vez cuál era la combinación de la cerradura de su armario, o no podía avanzar de nivel en un videojuego. Jake no tenía ánimo ahora para rescatar a Jonny. Siguió caminando un poco más rápido.

Jonny hizo lo mismo, con pasos largos a la par de Jake, sin preguntarse el por qué, pero hablando ahora en voz más fuerte:

—Es Andrea. Me metí en un lío tremendo —se quejó—. No tendría que haber llevado los trocitos de tocino... pero eso no es lo que me preocupa.

Jonny siguió y siguió, explicando en detalle la catástrofe de lo que había sucedido dos noches atrás. Sin embargo, los desacuerdos con Amy y los sermones de su padre le habían enseñado a Jake la habilidad de asentir, sin escuchar de veras. Habían pasado ya tres minutos y ni siquiera tenía idea de qué hablaba Jonny. Jake miraba al frente, y dio vuelta a la esquina en el corredor, hacia la clase de inglés.

—... y bueno, intenté besarla —imploraba Jonny—. Digo, es que ella me tomó la mano, o el brazo, y oh... pensé que lo que quería era... ¡soy un idiota! ¿Qué hago ahora? —preguntó, moviendo las manos en el aire como loco.

Jake oyó eso del beso. La ayuda a Jonny para que consiguiera salir con Andrea pertenecía a otro mundo, otro tiempo, y el cerebro de Jake realmente no podía hacer el esfuerzo de volver hacia atrás. Siguió caminando en silencio al lado del desesperado Jonny por los pasillos de la escuela. Y finalmente, vio que tenía que decir algo:

—Como quieras —murmuró sin detenerse.

—¿Como quiera? ¡Lo que yo quiera! Jake, ¡esto es importante! Acabo de arruinar mi única oportunidad —estalló Jonny parándose delante de Jake—. ¡Tienes que ayudarme, amigo!

Le temblaba el labio inferior y tenía los ojos abiertos como platos. Pero Jake se detuvo abruptamente frente a su aula y lo miró, sin verlo.

—¿Qué te pasa hoy? —insistió Jonny.

Jake miró al piso, tratando de concentrarse. La ira que durante toda la semana había estado latente en su interior, empezó a bullir una vez más, y antes de que pudiera pensarlo siquiera, escupió palabras con rabia:

—¿Quieres saber qué me pasa? Te lo diré —dijo, mostrando los dientes—. No importa si te fue mal. No importa si no le gustas a la chica. No importa si no te habla nunca más. Todo es tan estúpido, muchacho.

— ¿Qué?

Por primera vez, Jonny se había quedado sin palabras.

—Mira —siguió Jake sin pensar en él—. Supongo que no le gustas. ¡Oh! No habría funcionado, de todos modos —y palmeó la espalda de Jonny como si le hubiera hecho un favor.

Jonny le quitó la mano del hombro y con expresión de furia miró a los estudiantes que pasaban junto a ellos hacia el aula.

—La verdad, es que como amigo apestas —murmuró en voz baja.

Jake sabía que Jonny estaba más herido que resentido, pero como ya no tenía fuerzas, esas palabras lo hartaron. ¿No tenía idea este chico del sacrificio que había hecho él para llegar a ser su amigo?

—Seeee, claro, apesto —estalló Jake—. Y por eso te elegí. Por eso siempre te defiendo. Por eso te ayudé a conseguir una cita... una cita que arruinaste tú.

Había vomitado las palabras sin compasión, sintiendo toda la ira y toda la rabia que surgía de cada parte de su cuerpo y hacía erupción por sus labios.

—Y por eso no le dije nunca a nadie sobre... —su voz era ahora un susurro— tu problemita. —Y con sonrisa sarcástica, hizo gesto de cortarse el brazo.

Con cada una de sus crueles respuestas, Jonny se sentía peor y se retraía más. Pero la ira de Jake era contagiosa, y finalmente Jonny gritó:

—No te necesito... amigo. ¡Estaba perfecto antes de que vinieras a molestarme!

Se abrió paso a empujones en medio de la multitud de alumnos, y comenzó a correr apenas logró salirse de en medio.

Jake lo observó, y sintió como si cada paso de Jonny fuera un cuchillo de culpa que lo apuñalaba. Avanzó vacilante hacia la clase de inglés, evitando las miradas de los que se habían quedado viendo lo sucedido.

Del otro lado del edificio, Jonny llegó a su armario. Jadeaba, desesperado. Con dedos temblorosos, hizo girar la rueda de la combinación de su cerradura, pero solo logró abrir la puerta tras cuatro intentos. Cuando abrió su armario, sus dibujos con imágenes de violencia, tapizando las paredes interiores del mueble, le dieron una bienvenida oscura y siniestra. Los había dejado allí solo por negligencia, pero ahora miró fijo un dibujo en particular, ubicado en una de las puntas de la puerta: un hombre cubierto de sangre, que se hundía, o más bien era tragado por la tierra, y desesperadamente tratando de salir, buscando ayuda que no recibía. Había dibujado eso hacía ya un año, y Roger había posteado su adaptación en su página de MySpace, la noche antes de...

Jonny cerró los ojos y se apoyó contra el armario, como si estuviera dolorido. Buscaba fuerzas en la dureza metálica de su armario.

Lo sorprendió una voz, que desprovista de afecto le dijo:

—Bueno, al menos ahora te das cuenta.

Jonny se dio vuelta y cubrió con el cuerpo su oscuro santuario. Era Danny Rivers, el chico del grupo de jóvenes que siempre andaba fumando porros y lo había molestado durante años. Se había acercado como si fueran amigos. Jonny cerró enseguida la puerta.

—¿Qué? —dijo en tono brusco.

—Chris le dijo que fuera bueno contigo. Eras algo así como su pequeño proyecto —rió Danny, y se acercó mirándolo a los ojos con desprecio y malicia—. Supongo que no lo logró, ¿verdad?

Danny le dio una palmadita en la espalda y se alejó, sin darle importancia.

Sonó el timbre de llegada tarde, y entonces Jonny oyó que Danny decía por sobre el hombro y con tono burlón:

—No sabía que fueras artista.

JAKE SOBREVIVIÓ A LAS CLASES de la mañana en piloto automático, pasando de aula en aula sin siquiera un pensamiento consciente. De alguna manera, su cuerpo se dirigía hacia su asiento de costumbre en cada una de las clases, y logró pasar las primeras cuatro horas sin que nadie lo molestara. Tal vez, su aspecto desgreñado hacía que se mantuvieran alejados. Pero a pesar de eso, como no estaba en condiciones de soportar al grupo del almuerzo, después de Física caminó hacia el estacionamiento sin detenerse.

Al llegar a su camioneta, debió enfrentar un nuevo dilema: ¿A dónde iría? Definitivamente, no tenía ganas de ir a su casa. Había estado encerrado allí los últimos dos días. Además, le hervía la sangre de solo pensar en encontrarse con su padre. Así que se subió a la camioneta y condujo sin rumbo, siguiendo la corriente del tráfico, pasando semáforos en los cruces de calles sin detenerse. Y antes de que se diera cuenta, había estacionado en la calle de la casa de los Vaughn.

Chris estaba jugando al fútbol con Caleb en su jardín delantero. Llevaba puesta una camiseta y shorts de gimnasia y Caleb tenía una camiseta de Supermán, con una servilleta roja metida dentro del cuello sobre la espalda, a modo de capa.

Saltaba y se revolcaba en el césped, como un superhéroe hiperactivo. Jake vio con qué paciencia Chris buscaba el balón que Caleb pateaba hacia cualquier parte, y cómo abrazaba y besaba al pequeñito entre jugada y jugada. Rió cuando Caleb se esforzó por patear el balón y erró el tiro, cayendo de espaldas y riendo a más no poder. Chris lo levantó en brazos y lo echó al aire hacia arriba, mientras el niño reía y chillaba de contento.

Jake dudó en interrumpir este momento especial entre los dos. Con la mano todavía en la llave del motor, decidió que no los metería en sus problemas, y saldría de allí. Pero cuando estaba a punto de encender el motor, Caleb pateó el balón hacia la camioneta. Y cuando Chris se estiró para atajarla, vio a Jake y lo saludó con una enorme sonrisa. Luego pateó suavemente el balón hacia el niño. Un tanto aliviado, aunque no muy decidido, Jake se bajó de la camioneta y avanzó hacia ellos por la entrada de autos de la casa.

—¿No tendrías que estar en la escuela? —bromeó Chris mientras levantaba el balón y miraba a Jake con atención. Se agachó enseguida para hablar con su hijo:

—Oye amiguito, ¿qué tal si ayudas a Mami en la cocina por un rato?

Caleb no entendió la indirecta y corrió hacia Jake, con las manitos en alto como garras.

—¡AAARRR! ¡Soy un león! —y se echó con todas sus fuerzas contra la pierna de Jake, haciéndolo retroceder un poco. Luego, se aferró a su pantalón e hizo como si lo mordiera.

—¡Oh! ¡Ay! ¿Vas a comerme? —le preguntó Jake, sacudiendo la pierna y haciéndole cosquillas.

—¡No! ¡Prefiero las galletas! —exclamó el chiquito de tres años.

—Apuesto a que Mami te dará una galleta si la ayudas ahora —dijo entonces Chris guiñándole el ojo a Jake.

Caleb permaneció inmóvil por un momento, como si estuviera considerando la oferta. Y luego corrió hacia la casa, batiendo los brazos como un pájaro. Chris esperó a que se cerrara la puerta de entrada y luego fue hacia Jake.

—¿Estás bien?

A Jake se le cerró la garganta, y solo pudo negar con la cabeza.

—Vamos, entremos —lo invitó Chris, reconfortando a Jake con su fuerte brazo alrededor de sus hombros.

Caleb estaba sentado en la cocina comiendo muy contento algo que le había manchado las manos y la cara con chocolate. También el librito para pintar que tenía delante estaba casi cubierto de una pasta marrón. Cari estaba ante el fregadero y sonrió al saludar a Jake mientras limpiaba y lavaba. El inconfundible aroma de galletas de chocolate recién horneadas llenaba la casa con un aire dulce y hogareño.

Jake solo había estado una vez en casa de los Vaughn, semanas atrás cuando habían dado una cena para todos los del grupo de jóvenes que se graduarían ese año. La casa había estado prolija y ordenada esa noche, pero hoy era evidente que no esperaban visitas. Había libros, juguetes y mantas en la sala. Pero aún así, todo eso hacía que Jake se sintiera aliviado y bienvenido. Era tan diferente a su propia casa, siempre impecable y esterilizada. Se sentó en una silla ante la mesa del comedor mientras Chris servía vasos de leche para ambos y Cari ponía delante de ellos un plato con galletas. Chris se sentó junto a él y esperó con paciencia a que Jake estuviera listo para hablar.

Jake bebió un sorbo de leche helada. Luego hundió una galleta en su vaso y la comió, lentamente.

—Estoy en problemas —dijo por fin, sin más detalles.

—¿Qué sucede? —preguntó Chris, con calma.

—De todo —suspiró Jake.

Chris rió por lo bajo y dijo:

—Entonces... ¿podrías darme más detalles?

A Jake le habría caído mal esa risita, viniendo de cualquier otra persona. Pero la naturaleza estable de Chris en realidad lo ayudaba a calmarse y a pensar con más claridad. Jake se cubrió la cabeza con las manos y se quedó mirando su patético reflejo sobre la mesa de vidrio.

—Bueno, me enojé con Jonny frente a toda la escuela —comenzó, y Chris dio un respingo, pero no dijo nada. Jake continuó—: Y mis padres se divorciarán, porque mi mamá pescó a mi papá siéndole infiel...

—Jake, lo siento... —fue lo que dijo Chris con sinceridad y afecto en tanto se veía que compartía el dolor de Jake mientras esperaba que siguiera hablando.

Jake reunió coraje para el momento de la tercera bomba:

—Y Amy está embarazada.

Chris hizo una pausa, mirando a Jake por sobre la mesa, y luego exhaló, diciendo:

—¡Wow!

—Sí, eso mismo dije yo —dijo Jake con una mueca al recordar la fría reacción de Amy.

Cari entró desde la cocina, secándose las manos con una toalla. Se acercó a Jake por detrás y le frotó la espalda con cariño:

—¿Cómo está Amy?

No era la pregunta que esperaba Jake.

—Quiere abortar —dijo entonces, mirando al piso.

—Oh —se le escapó a Cari en un suspiro mientras se sentaba junto a ellos. Pero su voz no sonaba a crítica ni a juicio—. ¿Está decidida?

—No lo sé —Jake temblaba cuando apoyó los codos en la mesa de vidrio y se inclinó hacia delante—. No sé qué hacer. Amy ni siquiera quiere hablar conmigo.

—Jake —dijo Cari mientras le tomaba las manos y lo miraba a los ojos—. Necesita saber que no estará sola. Que tú estarás allí, con ella.

Jake meneó la cabeza con una triste sonrisa. Siempre había estado allí para Amy. Era ella la que no le daba tiempo para que él pudiera resolver las cosas. Ella era la que lo había dejado. Ella era la que se había apresurado tanto. Y pasando el dedo por las gotas de condensación que se habían formado en el vaso, dijo:

—Toda mi vida soñé con ir a Louisville. Y ella lo sabe.

Cari se acercó un poco más, y habló casi en susurros:

—¿Y crees que ella soñaba con quedar embarazada a los dieciocho años? —y miró a Jake con compasión.

Jake respiró hondo, se cruzó de brazos y se apoyó contra el respaldo. La casa olía a galletas de chocolate.

—Bien. ¿Qué puedo hacer?

—¿Le has hablado a Dios sobre estas cosas? —sugirió Chris.

—¿Dios? —preguntó Jake en tono burlón—. No quiero hablar de Dios.

Sabía que Chris eventualmente iba a hablar del Gran Jefe, pero él no tenía ganas de eso.

—No fue Dios quien te hizo esto —dijo Chris en tono sincero pero firme.

—Bueno, tampoco hizo nada para impedirlo. Yo hice de todo: fui a la iglesia, leía mi Biblia, toda esa basura, ¿y ahora recibo esto a cambio?

—Jake. Dios no te está castigando —respondió Chris sin dejar de mirarlo a los ojos.

—Bueno... ¡pero eso parece! Mira lo que sucede en mi vida... ¡Todo se vino abajo! —Jake sentía que la ira retomaba fuerzas, esta vez contra Dios, el tipo que se suponía que nunca lo iba a defraudar—. Todo este asunto de Dios, ¡no funciona! ¡No vale la pena!

Chris hizo una pausa. Luego abrió la boca, como para hablar, y la volvió a cerrar. Finalmente, dijo con suavidad:

—Jake, Dios no es alguien como esos genios de la lámpara de Aladino, ni una máquina expendedora, o alguien que mágicamente lo resuelve todo por ti. Y no es que Dios "valga la pena" porque te mejore la vida y tus problemas desaparezcan. No es así como obra Dios.

Chris esperó un momento, y continuó:

—Pero sí has de saber que Dios está de tu lado, Jake.

Jake negó con la cabeza, totalmente determinado:

—No siento que lo esté.

Chris entonces apoyó su mano derecha sobre el hombro de Jake.

—Lo sientas o no, eso no cambia el hecho real de que Dios sí está allí para ti.

—Entonces, ¿por qué mi vida se cae a pedazos? —preguntó Jake mientras una lágrima le recorría la mejilla.

Desde que era pequeño no había llorado frente a otra persona, pero ahora no intentó ocultarlo.

Las palabras del pastor de jóvenes fueron como un aguijón:

—Tal vez, todo ya se estaba viniendo abajo y es recién ahora que empezó a importarte.

—Mi vida estaba bien.

Jake sabía que eso no era verdad, antes de decirlo incluso. Pero era lo que se había estado diciendo durante muchísimo tiempo.

—Dios quiere mucho más para tu vida que solamente un "va bien".

—¿A qué te refieres?

Una vez más, la respuesta de Chris no fue lo que Jake esperaba.

—No lo sé, Jake. Yo no soy Dios. Pero te prometo que es maravilloso. Tienes que confiar en Él para esto.

La palabra "confiar" era difícil para Jake.

—No lo sé, amigo. No sé si puedo —dijo.

El rostro de Chris mostró entendimiento y una sonrisa:

—Bueno, además de Dios, también yo estoy contigo, pase lo que pase —y le dio un golpecito en el hombro—, pero la decisión es tuya. Tienes que decidirlo tú. Aunque quisiera preguntarte algo: ¿qué otra cosa vas a hacer?

Jake tuvo que admitir que Chris presentaba un argumento válido. Se echó hacia atrás en la silla y dio un largo suspiro.

EL RELOJ JUNTO A SU CAMA indicaba las 1:43 A.M. Jake estaba despierto, acostado boca arriba, mirando el cielorraso. Sus ojos escudriñaban la oscuridad y notó un par de lugares que los pintores habían pasado por alto años atrás. Nunca lo había notado. Su madre seguía sin contestar sus llamadas, y el Porsche de su padre no estaba. No tenía ganas en absoluto de hablar con su padre, pero aún así, encontró que esperaba oír el inconfundible crujir de la puerta de entrada. No hubo ruidos abajo, a excepción del molesto reloj de pie que iba marcando las horas de soledad que se sumaban. Quería dormir pero su mente repasaba una y otra vez esa conversación con Chris. Era odioso admitirlo, pero Chris tenía razón. Jake quería echarle la culpa de todo a Dios, pero ¿quién era él para culpar a los demás? Era él quien había tomado malas decisiones. Igual que su padre.

Jake se sentó al borde de la cama, mirando las fotografías que tenía en la mesa de noche. Miró durante un rato las felices instantáneas de él con Amy. La echaba mucho de menos. La exigencia de ella en cuanto a que la dejara en paz y se alejara, era como un eco que se repetía en su mente, pero lo único que quería decirle eran dos palabras: Lo siento, lo siento, ¡lo siento! Gimió, deseando que Amy le diera una oportunidad.

Paseó con la vista por las paredes de su cuarto y la parafernalia de Louisville: escudos, carteles, avisos, una tapa de la revista *Sports Illustrated*, con una imagen de los Cardinals, paseando su trofeo por la cancha. Todo eso siempre le había dado consuelo y entusiasmo. Pero esta noche, la decoración de su cuarto se sentía como una carga, y no estaba seguro de tener fuerzas para llevarla sobre sus hombros.

Miró de nuevo la fotografía de él y Amy en la fiesta de fin de la primaria. Estaba sobre la cómoda, en el portarretratos que ella le había regalado. Amy tenía razón, y él lo sabía: ¿Por qué tendría derecho a decidir sobre lo del bebé, si se iría en un par de meses? ¿Y por qué iría Amy a Louisville, tal como estaban las cosas ahora, estuviera embarazada o no? No iba por ella, sino porque iba a seguirlo a él.

Jake tomó su carta de intención donde comunicaba a Louisville que jugaría al baloncesto. La sacó del cajón superior de su escritorio y la sostuvo frente a sus ojos, con manos débiles. Esto representaba todo su futuro, pero por primera vez, algo no parecía estar bien. Recordó el día en que la había recibido por correo, hacía casi cuatro meses. Lo había representado todo para él: la recompensa por todos sus años de esfuerzo, la respuesta a todas las quejas de su padre. Y ahora, ese sueño parecía irrelevante en comparación con el mundo que se le venía encima.

¿Y dónde encajaba Dios en todo esto? Tal vez, Él no tuviera la culpa, pero... ¿no podría haber impedido que su padre tuviera una aventura amorosa? ¿No podría haber impedido que Amy quedara embarazada? ¿No podría haber impedido que Roger se suicidara? ¿No era eso lo que Él querría?

Jake dejó caer la carta al piso y se deslizó por el borde de la cama hasta quedar de rodillas. Le latía tan fuerte el corazón que podía oírlo en el pesado silencio de su cuarto. ¿De veras Dios lo escuchaba? Sintiéndose incómodo, Jake volvió a sentarse en la cama mientras se frotaba las palmas de las manos, una contra la otra. *¿Por qué cuesta tanto esto?* Ya había orado anteriormente, pero esta noche no era lo mismo. Era como si estuviera en juego toda su vida.

Jake volvió a arrodillarse, y no tenía idea de qué hacer. Empezó balbuceando palabras sueltas, que luego fluyeron desde zonas de su cerebro que por lo general intentaba ignorar.

—Eh... Dios, no sé si se me permite enojarme contigo. Pero estoy enojado. Me pasan todas estas cosas y me esfuerzo por hacer lo correcto, pero todo parece empeorar. Chris dice que puedo pedirte ayuda. Ni siquiera sé qué es lo que necesito, pero sí sé que lo necesito. Supongo que Te necesito a Ti —las lágrimas acompañaban sus palabras—. Perdón por tantas cosas. La verdad es que metí la pata, y muy mal. Perdón por Amy... por Jonny... por Roger... perdón por ignorarlo, por no ser bueno con él, porque no estuve allí cuando más me necesitaba. Fui tan egoísta. Soy tan egoísta. Solo sé que no puedo hacer esto yo solo. Dame fuerzas para hacer lo que esté bien.

Y comenzó a sollozar, desesperado. Nunca había llorado así.

—¡Muéstrame qué debo hacer! —rogaba, sin aliento casi—. No tengo adónde acudir.

Permaneció arrodillado durante más de media hora, jadeando y sin aliento. La única luz era la de su reloj digital, que titilaba indicando las 2:15 AM.

Finalmente, Jake volvió a cerrar los ojos y se quedó acurrucado en el piso, sin escuchar ni pensar en nada. Se quedó quieto. No fue algo drástico ni dramático, pero notó que su corazón se apaciguaba y latía normalmente, y que ya no le sudaban las manos. Las voces de su cabeza fueron acallándose. Estaba totalmente solo, pero aunque no podía explicarlo, sabía que no lo estaba.

Dudando, abrió los ojos esperando que la calma no solo hubiera sido por la oscuridad. Extendió el brazo y encendió su luz de noche, y vio que seguía estando en calma. Volvió a sentarse al borde de la cama y paseó con la mirada por las paredes de su habitación. Se metió bajo las mantas y apoyó la cabeza del lado más fresco de la almohada.

Apagó la luz, y se quedó muy quieto en la oscuridad. Con los ojos cerrados sintió que le envolvía una sensación de consuelo. Jake no sabía bien qué era esto que sentía, o incluso si era su imaginación y nada más. Fuera lo que fuera, sentía paz.

Cerca de un minuto más tarde, justamente cuando empezaba a dormirse, surgió de repente otro pensamiento que le hizo abrir los ojos. La idea se fue formando y se hizo cada vez más clara a medida que la repasaba. Después de unos minutos, sabía exactamente qué era lo que debía hacer.

37

NO HABÍAN PASADO CINCO HORAS y Jake estaba ante la casa de Amy. Faltaban unos minutos para las siete. Junto a él sobre el asiento, había una caja de cartón marrón, que había estado empacando hasta las 3 AM. A pesar de que sabía que lo que hacía era una locura total, nunca había estado tan seguro de una decisión, en toda su vida. La agonía del día anterior se había esfumado, y la reemplazaba un entusiasmo intenso que jamás había sentido antes, ni siquiera en la cancha de baloncesto. Aunque ya eran cuatro días que casi no dormía, estaba alerta, despierto, lleno de nerviosa energía.

Estacionó su camioneta frente a la casita. Oró al menos cincuenta veces durante el trayecto hasta allí, para que Amy al menos se dispusiera a escucharlo. Y si después de eso no quería saber nada con él, lo aceptaría. Pero tenía que intentarlo. Se preparó y respiró hondo. Luego avanzó trotando, ansioso, por la entrada de autos. Jake había recorrido este sendero muchísimas veces y recordó lo nervioso que había estado la primera vez que había venido a buscarla para su primer baile formal. Pero todo eso empalidecía en comparación con su ansiedad actual. Sabía que hoy no había una belleza sonrojada esperándolo con alegría.

Se detuvo ante la puerta y debatió los pros y los contras de tocar el timbre o golpear, y de repente oyó el sonido conocido de la puerta del garaje, que se abría. Se apartó de la puerta y fue hacia la entrada de autos, donde la pequeña camioneta de diez años de antigüedad, propiedad de la madre de Amy, retrocedía hacia la calle. Aunque esta vez, no era su mamá la que conducía sino Amy. Su largo cabello rubio era inconfundible, incluso desde donde estaba Jake. La camioneta retrocedió y se dispuso a alejarse, antes de que Jake tuviera la oportunidad de hablar con Amy. Jake quería saltar hasta allí y golpear la ventanilla. Pero como no quería asustarla, se contuvo. La camioneta se detuvo y Jake supo que Amy lo había visto.

Esperó un momento y luego avanzó hacia el vehículo, que seguía con el motor en marcha. Golpeó suavemente la ventanilla y vio a Amy, que llevaba un viejo par de pantalones deportivos, estaba sin maquillar, y tenía los ojos hinchados, además de la nariz colorada. Aunque Jake sabía que Amy detestaba que la vieran en este estado, seguía pensando que era la chica más preciosa que hubiera visto jamás.

—Amy —dijo en voz alta para que lo oyera, aún con la portezuela cerrada.

—¡Déjame en paz! —le gritó ella, sosteniendo el volante. Ni siquiera le echó una mirada.

—Amy, por favor, escúchame —rogó él—. Será solo un minuto.

Los nudillos de Amy estaban blancos y estaba apretando los dientes. Volvió a retroceder con la camioneta, obligando a Jake a apartarse de un salto.

—¡Ya te lo dije! ¡Vete! —gimió, mirándolo por primera vez.

Los gastados neumáticos pisaron el asfalto y Amy se alejó.

Aunque creía estar preparado para cualquier cosa, esto era mucho peor de lo que había imaginado. ¿A dónde iba Amy? Seguramente no a la escuela, porque no soportaría que la vieran así. Pero no había venido hasta aquí para abandonarlo todo tan fácilmente. Jake se subió a su camioneta y siguió a Amy.

Pasó de la tercera marcha a la cuarta, tomando una curva a toda velocidad para alcanzar a Amy. Vio que estaba a unos cien metros delante de él, esperando que cambiara a verde la luz para entrar en la calle Cassidy, un boulevar relativamente transitado que atravesaba el corazón de Oceanside por el sur. Jake se acercó por el lado de contramano, pidiendo a Dios que no viniera nadie de frente. Por la ventanilla baja gritó:

—¡Solo cinco minutos, Amy!

Amy se volvió hacia él y lo miró, furiosa, como si se tratara de alguien que la perseguía. Negó con la cabeza, violenta y firmemente. La luz cambió a verde y el auto de Amy dobló a la derecha y se alejó, otra vez a toda velocidad.

Jake golpeó el volante con los puños, y dobló hacia la derecha, cortándole el paso a otro auto. *¡Dios, por favor, por favor!*, repetía en su mente mientras zigzagueaba entre los autos. A medida que se acercaban al centro, el tránsito se hacía más intenso, y debió eludir y hacer maniobras para poder seguirle el paso a Amy. De repente vio una luz roja y pisó el freno. La camioneta venía rápido, los neumáticos chillaron y evitó chocar por unos pocos centímetros. Tomó aire, aliviado, y luego se inclinó por la ventanilla hacia Amy, que estaba a dos autos de él en el otro carril.

—¡Por favor, Amy! ¡Lo lamento! ¡Lamento lo del viernes por la noche! ¡Perdóname! ¡Lo siento! —gritaba Jake frenético por sobre el ronroneo de docenas de motores que había en fila esperando la luz verde. Si tan solo lo mirara ella podría ver que no estaba enojado, ni era psicótico. Pero Amy mantuvo la vista firme en las luces traseras del auto que tenía delante. Frustrado, Jake hundió el codo en el respaldo del asiento:

—¡Vamos! —gemía mientras la miraba como si con ello pudiera obligarla a verlo.

Entonces se dio cuenta de que Amy no lo estaba ignorando, sino que lloraba, descontrolada. Podía ver cómo se estremecían sus hombros, al observar su silueta por el parabrisas trasero. Además, a cada momento se secaba la cara en la manga de su ropa. El auto que estaba detrás de Jake hizo sonar la bocina, enojado, recordándole que la luz acababa de cambiar a verde. Amy hizo avanzar su vehículo, y entró en el primer estacionamiento que había a la derecha. Jake la siguió, pasando del carril izquierdo al derecho y avanzando hacia la segunda entrada del estacionamiento.

Amy estacionó la camioneta a lo largo del paredón trasero, ante un callejón industrial. Permaneció con el cinturón puesto y las ventanillas bajas, aparentemente esperando que Jake se acercara. Jake dejó su camioneta en diagonal, ocupando dos lugares y medio. Frenó y casi toca el guardabarros izquierdo frontal de Amy. Bajó de un saltó y se paró frente a su puerta.

—¿Qué? —preguntó ella, impaciente y enojada. Tenía la voz ronca, los ojos colorados y llorosos, y las mangas de la sudadera empapadas. Seguía mirando fijo al volante como si fuera esa la fuente de su fuerza.

En medio de la conmoción, Jake había olvidado el discurso que tanto había preparado. De modo que solo pudo balbucear, temiendo que ella se alejara antes de darle la oportunidad de terminar.

—Esta mañana desperté, y sentí una gran necesidad de verte. Lamento la forma en que reaccioné el otro día y no sé lo que es estar en tu lugar. Pero sí sé que empeoré las cosas.

—¡Cállate! —rogó Amy, desajustándose el cinturón y bajando lentamente de la camioneta para estar frente a frente con Jake—. No puedo con esto —susurró, evitando mirarlo a los ojos mientras los autos pasaban rápidamente junto a ellos.

Con toda suavidad, Jake puso su mano en el brazo de Amy. Era la primera vez que la tocaba en meses, y se sentía bien, aún con esa sudadera gruesa. —Pero juntos podremos.

—¡Te irás! —estalló Amy, finalmente levantando la mirada para verlo a la cara.

—Ya no —susurró él, acercándose un paso más, de modo que solo los separaban unos centímetros.

Amy no se movió, pero dijo por lo bajo:

—¿A qué te refieres, Jake?

Una enorme sonrisa iluminó el rostro de Jake, que corrió hasta su camioneta y le dijo por sobre el hombro:

—Espera un segundo.

Había imaginado este momento docenas de veces en las últimas cinco horas, y ahora era realidad. Le latía el corazón, amenazando con salírsele por la boca. Sacó la caja que llevaba en la camioneta y la cargó hasta donde estaba Amy. Sin decir palabra, la puso a sus pies: estaba llena de todas sus cosas de Louisville: carteles, afiches, camisetas, fotografías, tazas. Por todas partes volaban los papeles de colores, y sobre el asfalto rodaron las chucherías de plástico, además de una mochila con el logo de Louisville, que cubrió las zapatillas de ella.

Los dos se quedaron mirando el montón de cosas de color rojo y blanco que se habían apilado y desparramado sobre el asfalto. Amy se volvió lentamente hacia Jake, negando con la cabeza, sin poder creerlo.

—No puedo permitir que hagas esto. Es tu sueño.

—¡Es MI decisión! —anunció Jake, tomando la mano derecha de ella entre las suyas.

Amy se cubrió el rostro con la otra mano. Lloraba de nuevo.

—No sabes lo que estás haciendo.

—Amy, sí que lo sé —y decidió correr el riesgo de abrazarla tiernamente. Su ex novia se derritió en sus brazos y hundió la cara empapada de lágrimas en la camisa de él. La había abrazado de este modo muchísimas veces, pero estaba seguro de que este era el momento de mayor vulnerabilidad para los dos.

—Es que no puedo estar embarazada —murmuró Amy en el pecho de Jake.

Él la abrazó más fuerte todavía y luego se apartó para mirarla a los ojos.

—Pasaste toda tu vida tratando de gustarle a los demás.

El cuerpo de Amy se estremecía, y le corrían las lágrimas por las mejillas.

—Pero lo perdería todo —dijo con voz entrecortada.

Jake volvió a abrazarla y le acomodó un mechón de pelo detrás de la oreja. Bajó la cabeza y le dijo con mucha ternura:

—A mí no me perderás.

Pasaron los minutos y permanecieron abrazados allí, en el estacionamiento del centro de Oceanside. Jake estaba seguro de que no quería estar en ningún lugar del mundo más que en este lugar, abrazando a Amy mientras ella lloraba. Amy dejó de sollozar y abruptamente se apartó para mirarlo a la cara.

—No tienes que hacerlo —susurró, cruzándose de brazos como si esperara que él retirase lo dicho.

Jake sabía que ella había sufrido ya muchas veces, y no podía negar que sentía tanto miedo como Amy. Miró de nuevo la pila de cosas de Louisville que acababa de tirar como si fuera basura. Luego miró a Amy a los ojos:

—Lo sé. Pero quiero hacerlo. Tú lo vales y más todavía.

Amy se apoyó contra la camioneta.

—Tengo miedo, Jake. No estoy lista para ser mamá.

—Tampoco yo —se encogió de hombros él, metiendo las manos en los bolsillos.

Amy rió por primera vez.

—¿Hay algo que quieras decirme?

Con mirada tímida, Jake dijo:

—Papá. Digo que no estoy listo para ser papá —y se acercó a la camioneta para apoyarse junto a Amy. Ambos se quedaron allí, cruzados de brazos, observando cómo pasaban los autos y sopesando la gran decisión que tomaban.

—¿Qué hay de Doug? —preguntó Amy frunciendo la nariz mientras miraba a Jake. Él sintió que se le paraba el corazón. Eso que hacía Amy con su naricita siempre le había parecido irresistible.

—No me interesa Doug en realidad —dijo Jake con una sonrisa juguetona, pero en tono serio. Se apartó de la camioneta y miró a Amy de frente, tomándola de las manos—. Quiero que entiendas algo: estoy aquí, pase lo que pase, decidas lo que decidas.

Amy asintió, tratando de contener las lágrimas.

—Está bien. Lo pensaré. Pero no te prometo nada.

Jake asintió. Volvió a rodearla con su brazo, y cerró los ojos sin decir nada. Solo quería sentirla cerca, tibia y a su lado. Lo comprendía, y confiaría en su decisión. En ese momento notó el enorme cartel verde que estaba detrás de ellos: Clínica de mujeres del condado.

JAKE ENTRÓ EN SU CASA dando zancadas, un poco después de la 1 PM. Acababa de desayunar con Amy, sin apuro, en un pequeño café del otro lado de la calle del estacionamiento. Se había pellizcado al menos veinte veces en las últimas cuatro horas, para asegurarse de que no estaba soñando. Ninguno de los dos tenía ánimos para ir a la escuela después de este encuentro tan emotivo, y por eso, esa cita del desayuno era más excepcional y especial. Habían hablado sobre muchísimas cosas, desde sus planes de estudiar en la universidad, a "lo de Doug", mientras bebían jugo de naranjas recién exprimido y comían una pila de panqueques. Jake había escuchado con atención sobre el ofrecimiento de Stanford a Amy, de una beca parcial, y sobre la angustia de ella en cuanto a cómo encajaría todo esto del bebé en sus planes. Jake también había abierto su corazón contándole de su enojo y confusión con respecto a la aventura de su padre. Y finalmente había podido explicarle todo sobre su experimento con Dios, y por primera vez Amy lo escuchó hasta el final, con atención y sinceridad. Jamás habían hablado con tal franqueza, tan abiertamente. Para Jake, cada minuto que pasaban en ese apartado rincón del café, era un placer.

La idea de que pudieran reconciliarse pintó inconscientemente una sonrisa en sus labios. También disfrutaba de verla comer. Nunca la había visto devorar tanta comida. ¡No era broma eso de comer por dos! Pero era tan lindo verla. Por horribles que hubieran sido las últimas veinticuatro horas, y por muy reales que siguieran siendo sus problemas, sentía que había esperanzas, y eso le daba fuerzas.

Lástima que todo eso se esfumó apenas entró en la cocina de su casa. Sus padres estaban sentados a la mesa, en extremos opuestos, y no se veían contentos. La silla de la madre de Jake estaba de espaldas a la puerta de entrada, pero él podía ver que estaba de brazos cruzados y ni siquiera prestaba atención a los platos sucios apilados en el fregadero. Su padre llevaba puesto otra vez su traje de hombre poderoso, y tenía en la mano un papel arrugado. Podía cortarse la tensión del aire con una tijera. De repente, los panqueques con salsa dulce le pesaron en el estómago.

—¿Cómo es que estás en casa tan temprano? —quiso saber su padre, apartándose de la mesa y caminando hacia donde estaba Jake—. ¿Por qué no estás en la escuela?

Jake se volvió a su madre, haciendo caso omiso de su padre.

—¿Qué haces aquí, todavía con él? —y señaló con dedo acusador a ese hombre a quien solía llamar Papá. ¿Quién era él para hacerle cuestionamientos de cualquier tipo?

Su madre se levantó para interceptar a Glen y tomó el papel arrugado que llevaba él en la mano. Incluso antes de que le dijera lo que decía el papel, Jake supo lo que era: había dejado la carta de intención a Louisville en su cesto de papeles del dormitorio, arriba de todo.

—Encontré esto mientras limpiaba tu cuarto —dijo ella en tono implorante.

—Mamá, no sé cómo... —trató de decir Jake. Ni siquiera había pensado en que tenía que explicárselo todo.

La voz de Glen resonó potente en la cocina.

—¿No sabes qué? —y acercándose a Jake abrió la mano para tomar la carta—. Jake, ¿qué quiere decir esto?

—No iré —dijo Jake con tono ausente mientras seguía mirando a su madre. Odiaba tener que responder la pregunta de su padre.

—¿Cómo dices? —exclamó Glen, sacudiendo la carta frente a los ojos de Jake.

La fugaz expresión de remordimiento de hacía unos días, se había borrado del rostro del hombre, ahora enojado. Por lo tanto, también la paz que estaba sintiendo Jake se esfumó, para dar lugar al desprecio. Este hombre había estado durmiendo con otra mujer durante un año y medio, ¿y ahora creía que tenía derecho a enojarse?

Jake finalmente se dio vuelta para mirarlo a la cara, y elevó el tono de voz, igualando al de Glen:

—Cambié de idea.

Glen meneó la cabeza sin poder creerlo y se aflojó la corbata mientras miraba a Pam con furia acusadora. Ella se remitía a observarlo todo con resignación, desde su silla ante la mesa de la cocina.

—De veras —dijo él volviéndose a Jake—. ¿Y cuándo fue eso?

—Es complicado —dijo Jake. No tenía intención de explicar el por qué de su decisión. Se lo contaría a su madre, más tarde. Pero Glen ya no pertenecía a su círculo de confianza.

Su progenitor puso la mano derecha sobre el hombro de Jake y respiró hondo. Luego dijo, en voz más baja:

—Jake, no es así como puedes vengarte de mí.

Jake sintió que le bullía la sangre. Se movió para quitarse la mano que había apoyado en su hombro. ¿Por qué pensaba su padre que el mundo giraba en torno a él?

—Esto no tiene nada que ver contigo —gruñó Jake entre dientes, poniendo los ojos en blanco.

—¿Sabes cuántos chicos darían todo por tener una oportunidad como esta? —Glen estaba subiendo el tono de voz otra vez, y aplastó de un golpe la carta contra la repisa de granito.

—¿Como lo harías tú? —disparó Jake en tono sarcástico. Era hora de que blanquearan ese tema, y Jake estaba más que listo para hacerlo.

Glen miró la carta arrugada durante un rato, pasando los dedos por los bordes y conteniéndose para no volver a hacer un bollo con el papel.

—Jake, piénsalo por un segundo —dijo—. Esta beca es lo único que tienes. ¡Tu única oportunidad!

Jake no se movió. Tal vez, dos meses atrás lo que su padre decía hubiera sido cierto. Pero ahora ya no.

—Ya no lo es —contestó en un susurro casi inaudible.

Glen levantó los brazos al cielo y se dirigió hacia su silla, del otro lado de la mesa. A Jake le latía la cabeza y estaba cansado de reprimir su ira. La presión lo agobiaba. *¿Cómo se atreve a darme consejos?* Durante años había soportado sus sermones, pero todo eso había quedado atrás. Jake detestaba la idea de abandonar una pelea, pero no podía aguantar estar en la misma habitación que su padre. Se quitó el cabello de los ojos y se dio vuelta para salir, con gesto de cansancio.

—Jake.

La voz suave de su madre hizo que se detuviera. Lo fácil habría sido seguir caminando, pero por un instante trató de ponerse en el lugar de ella. ¿Qué era lo que estaba soportando ahora? Se dio vuelta y la miró, esperando que su madre viera compasión más que enojo en su mirada.

La mujer se levantó de la silla y caminó hacia Jake, poniendo con ternura la mano sobre la cara de su hijo.

—Amor, yo creía que esto era lo que soñabas. ¿Qué pasa? —quiso saber.

Jake la miró durante un segundo. Tenía los ojos hinchados por haber llorado todo el fin de semana, pero de todos modos se veía que estaba preocupada por él. No parecía enojada, sino cansada y confundida.

—No puedo, eso es —respondió como para que solamente ella lo oyera. No quería herirla porque sabía que ya sufría bastante.

Con la mirada fija en los ojos azules de su hijo, preguntó:

—¿Por qué?

Jake en realidad no podía decírselo. Amy todavía no había tomado una decisión. Trató de buscar alguna explicación decente, pero no había ninguna. Miró a su madre a los ojos y susurró: Amy.

Pam, confundida, meneó la cabeza. Jake echó un vistazo a Glen, que se inclinaba para poder oírlo.

—¿Qué hay con Amy, amor? —quiso saber su madre.

Con el corazón latiéndole como un tren de carga, Jake tosió dos veces para aclararse la garganta y miró a su madre. Luego, bajo la mirada.

—¿Qué cosa? —gritó su padre desde el otro lado de la cocina.

Jake lo miró, furioso. Si no volvía a oír la voz de ese hombre en su vida, todo estaría bien.

Su madre seguía mirándolo, queriendo oír una respuesta. Y entonces, contuvo el aliento y dijo nada más que:

—Oh.

Y abrazó a Jake con amor de madre.

—¿Puede decirme alguien qué es lo que pasa? —exigió Glen.

Pam y Jake se soltaron y ella le pasó los dedos por el cabello, con ternura.

—Amy está esperando un bebé —preguntó como confirmando lo que sospechaba.

Jake asintió. Ahora lo sabían, les gustara o no.

—¡DIME QUE ES UNA BROMA! —explotó Glen parándose de un salto. Tropezó con su portafolios y lo pateó con furia hacia el otro lado de la cocina, haciendo que resbalara por el lustroso piso de madera. Jake hizo una mueca, pero mantuvo la mirada fija en su madre. Esperaba que a Amy le fuera mejor con la madre de ella, sin tener que contárselo. Oró para que esto no arruinara las cosas. En cuanto a él, le había prometido algo a Amy y mantendría su palabra, pasara lo que pasara.

—¡No puede obligarte a permanecer aquí! —gritó Glen, montando en cólera.

—No es eso —le dijo Jake directamente— Soy yo quien lo decidió.

—¡Decides arruinar tu vida!

—Supongo que TÚ lo sabrás —escupió Jake con tono de burla mientras apuntaba al rostro de su padre con el dedo.

Glen no supo qué contestar, y se inclinó para levantar su portafolios. Jake se sintió triunfante, porque finalmente había dado con el lado flaco de su padre. Miró a su madre, esperando ver al menos una débil sonrisa, pero ella permanecía sentada, con la mirada distante.

Glen tomó la carta arrugada y salió de la cocina, chocándose con Jake tan violentamente que le hizo dar un paso atrás. Hizo un bollo con la carta y la arrojó a los pies de Jake.

—Es tu futuro —murmuró al salir.

Jake oyó que sus pesados pasos se alejaban por el corredor, y luego oyó que salía por la puerta de la casa.

Él y su madre permanecieron en silencio durante casi un minuto. Pam se veía como a punto de llorar, pero ya no le quedaban más lágrimas. Jake se sentía muy mal por causarle esta angustia, empeorando su tristeza, y se prometió en ese momento que sería mejor hijo. Ahora estaban solos, y se necesitarían mutuamente. Miró la pila de platos sucios, la mayoría de los cuales había usado él.

—¿Te ayudo con los platos? —ofreció con suavidad.

Pam sonrió apenas y asintió. Jake tomó la esponja y le dio a su madre una toalla seca. Mientras fregaba los restos de una pizza quemada de una bandeja de plata, se volvió a ella con las manos enjabonadas y dijo:

—Mamá. Estoy orando por ti.

39

JAKE PASÓ EL RESTO DEL DÍA ayudando a su madre a limpiar la casa y hacer mandados. Sentía gran entusiasmo por el grupo de jóvenes. Chris era una de las pocas personas a las que quería contarles sobre la persecución en auto esa mañana. Al dar vuelta a la esquina para entrar en el salón de jóvenes, vio a Andrea, que repartía etiquetas con nombres como siempre, tras la mesa de bienvenida. Hoy no llevaba tantos brazaletes, pero tenía una banda plástica de color plateado en cada muñeca y se había puesto una camiseta de color azul vivo con una enorme "w" de color rojo en medio de un escudo amarillo.

—¿Dónde te habías metido, amiguito? —preguntó Andrea mientras extendía su mano para saludarlo, como si se vieran por primera vez.

—Oh, cosas de familia —contestó Jake mientras se inclinaba por sobre la mesa para abrazar a su amiga—. ¿Esa "w" significa algo?

—¡Wonder Woman! ¡La mujer maravilla! —rió Andrea, como si Jake fuera el único que no sabía lo que era esa letra.

Jake tomó una etiqueta de nombres.

—¿Y cuáles son tus súper poderes?

—Bueno... tengo un jet invisible, y mis brazaletes pueden parar a las balas —dijo flexionando los brazos delante de su rostro como si parara balas invisibles que venían de quién sabe dónde mientras imitaba el ruido—: Pichú, pichú, oooh, aaah.

Jake hizo un bollito con su etiqueta y se la arrojó a la cabeza, jugando. Andrea con sus brazaletes hizo rebotar la bolita, y Jake fingió caer abatido. Andrea rió y dio la vuelta para ayudar a Jake a levantarse, aunque era mucho más grande que ella.

—Lo siento. Tendría que haberte advertido —y sonrió, dándose vuelta para escribir el nombre en una nueva etiqueta, que pegó sobre la camisa de Jake. Pero la etiqueta decía: "No te metas con la mujer maravilla... sé lo que digo".

Jake rió, y Andrea volvió a su puesto. Pero luego se puso seria:

—¿Has visto a Jonny?

Un grupo de chicos del primer año se acercó a la mesa para anotar sus nombres con letra ilegible. Andrea los saludó, cálida como siempre, y luego volvió a mirar a Jake.

—No. La noche del viernes no fue muy... agradable —hizo una mueca—. Y no lo he visto desde entonces. ¿Hablaste con él?

Jake negó con la cabeza. La verdad, no había visto a su amigo desde que le gritara ayer por la mañana antes de la primera hora de clases. Toda esa mañana era algo así como una nebulosa confusa, pero al recordar ese momento, sintió culpa como una cuchillada. Había hecho gesto de cortarse los brazos frente a todo el mundo, y como habían pasado tantas cosas desde entonces, Jake no se había ocupado de Jonny hasta esta tarde. Sin embargo, no había contestado sus mensajes de texto ni sus llamadas.

—Uh... creo que descargué mi tensión en él ayer por la mañana, cuando vino a contarme lo de la cita contigo —admitió Jake—. Y no contesta mis llamadas.

—Oh, cielos, Jake. Podría ser grave —y le explicó todo sobre la conversación que habían tenido el viernes.

Jake sentía gran pena al pensar que había empeorado la vergüenza que sentía Jonny, y buscó su celular en el bolsillo. Al encontrar en el directorio el número de Jonny, presionó el botón de Llamar. El teléfono sonó, lo cual era un paso adelante en comparación con las últimas cinco llamadas, que habían dado directamente con el correo de voz.

—¡Está llamando! —dijo Jake, con un suave codazo a Andrea. Nerviosos, esperaron oír la conocida voz de Jonny, pero tras cuatro timbres, la llamada volvió a entrar en el correo de voz. Ahora, Jake estaba desilusionado, pero más preocupado que antes, y dijo:

—Jonny, habla Jake. Estoy con Andrea y no sabemos dónde estás. Fui un estúpido contigo ayer y quiero pedirte perdón. Oye, quiero decirte todo esto en persona. Por favor, llámame esta noche.

Jake creía que no habría respuesta a su llamado, por lo que decidió ir a ver a Jonny después de la reunión del grupo de jóvenes.

A solas, en la oscuridad de la casa rodante, Jonny vio que entraba la llamada en el correo de voz. Un rayo de luz, en el que flotaban motas de polvo, partía en dos las sucias cortinas y Jonny dejó caer el teléfono al suelo, dejando que se deslizara entre sus dedos. Volvió a tomar la hoja de afeitar y se la pasó por la parte interior del antebrazo, sintiendo un alivio temporario. Cuando terminó de hacerse el primer corte levantó la hoja de afeitar y miró cómo brillaba la sangre a la luz de la luna. Dio un suspiro y se secó los ojos. Luego se dispuso a cortarse por segunda vez.

40

—SOLO NECESITO BUSCAR UNA COSA —le dijo Mark a su hijo esa noche mientras subían las escaleras de las oficinas de la iglesia. Danny tenía cara de molesto.

—Siempre somos los últimos en salir —protestó el chico.

Siguió a su padre, que subía sin responderle.

Cuando Mark entró en su oficina Danny paseó por el pasillo, maldiciendo en voz baja. En la esquina, dio la vuelta y quedó helado al ver que la luz de la oficina de Chris estaba encendida. Lentamente, se acercó a la ventana para espiar. Se veía a Jake a través de las cortinas, que estaban un poco corridas. Sentado en el sofá, conversaba con Chris. Danny miró a su alrededor y apoyó la oreja contra la puerta.

—¿Cómo estás? —preguntó Chris.

—Bueno, nunca más tendré sexo —suspiró Jake.

—No digas eso. Tu esposa la pasará muy mal —rió Chris mientras metía unos libros en su mochila—. ¿Has hablado con Amy?

Jake se inclinó hacia delante, y Danny ya no pudo verlo. Pero sí oyó lo que decía, y muy claramente:

—Creo que Amy va a tener el bebé.

Danny arqueó las cejas y sonrió, apoyando la oreja más fuerte contra la puerta.

—¿Lo saben tus padres?

—Mi mamá lloró. La verdad es que ya está sufriendo bastante con lo otro.

—¿Y tu padre?

—Ya no me importa lo que piense él —dijo Jake, recostándose de manera que ahora Danny lo veía de nuevo. Se cruzó de brazos y con un gesto se apartó el cabello de los ojos.

Chris se reclinó sobre su vieja silla de oficina, y levantó los brazos para apoyar la cabeza en sus manos mientras se mordía el labio inferior.

—Ajá —concedió. Pero luego se incorporó y apoyó los codos sobre el escritorio:

—Tengo algo para que lo vean tú y Amy.

Danny tuvo que dejar de espiar al oír que se cerraba la puerta de la oficina de su padre. Volvió a recorrer el pasillo, con una gran sonrisa, y bajó las escaleras detrás de Mark.

A la mañana siguiente Jake caminaba por los pasillos de la Secundaria Pacific y sintió que todos sabían algo que él no. Las miradas, las risitas, los secretos entre amigos, todo parecía demasiado casual. Discretamente se miró el cierre del pantalón, y hasta se detuvo en el baño para ver si tenía algo en la cara. Todo parecía estar bien, pero como en su vida sucedían tantas cosas, supuso que lo estaría imaginando todo. Desde el incidente del ping pong de cerveza y los nuevos amigos que había hecho, ya no era popular. Tenía lo que quería (o más o menos), y se había vuelto uno más en la multitud. Pero hoy las cosas se presentaban de manera distinta.

Al pasar por el Corredor de los Mayores hacia su armario, dio la vuelta a la esquina y vio que su intuición no le había fallado. Allí, en el centro del pasillo, se había formado un círculo de chicos y chicas y la voz de Doug, hablando desde el centro, era inconfundible.

—¿Es verdad? —gritaba Doug.

Jake se abrió paso entre los chicos y vio que Amy lloraba mientras Doug sacudía un volante de color azul frente a su rostro. Ella asintió lentamente, y Jake supo entonces que lo sabían.

—¡PERRA CALLEJERA! —le gritó Doug. Amy bajó la cabeza, avergonzada, evitando así la amenazadora risa burlona de Doug y la mirada de condenación de los demás. Todos parecían esperar que respondiera, pero ella no dijo nada y solo se volvió para escapar. Al hacerlo, se topó con Jake.

—¿Qué pasa? ¿Estás bien? —dijo Jake tomándole el rostro entre las manos.

Amy no le hizo caso y le quitó las manos con violencia, para luego abrirse paso a empujones y desaparecer al dar la vuelta a la esquina. Jake quedó sin palabras y la vio irse, confundido.

Se le erizó el vello de los brazos al erguirse y mirar a Doug. Cada vez había más estudiantes, y todos retrocedieron un paso formando un círculo para la inminente pelea entre ambos.

—Oye, ¿qué problema tienes? —lo desafío Jake, dando un paso hacia el centro.

Doug apoyó el folleto contra el pecho de Jake, con un golpe. Jake vio el dibujo, incuestionablemente una burla a él y otra de Amy con el vientre enorme y distorsionado.

Hizo un bollo con el papel y lo tiró al piso.

—¿De dónde sacaste eso? —gruñó mientras repasaba en su mente la lista de posibles traidores. Nadie lo sabía, excepto sus padres y Chris.

—¡Dímelo tú! —gritó Doug, empujando a Jake.

—¡No es lo que crees! —y con eso, Jake respondió con otro empujón.

Doug avanzó, sacando pecho, y dijo:

—¿Cómo que no es lo que creo, Jake?

—Sabes de qué te estoy hablando, Doug —y lo miró furioso, a centímetros de la cara de Doug mientras los pechos de ambos demostraban agitación.

—Ah, claro... te diré lo que pienso —y tomando la camisa de Jake en su puño rió, sarcásticamente—. Siempre supe que era una perr...

¡BAAAM!

El puño derecho de Jake chocó de lleno contra la cara de Doug, antes de que siquiera lo pensara.

—¡NO TE ATREVAS A LLAMARLA ASÍ! —le gritó.

Doug estaba doblado en dos y le sangraba la nariz, pero se lanzó contra Jake, tirándolo contra los armarios. Jake hizo una mueca porque uno de los candados se le incrustaba en el omóplato.

—¿Qué dices? ¿Qué no la llame cómo? —y escupió en la cara de Jake—. ¿Prostituta? —gritó con un puñetazo en el estómago de Jake—. Pero si es lo que es. ¡Una perra prostituta!

Doblado del dolor, Jake cargó contra Doug con toda su furia, arrojándolo contra los armarios de la pared del otro lado. El cuerpo de Doug chocó contra el metal, y se quedó sin aliento, pero logró levantar la rodilla para chocarla contra el mentón de Jake, que se tambaleó y dio con eso la oportunidad a Doug para que le pegara más, hasta tirarlo al piso.

—¡Farsante! ¡Mentiroso! —gritaba Doug, parado con los puños cerrados, mirando hacia abajo donde estaba Jake—. Tienes tu grupito de almuerzos de Jesús, haciendo lo que les dices que hagan... ¡Pero eres el más mentiroso de todos!

Escupió de nuevo en la cara de Jake, mientras seguía sangrando por la nariz.

—Bueno, te digo que no engañas a nadie, chico de Jesús. Nadie te cree... —dijo Doug, ya cansado, mientras retrocedía y se limpiaba la cara con el dorso de la mano. Se tambaleó, con el puño preparado para pegar a Jake apenas se moviera.

Desde el piso, Jake veía docenas de rostros que esperaban ansiosos su represalia. Pero le dolía mucho la cara y la espalda, y vio que en realidad no tenía ganas de pelear con Doug. Francamente, tal como estaban las cosas, la furia de Doug era fácil de entender. Y además, ahora tenía en mente una sola cosa: Amy.

En ese momento sonó el primer timbre y se oyó la ronca voz de Clyde, que llamaba a los dispersos para que fueran a las aulas. Doug abrió las manos y con el pie, golpeó a Jake en las costillas.

—No vales la pena —dijo con sarcasmo mientras se alejaba junto a sus amigos... los mismos que antes eran amigos de Jake. Matt miró a Jake y se encogió de hombros, con cierta expresión de compasión, pero Tony y los demás ni siquiera se volvieron para mirarlo. El enjambre de estudiantes también se alejó, de a uno, dejando atrás lo que podría haber sido la pelea del año. Jake reconocía a muchos de ellos, los que solían saludarlo como si fuera un héroe en los pasillos de la escuela, y otros, con quienes había almorzado hacía poco tiempo. ¡Todos le daban la espalda ahora! Pronto, Jake quedó solo en el pasillo.

Gimió al levantarse con dificultad, y con cada movimiento, su cuerpo daba señales de protesta. Se tocó la frente y le sorprendió ver que no sangraba. Se quitó el cabello de los ojos y avanzó con dificultad, y luego pateó algo que salió rodando y llamó su atención. Vio que a centímetros de él, una moneda de un centavo había quedado con la cara hacia abajo. Aunque le dolía todo, no pudo resistirse a levantar la moneda y juguetear con ella mientras recordaba la primera charla que había tenido con Chris, sobre los centavos "que no vale la pena levantar". Apretó la moneda en su mano por un segundo y luego se la puso en el bolsillo trasero.

A su izquierda, la enorme pizarra de anuncios de la escuela donde a lo largo de los años se habían pegado cantidad de artículos y fotografías de él, ahora se veía cubierta de cientos de esos volantes maliciosos y multicolores. También la hilera de armarios exhibía esos papeles con la cruel caricatura. Se veía que quien los había hecho era alguien dedicado a lo suyo. Jake quitó varios de los folletos, y vio que había más debajo de éstos. Con las dos manos empezó a quitarlos frenéticamente, y cada vez volvía a descubrir que había más y más. Los volantes cayeron y se apilaron. Cada vez aparecían más. Después de unos treinta segundos supo que no podía quitarlos todos y miró por el pasillo. Había volantes en todas partes, sobre los armarios, las paredes e incluso, por el piso. Quien los hizo seguramente lo detestaba. Furioso, pero débil porque le dolía todo, Jake le dio un puñetazo a la pizarra y se alejó caminando a los tumbos.

41

DONDEQUIERA QUE FUERA JAKE, lo seguían las burlas y risas, no solo sobre el chisme del embarazo sino sobre cómo había peleado como niña con Doug y qué mal había quedado al ser derrotado. No ayudaba el hecho de que tenía el pómulo izquierdo hinchado y ahora, no podía encontrar a Amy en ninguna parte. Le envió docenas de mensajes de texto, que ella no respondió. Por supuesto. ¿Quién podría culparla? Incluso después de todo lo que habían hablado ayer, sabía que se había hecho realidad su más terrible miedo, incluso antes de que pudiera decidir qué hacer. Y en el fondo Jake no pudo evitar pensar que la culpa era suya. Parecía que últimamente tenía el don de arruinarle la vida a la gente.

Llegó la hora del almuerzo y Jake caminó por la escuela sin rumbo fijo. No tenía dónde comer. Doug y sus viejos amigos hacía meses que ya no lo querían con ellos, y después de lo de esta mañana, estaba seguro de que tampoco lo querrían los del grupo de jóvenes. Buscaba un rincón donde pudiera pasar desapercibido, viendo si encontraba a Amy por allí. Lo único que lo mantenía en la escuela era la sensación de que ella seguía en algún lugar. Tenía el estómago hecho un nudo y se preguntó cuántos chicos vivían este mismo dilema, todos los días de sus vidas. Qué forma horrible de vivir. Así se había sentido Jonny. Así había sido la vida para Roger. Sintió que le dolía el corazón por la frustración del momento. Tal vez Dios quisiera que aprendiera una lección, pero era cruel.

Finalmente encontró un banco escondido tras un edificio, en una de las esquinas del parque. Desde allí podía ver a su círculo de amigos almorzando juntos, aunque hoy solo había unos pocos. También podía ver a Andrea, con su camiseta favorita con la corbata y de espaldas a él, pero absorta en una conversación con Carla y Natalie. Seguramente era la que más traicionada se sentiría, porque ella era la que lo había defendido antes que nadie más. Jake sacó su almuerzo de la mochila y apenas mordisqueó su sándwich. No tenía apetito. Cerró los ojos y gimió, apoyando la cabeza contra la pared que tenía detrás. El sol le calentaba la cara, aumentando la sensación febril que tenía en la mandíbula.

—Aquí está el círculo, Taylor —dijo una voz conocida, interrumpiendo su agonía—. Somos pocos hoy y esperábamos que te unieras a nosotros.

Jake abrió los ojos y vio la silueta de Andrea, de pie frente a él.

—No me digas que no lo sabes —dijo Jake, arqueando una ceja.

Andrea se encogió de hombros:

—Sí que sabemos.

—¿Y qué haces aquí entonces? No querrás arruinar tu reputación porque te vean conmigo.

Jake iba a levantarse, pero Andrea le puso la mano en el hombro.

—Jake, no importa. De todos modos, digamos, ¿quién soy yo para juzgarte?

Jake respondió con una sonrisita sardónica:

—Bueno, digamos que para empezar, eres... algo así como perfecta.

—Oh, no. No soy perfecta. Si supieras las cosas feas... —dijo Andrea, negando con la cabeza.

—Como quieras —se encogió de hombros Jake, cansado y dudando.

—Jake, hay suciedad de todo tipo, cosas feas diferentes y diversas —comenzó a decir Andrea, pero hizo una pausa al ver a alguien que se acercaba por el lado opuesto de Jake.

Jake se dio vuelta y vio que Amy venía hacia él muy enojada. Juntó coraje para disculparse. Amy le echó una mirada furiosa a Andrea, que se apartó para que pudieran hablar a solas.

—¿Cómo pudiste permitir que sucediera esto? —dijo Amy, medio en ruego y medio como exigencia.

—Amy... lo siento...

—¡Sabía que iba a pasar esto! —sollozó Amy—. ¡Todos me odian!

—No te odian —respondió Jake, abrazando el cuerpo de ella que se estremecía mientras lloraba—. ¿A mí? Puede ser que me odien, pero ¿a ti? No tanto —sonrió y luego susurró con ternura en su oído—, Amy, todo estará bien.

Lo decía tanto para Amy como para sí mismo.

Andrea dio un paso hacia ellos, con mucha cautela. Pero Amy se volvió abruptamente hacia ella y ladró:

—¿Qué quieres?

Andrea le estaba dando, humildemente, un pañuelo de papel que tenía en el bolsillo. Amy irrumpió en llanto otra vez, y se disolvió su enojo al tomar lo que le ofrecía Andrea.

—Gracias —dijo en voz baja.

—Tengo todo un paquete, si los necesitas —ofreció Andrea con suavidad.

—¿Por qué me tratas tan bien? —preguntó Amy, secándose los ojos.

—Supongo que porque sé lo que se siente cuando te sientes así, sola en el mundo. Es muy feo, ¿verdad? —y le entregó otro pañuelo.

Los tres permanecieron en silencio durante unos momentos, apoyándose mutuamente con su presencia mientras Amy seguía llorando sobre el hombro de Jake. Finalmente, Billy se acercó tentativamente, y se detuvo a un metro y medio de ellos:

—¿Vienen a almorzar con nosotros? —preguntó.

Amy miró a Jake, y respiró hondo:

—Sí, claro. ¿Por qué no? —y sonrió tímidamente, con los ojos todavía húmedos.

Andrea sonrió contenta, y llevó del brazo a Amy hasta el lugar de reunión para almorzar. Jake se volvió a Billy y le guiñó el ojo:

—Solo si tu madre viene a comer también.

42

CHRIS HABÍA RECIBIDO LA LLAMADA a mitad de su segunda vuelta de muestras de Costco, con algunos adolescentes con los que se reunía semanalmente como mentor. Mark le pedía que viniera a verlo a la oficina lo antes posible, interrumpiendo así una vivaz discusión sobre si habría sexo en el cielo, justo delante de una mesa de sándwiches. Una reunión "urgente" con Mark nunca era algo bueno, así que después de dejar a los chicos, Chris golpeó a la puerta de Mark, nervioso y preparado para oír otra lista de quejas.

—Entra, Chris —se oyó la voz grave de Mark del otro lado de la puerta.

Chris entró y le sonrió a Mark, sentado tras su escritorio con gesto adusto.

—Toma asiento —indicó, señalando la única opción que había: la silla bajita. Chris tomó la silla, incómodo, y se sentó.

Mark fue directo al grano:

—Me molestó muchísimo enterarme por mi hijo anoche que uno de tus estudiantes dejó embarazada a su novia.

Chris quedó boquiabierto, con las cejas arqueadas. Meneó la cabeza y respiró hondo, aferrándose a los apoyabrazos de la silla para mantener la calma, pero le costaba mucho no explotar verbalmente. Ya estaba cansado de Mark, y de Danny.

—Tu hijo no tenía derecho a escuchar nuestra conversación privad...

Mark lo interrumpió:

—Es cierto. Pero lo hizo y ahora yo estoy enterado. No me siento cómodo con ese chico aquí.

Como ya no podía permanecer sentado Chris se levantó. Ahora miraba a Mark desde arriba. Puso ambas manos firmemente sobre el escritorio.

—¡Que no te sientes cómodo...! Mark, estás juzgando a este chico, ¡pero nunca te molestaste en conocerlo! No tienes idea de lo que está pasando en su vida. Y te digo algo... ¡Jake Taylor podría enseñarnos un par de cosas sobre lo que significa seguir a Dios!

Mark permaneció en silencio y con un gesto le indicó a Chris que se sentara. Chris lentamente se sentó en el borde de la silla, listo para volver a saltar.

—Sé que no siempre piensas bien de mí, Chris —acusó Mark en tono un tanto reprimido—. Y aunque disto de ser perfecto, hago todo lo que puedo. —Hizo una pausa y añadió—: Tendrás que decidir si eres capaz de respetar mi liderazgo y seguirlo.

Chris se quedó mirándolo, sin decir nada. ¿Así que esto era lo que había en el fondo? Había servido fielmente como pastor de jóvenes de New Song durante casi una década, y ahora, ¿Mark le pedía la renuncia? Chris no podía creerlo, y meneó la cabeza. Luego se puso de pie y salió de la oficina sin decir palabra.

Pasó junto a su oficina, llegó al estacionamiento, y entró en su auto. No quería estar cerca de Mark Rivers en este momento. Con el motor encendido y las ventanillas cerradas, sacudió los puños, frustrado y gritó frente al volante:

—¡Ahhh!

Durante los diez minutos que duró su viaje a casa, Chris se vio envuelto en un torrente de ideas y pensamientos. Le enfurecía que Mark no quisiera ver todas las cosas buenas que estaba haciendo Dios en el ministerio de jóvenes. Chris jamás había visto chicos que amaran más a Dios, que se amaran los unos a los otros y que hicieran todas esas cosas que marcan una diferencia en la vida. Y si Mark no lo veía, entonces quizá no lo mereciera. Tal vez, ¡merecía un grupo de chicos como su precioso Danny! *Era justamente eso de mirar la paja en el ojo ajeno dándole por la cabeza a todos con la viga que uno tiene en el propio*, se dijo Chris a sí mismo mientras daba la vuelta a la esquina en su calle sin salida.

Estacionó su auto ante la entrada de su casa y tiró con fuerzas de la palanca del freno de mano, que no funcionaba. Entró en la casa, vacía, y sobre la mesa de la cocina abrió su computadora portátil. De inmediato, abrió un nuevo documento y comenzó a escribir. El clic de cada tecla se sentía como una aguja.

> Estimada Junta de Líderes de New Song Community Church:
>
> Con gran pena debo informarles que mi servicio como pastor de jóvenes en esta iglesia ha llegado a su fin, efectivo de inmediato. Debido a diferencias de ideología y visión del futuro, ahora tendré que buscar empleo en otro lugar. Agradezco la oportunidad que me dieron de servir aquí durante los últimos diez años.
>
> Saludo atentamente,
>
> *Chris Vaughn*

Chris se apartó de la mesa y dio un suspiro. Haciendo equilibrio sobre dos patas de la silla miró su casa. Las paredes estaban llenas de cartelitos que le recordaban a estudiantes y momentos del pasado: fiestas de la supercopa, fiestas de Navidad de suéteres feos, fiestas de cumpleaños, fogatas, graduaciones, casamientos, viajes de misión. Miró hacia el jardín, recordando las guerras de agua que habían hecho allí, los tenedores y el papel higiénico que habían limpiado del jardín que da a la calle, y los juegos de frisbee tan divertidos en el parque detrás de su casa. Por su mente desfilaron los rostros de los estudiantes y se preguntó qué les sucedería a cada uno de ellos:

—Ufff... —suspiró.

Chris guardó la carta y estaba cerrando su computadora portátil cuando oyó que llegaban Cari y Caleb. El niño llevaba una corona de Burger King y sonreía alegre. Entró corriendo y se abrazó a las piernas de su padre.

—Papi, ¡soy el rey del mundo! —exclamó, mientras se acomodaba la corona sobre los rulos.

Chris levantó en brazos al rey en miniatura y lo abrazó.

—Hola, amor —saludó Cari mirándolo con curiosidad y frotándole la espalda con la mano—. Has vuelto temprano. ¿Está todo bien?

Chris asintió a medias y puso a Caleb sobre sus hombros.

—Hablemos mientras nos ocupamos de los platos —y la besó, con una sonrisa triste. Eso significaba que hablarían después de que Caleb se hubiera ido a la cama.

—¡Estoy en mi trono! —gritaba el niño desde los hombros de su padre. Chris lo paseó por la casa, saltando mientras el pequeño se aferraba a su cabeza. Decidió no pensar en sus preocupaciones por unas horas.

Más tarde, mientras lavaban los platos, los Vaughns se abrazaron y lloraron. Pensaron con angustia en los muchos pros y contras, y en lo que implicaba cada opción. La peor era cómo decirles a los estudiantes. Eran los chicos de Chris, y dejarlos era como abandonar a su familia. Después de sopesar todas las opciones, pasaron una hora juntos, hablando con Dios y escuchándolo. Finalmente, antes de ir a dormir Chris imprimió la carta, la puso en un sobre y luego la metió en su mochila para llevarla al trabajo al día siguiente. Él y Cari acordaron que seguirían orando por esto durante esa semana, pero Chris sabía que a menos que Dios obrara un milagro, la carta era el punto final.

43

TAL VEZ ERA EL DIMINUTO BULTO lo que atraía las miradas, o quizá fueran los rumores que la gente comentaba en susurros cuando Amy pasaba por allí. Más allá de la razón, Amy no podía evadir la prueba de que su posición social había caído drásticamente. Miraba anhelante a las chicas que antes la miraban con envidia y ahora le daban la espalda cada vez que se acercaba. Los chicos la miraban, algunos con cara de asco, otros con cierto interés extraño, como si dijeran: esa sí que es fácil. Amy solo podía secarse las manos sudorosas en los pantalones de maternidad, y todo le recordaba que había cantidad de lugares en los que ya no encajaría.

Caminaba sola, abriéndose paso entre los grupos de chicos que se dirigían a sus clases. Mientras iba hacia la clase de Matemática, sentía que las miradas de todos la perforaban, y sus risitas y comentarios burlones le dolían. Iba con la cabeza gacha para que no la vieran llorar, abrazando los libros contra su pecho. De repente, de la nada, apareció un brazo que se entrelazó con el suyo y una voz alegre le preguntó si quería estar con alguien.

Amy se dio vuelta y vio a Andrea, caminando junto a ella, protegiéndola de las miradas y las risas. Mientras iban juntas, Andrea conversaba con Amy, llenando los huecos con charla alegre y vivaz si Amy se sentía demasiado angustiada como para hablar. Andrea le preguntó cómo iba el bebé, y le ofrecía ideas de nombres, y le decía que se veía preciosa. Incluso le preguntó si Amy podía ayudarla con su tarea de geometría.

Amy llegó a su clase, y después de que Andrea le dijera adiós, se quedó mirándola, sin poder creerlo. Y por primera vez en mucho tiempo Amy sonrió, apenas.

La conducta de Chris había sido errática todo ese día y ahora, cuando comenzaba la reunión del grupo de jóvenes, los chicos le preguntaban qué sucedía. Chris reía para tranquilizarlos, y seguía con los juegos y la diversión, como siempre. Pero cuando subió al escenario para hablar, Jake notó que se veía pálido, casi nervioso. Chris subió al centro del escenario con una enorme cruz, de casi 3 metros de alto y hecha de madera rústica. Todos observaron con atención y Chris se saltó la introducción y fue directo al punto, con ojos tristes.

Habló de los amigos de un hombre paralítico que hicieron un agujero en el techo de una casa para poder bajarlo justo delante de Jesús. Chris les pidió a los estudiantes que llenaban la sala que hicieran lo que fuera necesario para mostrarles a sus amigos el amor de Dios. Al concluir, no hubo susurros ni movimiento en los asientos. Tampoco mensajes de texto a escondidas. Todos estaban alerta, llenos de energía. Jake se inclinó hacia delante, con los codos apoyados en las rodillas.

—Así que, hoy vamos a terminar con un tiempo de respuestas —explicó Chris, sentándose en su banco favorito para los momentos de enseñanza—. Algunos han venido esta noche con cicatrices. Tienen basura, equipaje, como quieran llamarlo. Su respuesta es: dejen que Dios los sane —y después de hacer una pausa, continuó—: ¿Puedo darles una buena noticia? ¡El amor gana! Siete días a la semana y los domingos dos veces —y sonrió—. Así que, dejen atrás toda la basura. No la echarán de menos...

Sin que Jake lo notara, y sin hacer ruido, Amy entró y se sentó en el piso junto a la pared del fondo.

—... y hay algunos que han venido sintiéndose en total soledad. Su respuesta es sencillamente: dejen que Dios los ame. Los demás podremos intentarlo, pero nunca lo lograremos del todo. Solo Dios es el amigo que jamás te abandona, el que nunca tiene la línea ocupada...

Amy levantó la mirada y la centró en Chris.

—... y tal vez, algunos han venido esta noche sufriendo por otra persona. ¿Quieren saber su respuesta? Muéstrenle el amor incondicional de Dios. Sean Sus manos y Sus brazos. Tal vez no sea fácil, pero no abandonen. ¿Saben por qué? Porque EL AMOR GANA...

Jake pensó en Jonny. Había metido la pata tremendamente con ese chico. ¿Cómo podía ser él los brazos de Dios si ni siquiera lograba que Jonny le hablara? ¿Volverá a confiar en mí algún día?

—... sea cual sea su respuesta, anótenla en una hoja de papel, pónganla a los pies de esta cruz, ¡y dejen que gane el amor de Dios!

Chris entonces se dirigió al borde del escenario y se sentó contra la pared de la derecha.

Los de la banda se pusieron de pie y comenzaron a tocar una canción que Jake ya conocía bastante bien. Mientras dejaba que las palabras entraran en su corazón, escribió una sola palabra en su tira de papel: Jonny. No importa qué tuviera que hacer, quería componer las cosas y se sintió motivado —casi inspirado— cuando fue hasta la cruz y dejó allí su papel. Luego se arrodillo junto a la cruz, y bajando la cabeza le rogó a Dios que lo ayudara. Muchos estudiantes se habían puesto en línea y se reunieron alrededor de la cruz, dejando a los pies de ella sus cicatrices, inseguridades y preocupaciones, mientras Jake permanecía arrodillado allí.

Cuando se levantó para ir a su asiento, vio a la solitaria figura sentada contra la pared del fondo. Reconoció a Amy al instante, tan frágil y sola. Le latía el corazón al galope, y se apresuró para ir a sentarse en el piso junto a ella. Amy no dijo nada. Apoyó la cabeza en el hombro de Jake y luego irrumpió en llanto contra su pecho. Jake calló, pero la rodeó con sus brazos y la abrazó fuertemente. Andrea y Billy la habían visto y también vinieron a sentarse del otro lado de Amy. Andrea volvió a darle pañuelos.

Treinta minutos después, Jake estaba ante la puerta de Jonny. La casa rodante estaba a oscuras y no había ningún auto en la entrada, pero Jake siguió golpeando la puerta, rogando que alguien contestara. Era este su quinto intento desde la noche del martes. El sábado por la noche hasta se había dormido en los escalones, esperando que llegara alguien. Pero esta noche Chris había renovado sus esperanzas, y Jake estaba dispuesto a intentarlo de nuevo.

—Por favor, Jonny, lo siento —imploraba Jake una y otra vez, apoyándose en la puerta.

Finalmente, desesperado y sin saber qué hacer, se apoyó contra la puerta y se deslizó hasta quedar sentado en el piso.

—Por favor, Dios —susurró.

La lapicera que llevaba en el bolsillo de su camisa sobresalía, y la sacó junto con sus anotaciones de la iglesia. Surgió un nuevo plan en su mente y anotó una disculpa, que metió en la hendija de la puerta.

Del otro lado, dentro de la casa rodante, Jonny estaba sentado en el piso de su cuarto, apoyado contra la cama en desorden, con los audífonos a todo volumen llenando de música su cabeza. Garabateaba palabras en su anotador, con gran fervor, y apretaba tanto la lapicera que se manchó el papel de lado a lado. Sobre su mesa de noche había un frasco de píldoras que había robado del gabinete de medicinas de su madre. Tomó la botella en su mano derecha y la sacudió, oyendo el ruido de las pastillas que parecían caramelitos. Suspiró porque su madre ni siquiera sabía que había faltado a la escuela toda la semana. Claro, es que no había venido a casa desde el viernes. Acarició el plástico del frasco y se centró en la sangre que brotaba del nuevo corte que se había hecho en el antebrazo izquierdo.

44

JAKE Y ANDREA no eran los únicos que echaban de menos a Jonny en la escuela. Danny también se había dado cuenta, pero por razones muy diferentes. Danny se sentaba junto a Jonny durante la clase de biología en la cuarta hora. Jonny era excelente, pero Danny tenía dificultades. A las tres semanas de iniciadas las clases Jonny había ayudado a Danny sin querer, a obtener una buena calificación. El trato era sencillo: compararían sus respuestas de la tarea durante los primeros minutos de clase mientras el Sr. Ventor, prácticamente ciego a pesar de sus gruesos lentes, tomaba lista. A medida que pasaban las semanas, Danny hacía cada vez menos tarea y se copiaba casi todo. Incluso extendió este arreglo a los exámenes. Se cuidaba de no corregir todas sus respuestas, como para no despertar sospechas y obtener apenas la nota que necesitaba para aprobar. Jonny se había resistido débilmente al principio, pero finalmente había cedido y permitía a diario que Danny viera todas sus respuestas.

Pero todo esto cambió después de que Jonny comenzó a asistir al grupo de jóvenes. Al día siguiente, Danny había extendido el brazo para tomar el cuaderno de Jonny, pero éste sacó rápido su trabajo y se negó a mostrárselo. Danny presionó, insistió y molestó, diciendo cosas feas por lo bajo e incluso insultos raciales. Pero Jonny no decía nada y seguía ocultando su trabajo. Lo mismo sucedió en el examen siguiente, que equivalía al 20 por ciento de su calificación. Como siempre, Danny no sabía nada porque no se había preparado, y por ello sus notas cayeron y terminó desaprobado.

A partir de ese día, Danny hizo todo lo posible por hacer un infierno de la vida de Jonny. Lo bombardeaba con todo tipo de tormentos posibles, sin que lo descubrieran, como escupir papelitos desde el otro lado del pasillo, poner el pie para que tropezara, susurrar comentarios crueles que solo Jonny pudiera oír. Por supuesto, no lo hacía ni en la iglesia ni cuando estaba Jake por allí, porque podría quedar al descubierto. Solo se limitaba a molestar a Jonny durante la cuarta hora, la clase de biología.

Jonny jamás se quejó ni peleó para defenderse. Pero tampoco volvió a permitir que Danny hiciera trampa usándolo a él. Esto enfurecía a Danny, pero no se le ocurría nada más para hacer, hasta ese lunes afortunado, hacía ya una semana, cuando Danny fue testigo de la ofensiva verbal de Jake y la retirada de Jonny. Cuando Jonny no volvió ni a la escuela ni al grupo de jóvenes, parecía que lo que Danny le había dicho junto al armario había surtido efecto.

Pero una semana después, al ver a Jonny entrando en la clase, Danny le dedicó una maligna sonrisa. Los ojos oscuros de Jonny permanecían clavados en el piso mientras avanzaba arrastrando los pies hasta la última fila. Aunque la mayoría no miraba la alta figura de Jonny con atención, ese día Danny lo miró todo el tiempo, seguro de que hoy había algo drásticamente diferente en el chico. Había vuelto a ponerse la sudadera negra, escondiendo su triste cara en la capucha, y los brazos con cicatrices estaban enfundados en las mangas largas. El viejo Jonny estaba de regreso.

Justo en el momento en que llegó a su asiento, Danny puso el pie delante de él, y Jonny tropezó y cayó en la silla. Su mochila también cayó al piso.

—Tanto tiempo... —susurró Danny.

Jonny ni se movió, haciendo caso omiso del saludo burlón y mirando ciegamente hacia el frente de la clase, donde el Sr. Ventor estaba dando una monótona explicación sobre el milagro de la fotosíntesis.

Como siempre, Danny no estaba interesado para nada en la ciencia de la vida, pero sí en estudiar a su compañero, que había vuelto a ser el de antes. Sus ojos lo miraron de arriba abajo, y se detuvieron en el contenido que había caído del bolsillo delantero de la mochila, porque el cierre estaba abierto. En medio de algunos lápices, tarjetas, papelitos y un paquete de goma de mascar, estaba el maltrecho celular de Jonny. Danny lo miró todo y luego, con mucha cautela, deslizó su pie hacia el pasillo. Jonny se veía preocupado, ausente, de modo que Danny pudo ir atrayendo el celular hacia su silla lentamente. Mirando con un ojo la cabeza calva y brillosa del Sr. Ventor, y con el otro la vieja capucha de Jonny, Danny se echó hacia atrás en su asiento y extendió la mano para levantar el celular, que metió en su bolsillo sin que nadie lo viera.

—¡Necesito ir al baño! —proclamó ante toda la clase, interrumpiendo al Sr. Ventor en mitad de una frase.

El maestro escribió un permiso sin interrumpir su discurso, y Danny salió.

Quince minutos después, mientras los estudiantes hambrientos contaban los minutos que pasaban lentamente hasta la hora del almuerzo, sonó la alarma de emergencias de la Secundaria Pacific, que se oyó en todas las instalaciones. Los maestros, molestos porque se interrumpían las clases para otro de esos ejercicios de evacuación, guiaban a las hordas de estudiantes desde todas partes hacia el parque. La sirena penetraba el aire con su sonido agudo y chillón, y todos se cubrían los oídos ante el molesto ruido. Conocían bien la rutina: permanecer en fila y dirigirse hacia el medio del parque. Pero Clyde Will igualmente daba las indicaciones del caso con su voz de perro: "¡Todos quédense en la fila! ¡Vamos! ¡Ya dejen de jugar! ¡Última advertencia!"

A pesar de su tono serio, y del drama que había perturbado la rutina de la escuela pocos meses atrás en el Corredor de los Mayores, había estudiantes que bromeaban y jugueteaban, contentos porque se había terminado la clase antes de tiempo. Las prolijas filas se desarmaron cuando llegaron al amplio parque, y se formaron grupitos de amigos que gritaban por sobre la ensordecedora sirena mientras los maestros inútilmente trataban de pasar lista y mantener el orden.

De repente aparecieron patrulleros de la policía de Oceanside por la esquina, y con el chirriar de los neumáticos se detuvieron frente a cada una de las entradas de la escuela. Detrás, venían dos autobombas con bomberos. Los alumnos desobedecían a los maestros y se arremolinaban contra el cerco para ver de qué se trataba toda esta conmoción.

—¡Vuelvan a las filas! —gritaba Clyde con un megáfono mientras los profesores hacían eco de sus órdenes. Juntos, lograron que los alumnos se apartaran del cerco a regañadientes

En el centro del caos, Jake encontró finalmente a Amy.

—¿Sabes qué es lo que pasa? —le preguntó, ahuecando su mano tras la oreja de ella para hacerse oír.

—Oí que una chica hablaba con su madre por celular. La escuela apareció en el noticiero por una amenaza de bomba —gritó Amy.

Billy y Andrea llegaron a donde estaban ellos y los saludaron con un gesto en lugar de gritar por sobre el ruido de la sirena.

Entonces, tan abruptamente como había comenzado, la sirena dejó de sonar y se vio reemplazada la calma y el silencio, que enseguida se llenó con conversaciones por allí y por aquí. Clyde subió los escalones hasta el segundo nivel del edificio D y encendió la sirena de su megáfono. Todos volvieron la mirada al guardia de seguridad que desde lo alto exigía la atención.

—Alumnos, esto no es un ejercicio ni un simulacro. ¡Es real! —gritaba Clyde por el megáfono—. Se ha informado de una amenaza de bomba en la escuela. La policía revisará las instalaciones. Permanecerán en fila hasta nueva orden —y con mirada severa recorrió los rostros, advirtiéndoles—: Quiero que quede perfectamente claro que quien intente salir de esta área será suspendido de inmediato, y se recomendará su expulsión. No es un chiste. En especial en esta escuela.

Todos se sentían inquietos, incómodos, y callaron esperando a que alguien hiciera o dijera algo. ¿Podría haber una bomba en la escuela? Si era así, ¿no se les ocurría que dejarlos a todos atrapados aquí era una estupidez?

Jake miró a su alrededor y vio a Danny Rivers que se acercaba a Clyde. Le dijo algo al oído. No fue Jake el único que lo notó. Había cientos de ojos mirando, y la multitud de chicos comenzó a murmurar. ¿Sabría algo? ¿Estaba confesando ser el autor del crimen? Jake sintió un nudo en el estómago. Si Danny tenía que ver en esto, la cosa no podía ser nada bueno.

Clyde llamó a dos agentes de policía y Danny repitió su mensaje. Unos segundos después el grupo avanzó rápidamente hacia otra parte de la escuela.

Lejos de las curiosas miradas de todos, Danny guió a Clyde y a los agentes de policía directamente al armario número 1779. También los siguió el director, que abrió la cerradura con la llave maestra cuando el perro de la policía no ladró por no haber olfateado nada sospechoso.

El agente de mayor cargo abrió la puerta con delicadeza y todos miraron dentro del armario. Había dibujos violentos tapizando el interior, como empapelado. En uno, un chico montaba una bomba camino a la Secundaria Pacific. En otro, un cuchillo chorreaba sangre sobre un grupo de estudiantes.

El agente de policía sacó del armario un cuaderno negro de espiral y lo hojeó. Había dibujos, garabatos y poemas, todos sádicos y violentos. Se mostró preocupado mientras seguía hojeando el cuaderno, y entonces sonó una voz en su radio.

—Sí, ya hemos rastreado el número de celular desde donde se hizo la llamada de amenaza —decía la voz que sonaba como lata.

—Diez-cuatro, ¿qué tienen?

El ruido de la estática resonaba en el pasillo mientras el agente leía un nombre escrito en forma de grafiti sobre la primera página del cuaderno.

—El número pertenece a un tal...

El agente levantó el papel para que su compañero lo leyera, al unísono con la voz que salía de la radio.

✠ ✠ ✠

El murmullo de curiosos recorría la multitud de chicos cuando el grupo de investigación volvió a salir. Jake miraba la acción con mucha atención, y se sintió enfermo al ver que Danny aparecía y hacía un gesto con la cabeza hacia donde estaban sus compinches, sonriendo con satisfacción. Clyde llevó a los agentes hacia donde estaba el Sr. Ventor y le mostró la cubierta del cuaderno. El hombre frunció el ceño y apretó los labios mientras miraba a su alrededor para señalar a un estudiante que estaba solo, al final de la fila, a metros de todos los demás. Estaba sentado en el borde de un cantero, dándoles la espalda. Clyde y los policías avanzaron, abriéndose paso entre los alumnos, para rodear a este chico.

—¿Jonny García? —preguntó el oficial de policía.

Jonny dio un respingo, asustado, y se quitó los auriculares.

—¿Qué? —murmuró, consciente de que era el centro de atención en este momento, y no por algo bueno.

Jake, Amy, Andrea y Billy observaron a los policías desde el otro lado del campus.

—¡Es Jonny! ¡Está aquí! —exclamó Andrea por lo bajo. Jake se levantó de un salto. Ninguno de ellos podía oír lo que decían los policías, pero la cosa parecía grave.

—Tenemos que echarle una mirada a tu teléfono celular, hijo —le dijo el oficial a Jonny, que con gesto desganado atrajo la mochila hacia sí y abrió el cierre del bolsillo pequeño de frente. Metió los dedos, pero no encontró nada allí. Su expresión cambió a desazón cuando revisó los otros bolsillos y tampoco encontró su celular. Incluso dio vuelta la mochila para que cayera todo lo que había dentro. El teléfono no estaba.

—No... no está —murmuró.

Con una mano en su pistola el oficial dio un paso hacia Jonny y lo esposó.

—Tendrás que acompañarnos —gruñó, tirándole el brazo hacia atrás para ajustar las esposas.

Uno de los otros policías metió las cosas de Jonny de vuelta en su mochila y los escoltó hacia la puerta, pasando por la multitud de chicos que había allí.

Jonny iba con la cabeza gacha, pero sentía cómo le quemaban las miradas de odio y las risitas burlonas. Luego, como si fuera algo del destino, levantó la cabeza justo en el momento en que pasaba junto a Jake. Sus miradas se cruzaron y en un milisegundo pareció pasar toda una eternidad.

La mente de Jake le transportó de inmediato a ese momento en que había estado cara a cara con Roger. Había intentado convencerlo de que dejara el arma mientras los ojos de ambos se decían miles de cosas en silencio. Un escalofrío le recorrió la nuca al recordar la última conversación que había tenido con Roger en ese día horrible, terrible.

—No tienes que hacer esto, amigo —intentó razonar Jake.

La mirada de Roger es decidida.

—Demasiado tarde, Jake —y luego las cuatro palabras— como si te importara.

Entonces, Roger levanta el arma y la apoya bajo su mentón, y...

El eco del disparo en su mente trajo a Jake de regreso a la realidad cuando Doug, que estaba detrás de él en la fila, dijo con voz chillona:

—Son siempre los locos más callados los que son peligrosos.

Varios chicos a su alrededor rieron, pero este nuevo estudiante terrorista los había asustado de todos modos.

Jake quería darse la vuelta y pegarle a Doug. Pero estaba paralizado. ¿Puede ser que esté pasando lo mismo otra vez? Sintió que la sangre le corría por las venas impulsándolo a actuar, a moverse, a ocuparse.

—No puede ser así —susurró Jake mientras seguía con la mirada el recorrido de vergüenza de Jonny—. Él no haría esto —y con la mirada recorrió las caras de los presentes, para aclarar sus pensamientos. Entonces vio a Danny riendo con varios de sus amigos drogones.

De repente, se le ocurrió una idea aunque nunca supo de dónde surgió. Sacó su teléfono celular, buscó el número de Jonny, sabiendo que no iba a contestar, pero sintiendo que sí sabía quién respondería la llamada. Y por supuesto, incluso a la distancia, no podría negarlo. Apenas Jake presionó el botón de llamada, Danny dio un salto y muy nervioso metió la mano en el bolsillo. Sacó un teléfono, miró con rabia el nombre de quien llamaba, y activó la opción de Silencio. Jake sintió que la sangre le hervía.

—Jonny no lo hizo. No fue él. ¡Tenemos que hacer algo! —exclamó, dirigiéndose a sus amigos. Miró al auto de policía, donde el oficial estaba metiendo a Jonny como si fuera un animal que entraba en una jaula. Después de hablar por la radio, el conductor dio la vuelta y se sentó en su butaca. Jake pensó rápido, sabiendo que con cada segundo la posibilidad de corregir este error se alejaba más y más.

—¡Tengo que detener ese auto!

Amy puso su mano sobre el hombro de Jake.

—Jake, te van a expulsar —pero Jake ni siquiera la oyó.

Entonces, Billy dijo con su vocecita aguda:

—¡Tengo una idea!

Los cuatro se reunieron y con entusiasmo definieron sus roles. Veinte segundos más tarde, Billy salió corriendo en dirección opuesta, gritando a los cuatro vientos:

—¡LIBERTAAAD!

Dos guardias de seguridad, sorprendidos, corrieron tras el chico negro, dejando así sin vigilancia la salida que estaban cuidando. Sin que nadie lo viera, Jake salió de entre los estudiantes y pasó por el portón de la entrada del frente, relativamente sin problemas.

Del otro lado del patio Clyde lo vio salir, e instintivamente corrió tras él. Pero cuando estaba llegando a la puerta Amy inocentemente se interpuso, y Clyde la apartó apenas para poder pasar. Entonces Amy puso en marcha su melodrama, digno de un Oscar:

—¡Ohhh! —gimió, cayendo al suelo mientras se tomaba el vientre abultado.

—Oh, ¡No! —gritó Andrea, que estaba cerca, y se agachó para ayudarla—. ¡Está esperando un bebé y acabas de empujarla! —gritó en tono acusador, dirigiéndose a Clyde.

—Ayyy... —seguía gimiendo Amy.

—¿Vas a tener el bebé ahora?

—Ayyy...

De inmediato, Amy se convirtió en el centro de atención de todos, y cada una de las maestras con instinto maternal, echó una furiosa mirada a Clyde por haber sido tan descuidado. Clyde intentaba aplacar a los preocupados que le impedían el paso mientras encendía su megáfono para detener a Jake.

—Taylor, ¡vuelve aquí inmediatamente! —gruñó.

Jake oyó la orden pero siguió corriendo. Todavía había tiempo. Tenía que salvar a Jonny. A la distancia, podía ver que el patrullero retrocedía por el sendero de entrada, dirigiéndose hacia el portón.

Dentro del auto Jonny sacó con dificultad un frasco de píldoras que tenía en el bolsillo de su sudadera. Logró poner el frasco entre sus rodillas. Había venido a la escuela esa mañana con cierta esperanza, débil pero renovada. Cuando su madre había llegado por fin a casa anoche (casi sobria), había dejado una nota bajo la puerta de Jake y él se convenció de que valía la pena darle otra oportunidad a la vida. Se inclinó hacia delante, y con mucho cuidado comenzó a quitar con los dientes la tapa a rosca del frasco.

Clyde logró zafarse de los que rodeaban a Amy, y entregándole el megáfono a otro guardia, corrió hacia el portón abierto.

Jake seguía corriendo por el estacionamiento lleno de vehículos, tratando de llegar al mismo portón. Tenía que detener a ese auto. Tenía que arreglar todo esto.

Jonny logró quitar la tapa y lentamente, tumbó el frasco para que cayeran las píldoras en su boca. Muchas cayeron fuera, y quedaron entre sus piernas. Aunque pudo meterse varias.

A cinco metros de la entrada Clyde alcanzó a Jake y lo tumbó al suelo. Jake logró levantarse, pero Clyde extendió sus brazos y lo detuvo. Jake luchó para poder soltarse, pero su oponente era una mole de 115 Kg. de puro músculo.

—Jake ¡esto no está bien! —gritaba Clyde, sin aliento ya.

Jake seguía luchando por zafarse, y miraba a Clyde con ojos llenos de pánico.

—Por favor, Clyde, ¡suéltame! —rogaba—. ¡Tengo que arreglar esto!

El auto de la policía se acercaba rápido. Estaba a cincuenta metros... a cuarenta... a treinta... a veinte... y de repente Jake notó que Clyde aflojaba un poco los brazos. Aprovechó para apartárselos. ¡Era libre ahora! Corrió dando tumbos hacia el patrullero y se paró delante, levantando los brazos para que se detuviera.

¡BAM!

El cuerpo de Jake rebotó en el capot del auto y cayó sobre el asfalto. Los neumáticos chirriaron y el auto se detuvo.

Dentro, el cuerpo de Jonny se volcó hacia delante, aprisionado por el cinturón de seguridad, y se le cayeron las píldoras que tenía en la boca, quedando desparramadas en el asiento trasero. Los oficiales salieron del auto y rodearon a Jake, a ambos lados.

—¡Manos arriba, donde podamos verlas! ¡Ahora! —ordenó el que estaba más cerca del chico.

Desde el suelo, Jake levantó sus manos lastimadas por encima de su cabeza.

—¡No fue él! ¡Yo sé quién fue! —rogaba sin miedo alguno.

Clyde se acercó a él desde atrás, y puso su mano sobre el hombro del policía para calmar las cosas.

—Jake, ¿de qué estás hablando?

Dos policías más se acercaron, levantaron a Jake para ponerlo de pie y le tomaron los brazos para ponerlos detrás de su espalda. Lo empujaron hacia el capot del auto y lo echaron encima de la marca que había dejado su cuerpo en la chapa hundida. Jake miró por el parabrisas y miró a Jonny directo a los ojos. Le gritó:

—¡Ahora las cosas han cambiado!

DANNY ESTABA SENTADO SOLO en la pequeña oficina de demorados de la Secundaria Pacific, con un policía armado montando guardia junto a la puerta. Lo habían dejado solo en esa habitación vacía durante más de una hora, dándole tiempo suficiente como para dedicarse a contar la cantidad de tejas que había en el cielorraso, mientras permanecía echado hacia atrás en la fría silla plegable de metal, esperando su destino. Su cabello marrón estaba despeinado, y le caía sobre la nuca y la frente —sería esta la única habitación de la escuela sin aire acondicionado— y protestaba, maldiciendo y quejándose por lo bajo sin que nadie lo oyera. Se incorporó, y golpeándose la cabeza contra el borde de acero de la mesa, murmuró, culpándose de haber sido tan estúpido de haberse quedado con el celular de Jonny después de hacer la llamada. Había intentado tirarlo por allí cuando Jake creó toda esa confusión, pero un guardia de seguridad lo vio arrojando el teléfono y lo atraparon.

Unas voces, apagadas porque venían de detrás de la puerta, lo hicieron volverse para ver a Chris y Jake, que entraban en ese momento. El policía cerró la puerta y quedaron los tres solos.

—¿Para qué lo trajiste a él? —dijo Danny levantándose de un salto y señalando a Jake, enojado.

—¿Por qué vine yo, y no tu padre? —respondió enseguida Chris en tono cortante.

Danny se encogió de hombros.

—Solo apúrate y sácame de aquí. Yo no hice nada —insistió.

El asombro hizo que Chris meneara la cabeza y se volviera hacia la puerta.

—¿Adónde vas? —preguntó Danny, desafiante.

Chris se detuvo y por sobre el hombro dijo, con sonrisa maliciosa:

—No parece que hayas hecho nada malo.

Danny volvió a apoyarse en la mesa de conferencias, y levantó las manos:

—¡No fue culpa mía! Alguien me tendió una trampa —y miró furioso a Jake—. No merezco esto.

Chris siguió avanzando hacia la puerta.

—Danny, te encontraron con el celular de Jonny. No engañas a nadie —y golpeó la puerta, que el policía abrió de inmediato.

—¡No pueden irse dejándome aquí! —los amenazó Danny, poniéndose de pie y con mirada furiosa.

Chris ni siquiera se dio vuelta para mirarlo.

—No te estoy dejando aquí. Te llevarán a la oficina central hasta que tu padre se haga un momento para ir a buscarte —y le hizo una seña a Jake para que saliera también. Pero Jake no se movió.

—Tú decides —dijo Chris encogiéndose de hombros mientras salía.

Danny le gritó desde atrás:

—¿Estás loco? No puedes hacer esto... ¡haré que te despidan!

Chris siguió caminando por el pasillo y Danny no le sacó los ojos de encima mientras la puerta iba cerrándose lentamente.

—Está bien... está bien... ¿qué quieres que diga? —le gritó—. ¿Qué? Que no soy perfecto... ¿que me equivoqué?

Danny pateó su silla y la hizo chocar contra la pared del otro lado.

—Fue un accidente. ¡Me asusté muchísimo!

La puerta se cerró. Chris no miró hacia atrás.

—¡Está bien! ¡Está bien! Sé que mentí, ¡yo fui el malo! ¡Lo siento! ¡Chris, solo era una bromita pesada! ¡Vuelve! —rogaba Danny a los gritos.

La única respuesta fue el "clic" de la puerta. Chris se había ido.

—Me quedaré contigo —ofreció Jake, que estaba todavía dentro de la oficina.

Danny se echó contra la pared, dando puñetazos al revoque pintado, y se dejó caer hasta quedar en el piso. Se tomó la cabeza con las manos y murmuró, casi sin sonido:

—¿Por qué haces esto?

—No lo sé muy bien —admitió Jake con sinceridad.

Al ver a Danny allí en el piso, su corazón se llenó de lástima.

Danny levantó lentamente la mirada, y fijó en Jake sus ojos encendidos de rabia.

—Sabes... fui yo el que hizo ese folleto.

—Lo supuse —dijo Jake, sentándose en el piso a su lado.

Danny lo miró de reojo.

—Entonces, ¿por qué sigues aquí?

—Porque no podía permitir que sucediera de nuevo.

Pasó un minuto en silencio. Luego Danny preguntó en voz baja:

—¿Dejar que sucediera de nuevo? ¿Qué cosa?

Jake estiró la pierna. Tenía la rodilla ensangrentada todavía.

—Abandoné a Roger, y eso es algo que me perseguirá para siempre —y quitándose unas piedritas que se habían pegado a su herida, continuó—, no podía repetir ese error con Jonny... ni contigo.

Pasaron los segundos como granitos de arena que iban llenando sus pulmones. Con la mirada fija en la pared del frente, Danny dijo con la voz quebrada:

—Fui yo.

Jake dejó de tocarse la rodilla y esperó a que continuara.

—Yo estaba allí ese domingo en que vino Roger —la voz de Danny sonaba a que jamás lo hubiera admitido, ni siquiera a sí mismo—. Llegué tarde y lo vi ocupando mi asiento. Entonces, susurré en su oído: "No perteneces a este lugar". En realidad, no quise decir que tuviera que irse. Yo solo quería mi sofá. Roger no dijo nada. Se levantó y se fue. Habría corrido tras él si hubiera sabido que iba a... juro que no lo sabía...

Danny se volvió a Jake, con lágrimas en los ojos.

—¡Fue culpa mía! ¡Fui yo! —confesó.

Jake no se movió, pero sus viejas emociones despertaron de nuevo, con venganza. Una parte de él quería aplastar el cráneo de Danny contra la pared de cemento. En cambio, respiró hondo y puso su mano temblorosa, suavemente sobre el hombro de Danny.

—Fue culpa de todos nosotros —susurró con suavidad.

Jake permaneció con Danny durante una hora más. Ni en un millón de años se habría imaginado que pasaría tanto tiempo con Danny Rivers —y por cierto, no por decisión propia— pero una voz que resonaba en su cabeza le mandaba quedarse. Incluso oraron juntos, con frases breves, pidiendo perdón a Dios, pidiéndole que les librara de su culpa.

Finalmente llegó Mark para venir a buscar a su hijo.

Esa misma noche, después de pasar unas horas con Jonny, horas que sanaron a ambos, Jake entró muy cansado a su habitación y encendió su computadora para ver el puntaje obtenido por los Lakers. Le gustó ver que le habían ganado a Sacramento y que ahora estaban tres a cero en la serie de finales. Pero con todo lo que había pasado ese día, esos detalles triviales ni siquiera lograron despertar su interés.

Movió con la mano el ratón hacia su lista de Favoritos, en el margen superior de la pantalla. Con cierta duda, hizo clic sobre la página de MySpace de Roger. No había vuelto a abrirla desde que la creara, y se sintió nervioso mientras la página se cargaba. Si nadie la había visitado, sentiría tristeza y desilusión pero... ¿qué importaba eso ahora? Hoy había sido un gran recordatorio de lo mucho que había cambiado y aprendido desde la muerte de Roger, y ninguna tonta página Web podría quitarle eso.

El fondo azul llenó la pantalla, como si fuera una ola de paz. Y enseguida aparecieron los botones, imágenes y palabras.

Jake movió el ratón hacia la izquierda. El aviso decía que tenía invitaciones de hacerse amigos, e hizo clic, esperando ver unos diecisiete... sin saber por qué elegía esa cantidad. Pero lo que vio casi lo hizo caer de la silla. Había 2.736.

Jake repasó la lista de miles de fotografías. Algunas incluían un breve mensaje.

Invitaciones de amigos de Roger	
Mostrando 7 de 2736 comentarios	**Anterior | Siguiente**
Jamie APROBAR RECHAZAR	Roger, lo siento tanto. No estuve allí para ti. Tu página me inspiró a vivir la vida de manera diferente.

Tyler APROBAR RECHAZAR	Pasé por eso. Horrible. Pero ya salí de allí. ¡Gracias, hermano!
Ro-ro APROBAR RECHAZAR	Me corto, pero ahora voy a buscar ayuda. Gracias.
Roxanne APROBAR RECHAZAR	Buscaba un sitio para decidir cómo matarme, y encontré tu página. Me salvaste la vida.
Master Malcom APROBAR RECHAZAR	Mi hermana amenaza con suicidarse. Ya no voy a ignorarla ahora.
Shania APROBAR RECHAZAR	Roger. No tienes idea. Gracias.
Train APROBAR RECHAZAR	Oro por tu familia.

Abrumado ante la respuesta de tantos, sintió que el corazón se le salía del pecho. Jake siguió leyendo. Había muchísimas fotos y mensajes de gente totalmente desconocida. Después de treinta minutos se le entumecieron los dedos. Pero había más. Finalmente, llegó al último. Entonces, tildó la casilla de Seleccionar Todos e hizo clic en Aceptar.

Una hora más tarde, Jake se durmió. Todavía estaba sonriendo.

AUNQUE NO SIEMPRE LLEGABA A HACERLO, a Chris le encantaba practicar sus charlas en el salón de jóvenes, antes de que llegaran los chicos. Imaginaba que estaban todos sentados allí y oraba para que sus palabras no cayeran en oídos sordos. En esta noche, oró especialmente por eso.

Después de buscar sabiduría, o una señal, o algo durante los últimos días, él y Cari habían decidido oficialmente que su tiempo en New Song Community Church había llegado a su fin. Pensaba enviar su carta de renuncia esa misma noche, después del grupo de jóvenes. Era una de las decisiones más difíciles y dolorosas que hubiera tomado en su vida. Y aunque detestaba la idea de dejar a estos chicos en los que había puesto todo de sí, toda su vida, sabía que ya no podría seguir trabajando para un hombre por quien no sentía más respeto. El incidente de Danny con la amenaza de bomba solo había servido como confirmación de ello.

Chris estaba anotando un par de cosas sobre el atril que usaba como podio y de repente percibió que no estaba solo. Levantó la mirada y vio a Mark que estaba parado junto a la puerta, sin decir nada y esperando que Chris terminara de escribir. El hecho de que Mark estuviera dispuesto a esperarlo con paciencia lo asombró más que su llegada silenciosa. Pero lo que más le asombró fue el aspecto que tenía Mark. Chris jamás lo había visto sin afeitar. Además, no andaba erguido, sino de hombros caídos y con la mirada inquieta. Se veía nervioso.

—¿Mark? —saludó Chris, cauteloso, dejando la lapicera sobre el atril.

—Mi hijo y yo hablamos anoche durante tres horas. Me lo contó todo —dijo directamente Mark, levantando la mirada del piso para mirar a Chris.

Chris sintió que se ponía a la defensiva. Seguramente, Mark no pretendía echarle la culpa a él por la conducta de su hijo, ¿verdad? Pero no sonaba enojado. Más bien, sonaba quebrado. Por eso Chris guardó silencio, dejando que Mark dijera todo lo que tenía para decir.

—Yo no tenía idea siquiera de los problemas de mi hijo —continuó Mark, y la voz se le quebró—. Yo estaba ocupado tratando de liderar una iglesia, y ni siquiera sabía lo que sucedía en mi propia casa.

Chris había trabajado con Mark durante cinco años. Jamás lo había visto tan vulnerable, tan real. Sintió que se le encogía el corazón al ver a su jefe, siempre tan altanero y recto, con dificultad para encontrar las palabras adecuadas.

—Mi hijo no pensó en que podría llamarme. Pero sí te llamó a ti —dijo Mark, asombrado.

Metió las manos en los bolsillos y miró a Chris a la cara.

—Sé que no siempre hemos estado de acuerdo, pero aunque sé que tal vez no valga de nada, quise pasar por aquí y darte las gracias, Chris.

Chris estaba como clavado en su banqueta, y no podía hablar. En todos estos años Mark jamás le había dado las gracias por entregarse con vida y alma a nadie, y mucho menos a Danny. Literalmente sintió que su ira y enojo con Mark empezaba a esfumarse.

—Creo que finalmente conocí al Jack Taylor del que me hablabas todo el tiempo —añadió Mark.

Chris estaba confundido.

—Te lo presenté hace meses ya.

Mark lo interrumpió:

—Lo sé. Pero en realidad, lo conocí anoche. Es buen chico. Has hecho un gran trabajo con él.

Chris sonrió, sin saber qué decir.

Mark miró a su alrededor, incómodo. Y luego agregó:

—He decidido tomarme una licencia. Si no soy capaz de guiar a mi hijo, seguramente tampoco estoy en posición de guiar o liderar a toda una iglesia. Quería que fueras el primero en enterarte.

Dicho eso, se dio vuelta y salió del salón.

Chris se quedó mirando la puerta, ese umbral donde el hombre que tanto resentimiento le había causado, acababa de dejar en total sumisión. Quería decir tantas cosas... pero no le salía una palabra. En cambio, sacó su carta de renuncia que tenía dentro de la Biblia, y la rasgó en pedazos.

TRES SEMANAS DESPUÉS, Jake, Amy y las madres de ambos esperaban con expectativa en la sala de estar de los Vaughn. Chris ya les había explicado el procedimiento varias veces, pero ahora que había llegado el momento, la magnitud de su decisión era algo tangible, muy grande. Amy jugueteaba nerviosa con su largo cabello rubio, escuchando a Chris con atención.

—Frank y Jane son una pareja maravillosa —les dijo con calma, sentado al borde de su silla—. Son amigos nuestros desde hace muchísimos años, y han luchado tanto para poder tener hijos. Por eso, se mueren de ganas de conocerlos desde que se los dije.

Chris sonrió, y su sonrisa transmitía compasión y comprensión.

—Están muy entusiasmados, además, ante la idea de una adopción abierta para que el niño crezca conociéndolos a ustedes —agregó.

Jake se volvió con ternura hacia Amy y tomó su mano entre las suyas.

—¿Estás segura de que esto es lo que quieres?

Amy sonrió apenas, y asintió con determinación. Su madre extendió el brazo y le frotó la espalda.

—Bien. Cari está con ellos allí afuera —dijo Chris levantándose y yendo hacia la puerta—. Hagámoslo.

Jake se acercó más a Amy en el sofá, poniendo su mano suavemente sobre la rodilla de ella, que temblaba. Chris abrió la puerta, y entró una pareja simpática de unos treinta y cinco años. Avanzaron y con timidez se acercaron a los nerviosos adolescentes.

—Jake y Amy, les presento a Frank y Jan.

Jan sonrió y con gesto tímido le entregó a Amy una bolsa de regalo, de color rosado.

—Es para ti.

Amy se levantó lentamente, acostumbrándose a estar más y más pesada cada día.

—¿Qué? ¿Por qué? —preguntó, confundida. No lo esperaba.

—Bueno, no es nada —dijo Jan frunciendo la nariz—. Es solo algo pequeñito para expresar nuestra gratitud por tu maravilloso regalo.

Se le humedecieron los ojos mientras veía a Amy abriendo el regalo.

—Queremos que sigas siendo parte de la familia.

Amy sacó un lindo álbum de bebé. Del lado interno de la cubierta habían escrito a mano: "Amy, tú eres la respuesta a tantas oraciones nuestras. Te amamos ya desde ahora."

Jan se acercó un poco temerosa para abrazar a Amy. Ambas lloraban.

Frank miró a Jake y le dio la mano.

—No tienes idea de lo que significa esto para nosotros —y con una enorme sonrisa le dio a Jake un abrazo de oso.

—¡Ay! —exclamó Amy, sonriendo a pesar de las lágrimas y poniendo la mano de Jan sobre su vientre—. ¿Sientes eso? El bebé ya debe saber quiénes son ustedes. ¡Acaba de dar un saltito!

Todos estaban sonriendo.

48

CHRIS PREDICÓ ante toda la iglesia tres semanas después. Mark había anunciado públicamente la semana anterior que iba a tomarse una licencia de tres meses, y le había preguntado a Chris si podía encargarse de predicar al menos durante las primeras dos semanas. Chris había aceptado de todo corazón. Ahora, miraba todas esas caras conocidas. Cada una era una increíble historia sobre cómo Dios cambia vidas. Jake, Amy, Andrea, Jonny, Billy... y Danny estaban sentados en la primer fila. Le habían prometido a Chris que se sentarían allí todos los domingos que él tuviera que predicar para que se sintiera más a gusto con "la gente vieja". Tras ellos estaban Frank y Jan, que irradiaban felicidad al saberse próximos a ser padres.

Chris sonrió, pacífico. Este era su hogar.

—La fe es un viaje —comenzó—. Y el viaje no tiene que ver tanto con un destino, sino más bien, con una transformación...

Por el rabillo del ojo Chris vio que Pam Taylor entraba por la puerta del auditorio. Se quedó de pie, un tanto incómoda, contra la pared del fondo hasta que Marv-pino-de-boliche acudió muy jovial y le encontró un lugar junto a una simpática

mujer soltera. Chris miró a Jake, que como siempre escuchaba
con toda atención.

—... al mirar hacia atrás, a veces, ¿no notamos que los mejores momentos llegan en medio de nuestras temporadas más difíciles? Eso es porque Dios nos creó para vivir en comunidad. Para reír, llorar, sufrir y celebrar los unos con los otros, no importa cuál sea nuestra situación...

Sentado allí, Jake sonrió feliz, y sus dedos acariciaron los de Amy. Chris tenía razón. En las buenas y en las malas, lo cierto era que había sucedido exactamente eso: había sido transformado. A lo largo del camino había ganado muchísimo, y se sentía bien al no temer sino más bien, esperar con ansias, el lugar donde ese viaje le llevaría en los meses siguientes.

✠ ✠ ✠

—Graduados, ¡muevan sus borlas! —les dijo el director de la Secundaria Pacific al grupo de egresados que estaban celebrando.

Jake sacudió la cabeza y la borla bailoteó, hacia delante y hacia atrás. ¡Qué rápido había pasado el último mes de su último año de escuela! Miró hacia donde estaban todos, sabiendo que dispersos en esa multitud había mucha gente que le había ayudado a llegar aquí, a este momento.

Se volvió hacia Amy, que estaba de pie a su derecha. Incluso con la toga negra se notaba su vientre enorme. Jamás la había visto tan preciosa como cuando sus delicados dedos movieron la borla de su gorro de graduada.

—Entonces, por el poder que me otorga el Estado de California, los pronuncio graduados de...

Antes de que pudiera terminar, los egresados y los espectadores irrumpieron en gritos y hurras, y 600 gorras de color verde y blanco llenaron el cielo del atardecer.

—¡Ay! ¡Cielos! —exclamó Amy, poniendo la mano sobre el costado de su vientre.

—¿Estás bien? —preguntó Jake, alarmado y sin hacer caso a la celebración que llenaba el lugar con gritos de alegría.

Amy lo miró. Estaba radiante:

—¡Creo que el bebé también quiere celebrar! —rió mientras tomaba la mano de Jake y la apoyaba sobre su barriga.

Solo pasó un segundo, o quizá dos, y Jake sintió un golpecito, suave pero firme, en el centro de la palma de su mano. Miró a Amy con gran alegría:

—¡Acabo de sentir una patadita de mi bebé! —gritó Jake, mezclando su voz con los gritos y cánticos de todos.

Un fotógrafo que pasaba por allí les tomó una foto al verlos abrazados y tan alegres. Aunque no era ni parecido a lo que habían imaginado originalmente con respecto al Día de la Graduación, lo habían logrado. No podía ser mejor.

Y si la graduación de la escuela secundaria fue un suceso transformador, entonces estar junto a Amy cinco meses después, pasando diecisiete horas de trabajo de parto, fue algo que puso el mundo de Jake patas para arriba.

—¡AAAH! —gritaba Amy, casi como un demonio al pujar con cada contracción.

—¿Y mi anestesia epidural? ¿Dónde está? —gritaba mientras se aferraba a la camisa de Jake y tiraba de ella para atraerlo hacia sí.

Jake asintió, petrificado por el momento y por lo que le haría ella si no obedecía. Giró hacia la enfermera, que sonrió con calma y le entregó una toalla húmeda y fresca. Con una mano atrapada en la de Amy, que parecía una tenaza que le cortaba la circulación, Jake puso la toalla húmeda sobre su frente y susurró en su oído:

—Ya casi está. Sigue pujando.

Jamás se había sentido más orgulloso de ella. De eso estaba seguro.

Después de mucha sangre, mucho sudor y muchas lágrimas, el cuerpo de Amy finalmente se aflojó, agotado, mientras el médico levantaba en brazos a una linda bebé que lloraba. Jake, francamente, pensó que parecía un ET en miniatura. El médico cortó el cordón umbilical, envolvió a la bebé en una manta blanca de hospital, y se la entregó a Amy.

Jake observó cómo Amy sostenía en brazos a esta preciosa vida y se inclinó para besar la diminuta frente. Una lágrima rodó por la mejilla de Amy y cayó sobre la sonda de suero que tenía en el brazo. Pensar que él y Amy eran responsables de hacer esta niñita tan perfecta. Era algo increíble. Jake se sintió abrumado. Y entonces llegó el momento de invitar a Frank y Jan para que conocieran a su nueva hijita.

El parto en realidad pareció casi fácil comparado con el momento de entregarles a la pequeña Emily a sus nuevos padres. Jake jamás había considerado lo difícil que sería entregarla. Frank y Jan entraron delicadamente, con sonrisas contagiosas, pero siempre muy sensibles ante lo que significaba para los chicos este momento. Amy les ofreció su bebé y la tomaron en brazos, temblorosos, irradiando alegría y felicidad. Amy sollozaba al entregar a la bebé, y Jake le apretó las manos con afecto mientras sufrían esta pérdida juntos. Pero las enormes sonrisas de Frank y Jan, y la ternura con la que ambos acariciaban la suave piel de su bebé, fue prueba más que suficiente de que habían tomado la decisión correcta. En ese momento, Jake respiró hondo y renovó su compromiso de esperar hasta que estuviera casado. Todo breve placer físico que hubieran disfrutado no podía compararse con el peso de las consecuencias de ese placer.

El último paso del viaje, y la evidencia suprema de que Dios había estado allí con Jake a lo largo de los altibajos de su último año en la escuela, llegó dos meses después, cuando metió la última caja en la parte trasera de su camioneta. A su alrededor estaban todas las personas que más amaba en el mundo, todos allí para decirle adiós ahora que se embarcaba en una aventura totalmente nueva.

Cuando Jake había llamado al entrenador de Louisville para avisar que no podía aceptar la beca, el entrenador había quedado tan impresionado con su madurez, que estuvo dispuesto a hacer un trato especial con él. Jake jugaría su primera temporada con la camiseta roja y demoraría su inscripción hasta el semestre de la primavera, en cuyo momento entraría de lleno en la vida del baloncesto universitario. Jake todavía no podía creer la forma en que Dios le había permitido mantener vivos todos sus sueños, a pesar de todo.

Se acercó primero a su madre, que estaba junto a la entrada de autos de la casa. El tiempo que habían pasado juntos últimamente se había convertido en una maravillosa oportunidad para conocerla mejor. Incluso había empezado a ir a la iglesia con él, prometiendo que seguiría con este hábito cuando él se hubiera ido.

—Te tomó un semestre más, pero lo lograste —dijo Pam, con lágrimas en los ojos mientras acariciaba el cabello rubio de Jake—. Estoy muy orgullosa de ti.

Jake abrazó a su madre. Jamás había pensado que sería tan difícil dejarla.

—Te amo, Mamá —le dijo con una sonrisa.

Pam también sonrió y le dio un beso en la mejilla. Del otro lado de la calle, notó que algo le llamaba la atención, y entonces le pidió en voz baja:

—Por eso, no te enojes conmigo.

Jake se volvió para ver qué era lo que miraba su madre. Más desgreñado y más gordo de lo normal, Glen bajó de su Porsche con una pequeña maleta.

—¿Qué está haciendo aquí? —dijo Jake, molesto y mirando a su madre de nuevo.

Después de un frío sacudón de manos en la graduación, la única vez que Jake había visto a su padre desde que este se había ido era durante las obligatorias cenas de las fiestas con la parte Taylor de la familia, en el norte. Se estremeció al recordar la forma en que Jake la estrella se había convertido en Jake el irresponsable padre adolescente, el perdedor, y había vuelto a casa en su camioneta antes que los demás porque ya no podía soportar su desaprobación.

—Jake, más allá de todo, es tu padre —le dijo Pam con tono de urgencia.

Glen se paró en la acera. Llevaba un par de pantalones de color caqui y una sudadera de Louisville. Se veía muy distinto ahora que no llevaba su traje y corbata de hombre súper poderoso.

—Te pagaré el combustible si tienes un asiento libre —ofreció, sin saber cómo reaccionaría el chico.

Jake quería negarse y castigar así a su padre. Pero todos estaban mirando y no protestó. Tal vez, vendrían bien algunos miles de kilómetros en la ruta con él. Al menos eso diría Chris. Todo eso de que el viaje no tiene tanto que ver con el destino como con... ¿verdad? Jake recordó esas cosas. Glen, entonces, puso su maleta entre las pertenencias de Jake, en la parte trasera de la camioneta, mientras Jake iba hacia el otro lado del vehículo.

Todos esperaban, en hilera. Primero estaban Jan y Frank, con la pequeña Emily, de seis semanas. Llevaba puesto el suéter de los Lakers que él les había dado como regalo de despedida, para que la niña fuera identificándose con el deporte desde temprano, por supuesto. Jake tenía su fotografía en la billetera, orgulloso porque se parecía a su madre.

—Está creciendo tan rápido —y tomó los deditos regordetes de la bebé en su mano. Luego abrazó a los padres, que mimaban a la pequeña en todo momento.

La siguiente era Andrea.

—Gracias —susurró, dándole un abrazo enorme.

Andrea se quitó uno de sus brazaletes de Mujer Maravilla y se lo dio a Jake.

—Me han dicho que las pandillas de Kentucky son terribles —bromeó.

Jake se puso el brazalete y levantó el brazo por sobre su cabeza:

—¡Pi... chú, pi... chú!

El siguiente en la línea era Billy.

—Dile a tu madre que la echaré de menos —dijo Jake en broma.

—Está aquí, hermano —respondió Billy señalando a su madre, que estaba esperando en el auto—. ¿Quieres que te la presente?

Jake sonrió, y le dio un abrazo al estilo de los jugadores de baloncesto, con un solo brazo.

Jonny estaba a unos pasos de ellos, sobre la entrada de autos. Sacó del bolsillo trasero un sobre, que le dio a Jake.

—Esto es para ti. Y gracias por todo —dijo en tono serio. Jake abrazó a su mejor amigo.

Chris, Cari y Caleb eran los siguientes.

—¿Puedo ir con él?—preguntó Caleb, abrazado a la pierna de Jake.

—Tal vez la próxima, Oso Polar —rió Chris mientras intentaba que soltara a Jake.

Jake abrazó a Cari.

—Gracias por tus consejos.

—Cuando quieras —prometió ella.

Jake fue hacia Chris, mirando a su mentor a los ojos durante un momento.

—Recuérdales que no estaré aquí para insultarlos si empiezan a portarse mal —advirtió Jake mientras ambos se fundían en un abrazo.

—Jake —le dijo Chris en voz baja—. ¡Ve a cambiar el mundo!

Jake asintió.

Finalmente, junto a la puerta de su camioneta estaba Amy. Por mucho que amara a todos los demás, fue esta la despedida más difícil. Mientras se besaban Amy susurró:

—Gracias por quedarte conmigo estos últimos meses.

Jake asintió:

—Me gustaría que vinieses conmigo.

—Necesito un poco de tiempo. Quiero estar segura de que es también mi sueño.

Jake se sentía muy triste porque Amy se quedaba. Pero también estaba orgulloso de su decisión.

—Bueno, entonces piénsalo rápido —sonrió, dándole un último beso en la frente.

Amy le echó los brazos al cuello y se abrazaron con todas sus fuerzas.

—¡Llámame esta noche! —le ordenó, con su carita linda pero con gesto severo.

—Todas las noches te llamaré —prometió Jake.

Jake abrazó a su madre por última vez y se subió a la camioneta. Junto a él estaba sentado su padre, el hombre con quien no había cruzado más de diez palabras en los últimos meses. Sería un viaje largo.

49

INCLUSO ANTES DE LA SEPARACIÓN, Jake no recordaba cuándo habían pasado tanto tiempo juntos él y su padre. El viaje comenzó en silencio, un silencio incómodo. Luego su padre trató de iniciar conversaciones esporádicas, poco profundas, sobre temas seguros como el clima, Louisville, las oportunidades que tendrían los Lakers... Al principio Jake sentía que con cada palabra que le decía a su padre estaba traicionando a su madre, pero luego recordó que había sido ella la del plan de que fueran juntos. Y si había podido con Danny Rivers, claro que haría un esfuerzo con su padre.

En algún punto de la ruta, cerca del final de Nevada, decidió que llevaría la conversación a un plano un poco más profundo. Empezó a preguntarle a su padre algunas cosas, y a ofrecer respuestas sinceras a lo que él preguntaba. Al rato, Jake le estaba contando sobre sus nuevos amigos de la iglesia, sobre Chris y lo que había sucedido en los últimos seis meses. Le llamó la atención que su padre escuchara sin juzgar nada, y un par de veces creyó oír que sus gruñidos o monosilábicos comentarios estaban cargados de emoción. Su padre iba mirando por la ventanilla.

Una cosa que siempre habían tenido en común era su casi adicción al café. Incluso cuando Jake era pequeño Glen ponía un poco de café en su vaso de leche, a la hora del desayuno. Así que cuando vieron que había una cafetería, con la forma de un tazón de color rojo a cuatro horas todavía de ninguna parte en Arizona, decidieron detenerse sin pensarlo dos veces.

Glen salió para buscar sus cafés mientras Jake caminaba por allí para estirar las piernas. El sol abrasador de Arizona le daba en la cara, y se alegró de haber rechazado el ofrecimiento de la beca para jugar para los Wildcats. Mientras estiraba un poco los músculos, sintió que tenía algo en el bolsillo trasero y sacó el sobre que le había dado Jonny. Estaba decorado con las famosas caricaturas que hacía Jonny, en distintas poses como bailando o comiendo espaguetis. En el centro estaba su nombre, JAKE, en letras de imprenta mayúscula, y una advertencia para que leyera el contenido en privado. Jake miró hacia la cafetería y vio que su padre todavía estaba en la fila. Entonces, abrió el sobre.

Encontró dos hojas de papel numeradas. Jake abrió la primera, la que tenía el número 1, y empezó a leer la desprolija letra manuscrita de Jonny.

Querido Jake:

Lamento que este papel huela a rosas. Es que lo saqué del cuarto de mi mamá y no me di cuenta del perfume hasta tarde, cuando ya estaba terminando. De todos modos, quería decirte esto en persona pero me siento raro. Gracias por ser mi amigo. Sé que eres alguien súper popular y que tienes toneladas de amigos, pero a mí siempre me costó. Como mi madre está con los Marines, siempre tuvimos que mudarnos cada dos años más o menos, y finalmente, ya no me pareció que valiera la pena. Así que, ¿recuerdas esa vez en que me preguntaste si yo me había sentido como Roger? Bueno, te dije que no, pero era mentira. Sí, pensaba todo el tiempo en suicidarme. Y hasta le escribí a mi madre la carta explicándole por qué.

Jake sostenía la carta con las dos manos y se apoyó contra la camioneta para descansar su cabeza. Su corazón latía muy rápido.

Pero luego, casi de la nada, apareciste y me invitaste a comer con ustedes. Digo ¿quién hace algo así? Y después, cuando toqué fondo, te pusiste delante del auto para salvarme. No quiero ni pensar dónde estaría si no hubieras hecho eso. Solo quería darte las gracias.

P.D.: Aquí está la carta que nunca tuve que dejarle a mi madre.

Frenético, Jake pasó a la otra página para leer la nota de Jonny explicando su suicidio. Imaginó a Jonny escribiéndola, solo en el remolque, pensando que en realidad el mundo estaría mejor sin él. La sola idea hizo que cayera de rodillas. ¿Qué había hecho Jake, más que invitarlo a comer y ofrecerse a llevarlo a casa después de la escuela? Jake recordó lo nervioso que había estado el día en que se acercó a Jonny, y lo cerca que había estado de dar la vuelta y alejarse. Y entonces, hizo una mueca de dolor al pensar en esa mañana en que se había descargado en él. Casi había dejado de intentar de arreglar las cosas. ¿Qué habría pasado? Jake se estremeció ante la idea.

Glen regresó con dos grandes mocas con hielo, mirando a su hijo con preocupación al verlo de rodillas en medio del polvoriento estacionamiento. Dejó los cafés en la camioneta y se agachó junto a su hijo. Jake lo miró con lágrimas en los ojos, y espontáneamente abrazó a su padre. Asombrado, Glen quedó inmóvil por uno momento y luego, lentamente puso los brazos alrededor de su hijo y lo abrazó. Por la ruta pasaban los autos a toda velocidad, pero allí, en ese estacionamiento, el tiempo se había detenido.

La vida era demasiado corta y Jake ya no quería más jueguitos. Había estropeado las cosas con Roger, pero a pesar de todos sus errores y defectos Dios igual lo había usado para salvar una vida.

AGRADECIMIENTOS

A Jesucristo, nuestro mejor amigo, Salvador y Papá. Eres nuestra motivación e inspiración suprema, en todo lo que hacemos.

A nuestro maravilloso equipo editor: Jennifer Dion, Brenda Josee y Toni Ridgaway. Gracias por presentarnos el desafío de ser mejores con cada paso que damos.

A Scott Evans y al resto del equipo de Outreach, por darnos poder para concretar este sueño.

A nuestra familia de New Song Community Church, por inspirar gran parte de la historia.

A todo el equipo de producción y mercadeo de *Salvar una Vida*, por su pasión por lograr que esta historia llegue a cada adolescente que necesite oírla.

A nuestras maravillosas familias, por su increíble apoyo.

ACERCA DE LOS AUTORES

Jim y Rachel Britts comparten la pasión de servir a Dios y llegar a las vidas de los adolescentes. Los Britts se conocieron siendo estudiantes en la Universidad Biola, donde Jim se graduó en cine y Rachel en inglés. Ambos completaron además sus maestrías: Jim en ministerio general en el Seminario Western, y Rachel en educación en Biola.

Hoy los Britts están viviendo el sueño en California del Sur. Jim es un experimentado pastor de jóvenes en New Song Community Church, en Oceanside. Los estudiantes lo conocen por su sentido del humor, su parecido con Jim Carrey y su pasión por ayudar a los chicos a vivir su fe de manera auténtica. Rachel enseña Inglés en la Secundaria Oceanside, donde detesta calificar ensayos, pero adora saludar a los estudiantes al entrar en la clase, con una sonrisa y la motivación para que den lo mejor de sí.

Los personajes de la película *Salvar una Vida* están tomados de la experiencia real de este matrimonio en su trabajo con estudiantes, y la historia revela compasión por los adolescentes, y comprensión ante los desafíos que enfrentan. Si miras la película con atención, ¡verás la iglesia, la cocina y el Jeep negro de Jim y Rachel!

Busca Salvar Una Vida, la película, en DVD